编委会

顾问：唐巨山　李月明

主编：陈　舟　冯志良

成员：金文志　吕诚源　汪恒强　任　方　陆　勇　宋先龙

智者乐水

浙水设计精彩60年

浙江省水利水电勘测设计院◎著

ZHEJIANG UNIVERSITY PRESS
浙江大学出版社

图书在版编目（CIP）数据

智者乐水: 浙水设计精彩60年 / 浙江省水利水电勘
测设计院著. — 杭州: 浙江大学出版社，2016.12
ISBN 978-7-308-16463-4

Ⅰ.①智… Ⅱ.①浙… Ⅲ.①纪实文学－作品集－中
国－当代 Ⅳ.①I25

中国版本图书馆CIP数据核字（2016）第290654号

智者乐水——浙水设计精彩60年
浙江省水利水电勘测设计院　著

责任编辑　卢　川
责任校对　潘晶晶　　舒莎珊
封面设计　卓义云天
出版发行　浙江大学出版社
　　　　　　（杭州市天目山路148号　邮政编码310007）
　　　　　　（网址：http://www.zjupress.com）
排　　版　杭州兴邦电子印务有限公司
印　　刷　杭州钱江彩色印务有限公司
开　　本　710mm×960mm　1/16
印　　张　21.5
字　　数　235千
版 印 次　2016年12月第1版　2016年12月第1次印刷
书　　号　ISBN 978-7-308-16463-4
定　　价　58.00元

前 言 | PREFACE

2016年，浙江省水利水电勘测设计院（以下简称浙水设计）迎来了60华诞。

走遍万千山川，披荆斩棘创浙水；描绘世纪诗画，勘天测地领未来。一代又一代的浙水设计人在山水与天地间，用青春和汗水、智慧与激情、责任与梦想铸就了一个甲子的辉煌。

风雨兼程六十年，春华秋实一甲子。遥望20世纪50年代，老一辈水利工作者，汇聚到城隍山脚、通江桥畔的浙江省水利水电勘测设计院，手握如椽大笔，共同开启了我省水利水电勘测设计事业的鸿篇巨制。一次次开山劈水，一次次继往开来，同道者云集浙水，共传薪火，走出浙江，走出国门，将祖国的山川乃至天下的山川，纳入了这一伟大的事业和宏伟的篇章。

60年来,浙水设计人在各类水利重点项目的勘测、规划、设计中,在防汛、防台、抗旱、抢险、灾后重建等历史使命中,勇于担当,善于攻坚,积累了坚不可摧的专业优势,锻造了激励历史、化育未来的文化传统。

60年来,浙水设计人走遍万水千山,一座座象征人水和谐的丰碑拔地而起。我们不断自我超越,勇于持续领跑,服务水利,服务民生,以技术创领未来,以责任成就梦想,各项事业保持稳定快速的发展态势,产生了良好的社会效益和经济效益……

今天,当我们走进浙水设计的大门,映入眼帘的是雄伟的"一滴水"喷泉雕塑。上善若水、滴水穿石、滴水成河、滴水之恩……这"一滴水",展现的正是一代又一代浙水设计人的坚韧品格和感恩情怀,诉说的正是一代又一代浙水设计人励精图治、征战南北、奉献社会的宏阔历史……

而最真、最好的历史,活在每一个浙水设计人的生命里,活在每一个浙水设计人的故事里,而这些生命与故事的精髓和血脉,凝结成了浙水设计的文化。或者说,浙水设计文化的精髓和血脉,就存活在这些生命与故事中——这是一首首振奋人心的赞歌:有跋山涉水、艰苦创业的艰辛;有风雨同舟、同创共享的协作;有点滴用心、时刻尽职的忠诚;有激流勇进、不畏艰险的探索;有润物无声、不求回报的无私关爱与付出……

保留这些故事,就保留了我们的历史;阅读这些故事,就浸润了我们的文化。所以,这些故事的书写与传承,成了文化书写与传承的一条最好的路径,而为此付出的努力也因此变得无比神圣。

非常感谢浙江大学人文学院黄华新教授团队,包括董文明、王瑞祥、徐慈华、应腾等老师,以及沈阅、吴佳瑶、陈旖能、胡凯莉、毛依依、高丽燕、王佳黎等同学。他们精心编撰了每一篇领导与员工的供稿，并在供稿之外，对各个层面的浙水设计人进行了访谈与采写，为此付出了大量的时间和精力。也衷心感谢《钱江晚报》首席记者杨晓政在本册文化故事集编撰过程中给予的悉心指导！

60华诞，是所有浙水设计人的节日。在节日的焰火下，捧读这一册文化故事集，我们看到的将是浙水设计人的群像，并因此进入了整部浙水设计的历史。毫无疑问，历史将铭刻：顾来路，苍苍横翠微，我们曾将江山擘画；望前尘，昂昂向朝旭，我们誓把未来染红！

院长:唐巨山　　党委书记:李月明

2016年9月

目 录 | CONTENTS

第一篇

跋山涉水

走遍万川千山，披荆斩棘创浙水。

跋山涉水，筚路蓝缕，浙水设计的创业华章从此开启。

无论是开创者的事业启程，还是一代又一代的梦想续航；无论是山水间行走的汗水，还是图纸上描画的心血；无论是灯下孤影的执着，还是异国他乡的坚守……正是一代代浙水设计人秉承不畏艰险、艰苦拼搏的文化基因，才成就了浙水设计的事业梦想，也才能拥抱更加壮阔的美好未来。

设计院的诞生与发展

钱曾异

　　杭州解放前夕的通江桥畔,有浙江省水利局和钱塘江海塘工程局两个单位,两个单位合用一座办公楼。楼为二层清水砖墙建筑,共有大小不同的办公室二十余间。两局以中轴线为界,各占一半,东半部为水利局,西半部为海塘工程局。

　　杭州解放后,两局合并为浙江省水利局,共约300人,受省农业厅领导。不久,又分为水利局和塘工局。塘工局受华东水利部和省人民政府双重领导,华东大行政区撤销后,又并入省水利局。全国经济恢复时期过后,于1956年成立了省水利厅,其下属单位有设计院、工程局、水科所、水文总站和四个海塘工务所等。设计院就此诞生,通江桥畔办公楼即为设计院所用,当时的技术人员尚不足100人。

　　1958年,"大跃进"开始,设计院被撤销,并入水利厅规划设计处。当时,全省十余座大中型水库一哄而上,设计人员以三至五人为一组,分赴各水库工地,搞现场设计。边设计,边施工,而且还得参加体力劳动。

　　1959年年底,国家遭遇经济困难,很多水库工程因资金、建材、施工机械设备等匮乏而纷纷"下马",我省只保留八个,即后来所谓的"八大水库"。大部分驻工地的设计人员陆续回杭,设计院重新恢复。

鉴于设计院缺乏机电专业人员,经由省政府统筹安排,于1960年11月将省工业设计院中的第三、第四设计室调来本院,并分别成立了水电室和火电室。

为顺应水利事业的发展需要,1961年下半年又组建了规划室,负责全省水利规划。

1962年又扩编,并加强了地勘队人员配备。同年,省水利厅农业处人员也调来本院,成立了农水室。

"文化大革命"期间,全国水电勘测设计系统曾发生过一阵"撤销风",即将人员下放到县以下基层单位,上海勘测设计院(华东院前身)就曾被撤销,一时人心惶惶。本院虽有波及,而最终还是被保留下来了。

"文化大革命"后期,本院农水室又回归省水电厅,恢复为农水处。

1978年机构改革,省水电厅分为水利厅和电力局。火电室也从我院分出,扩建为浙江省电力设计院,归省电力局领导。至此,我们设计院的格局基本确定。

随着国民经济和水利水电事业的不断进步,设计院也获得了长足发展。如今,除院级机关有院长办公室、监察室、党群工作部、企业发展部、人力资源部、财务部、计划经营部、技术质量信息部、文印部等部门外,业务部门也已扩建有工程院、规划院、环保院、测绘院、建筑院和地勘岩土工程总公司、工程造价咨询公司、东洲监理公司、思源公司、服务公司等五院五公司,在职员人员500多人,连同离退休人员共计800多人,规模空前,经济效益蒸蒸日上。

建院50年来,设计院做出的努力和贡献是巨大的。浙江全省八大水系的勘测、调查研究、水资源利用分析和水利规划基本完成,规划中提出的各项水利工程建设项目的初步设计和施工图设计都逐步完成,并得以实施。工程投入运行后,效益显著,并经受了时间考验,足证质量之优异。其中里石门水库拱坝设计和亭下水库混凝土重力坝设计两项成果先后获得了国家科委颁发的国家级优秀工程设计银质奖。

回望历史,千言万语,略举一二,以寄情怀。

计算工具的演变

说起计算工具,20世纪50年代只有算盘、对数表、计算尺三大件,一支美制木质瓷面KE牌计算尺是最高级的了。我曾奉命去上海购买当时进口的最新产品——德制Aristo牌硬塑料计算尺,单价40元人民币。由于怕硬塑料会因温度变化而变形,不敢多买,只买了五支。直到国产仿制塑料计算尺(四达牌)上市以后,才能达到人手一支。

"大跃进"开始后,各行各业大搞技术革新,本院花了三万多元自制了一台电子模拟计算机,由于体积庞大,只好安装在当时的大礼堂讲台上。为测试其性能,院里曾推选陈绍沂和我二人,用计算尺与电子计算机竞赛,同样的题目,看谁算得快。第一道题的结果,电子计算机稍快一点,而另换一题,却算不过我们了。何况操作时的准备工作也费时费力,不久,这台电子计算机就被束之高阁。

"文化大革命"结束后,设计院恢复正常生产,才逐步用上了手摇计算机和电动计算机。1978年在亭下水库现场设计施工图时,我们用的已是一台电动计算机了。70年代后期,杭州曾生产过两台电子计算机,单价1.6万元,我院争取购得了一台,算是特别照顾了,体积48000立方厘米。因其宝贵,特指定专人(林惠娟)管理和使用,但经常发生故障。又因此机甚重,需要两人抬着乘上三轮车,送到上天竺生产厂家去修理,终因不胜其累,功效也不明显,不久也便报废了。

改革开放以后,设计院引进了日本生产的CASIO计算器。当时,我院只购得两台,分配给马席庆总工程师和水电室各一台。不久逐渐增多,直至人手一台。

20世纪80年代开始购置TI59,并很快发展到PC-1500、IBM5550、PB-700、M2-731(64K)、CE5159绘图机、CP-80打印机和苹果机、VAX机。90年代初成立了计算机计算小组,组建了专用计算机房。

现在已成立思源公司,专门负责计算业务。发展之快,令人欣喜。

制图印刷技术的递进

设计院成立初期,制图和印刷还是沿袭传统的方法:先在道林纸上绘制铅笔图,再覆描在透明纸上,将晒图纸和透明纸图重合后,压入玻璃木框架内,放到太阳光下曝光后,取出晒图纸,投入药水显影,清洗后晾在室内风干,才制成蓝底白线的"蓝图"。

阳光不好的阴雨天就不能晒制蓝图。这种蓝图须避光保存,才能长久保持蓝底白线,使用、光照时间长了,会泛红褪色,模糊不清,这是最大的缺点。那真是一个"靠天吃饭"的制图时代,遥想当年,在太阳下,一排排的设计纸豁然在目,煞是壮观!

所幸的是,不久就有了白底紫线的制图新技术,只需电灯曝光,用阿莫尼亚药水一熏就成,方便快捷,而且是干制物。同时也购置了晒图机,前进了一大步。20世纪80年代又购置了20万元一台的大型复印机,可称是一次飞跃。

印刷设备也有个发展过程,设计院成立之初,还是用蜡纸在钢板上刻字,旧式手工油印,后来由手推小滚筒式到手摇大滚筒式逐步改进,再后来有了打字机和复印机,预计今后的发展方向将是自办印刷厂了。

出差条件的改善

我们的现场设计,始于1958年"大跃进"时期,工作地点都在水库工程工地附近的村庄,住民房,或住临时工棚,竹草结构,自带铺盖行李。晚上用煤油灯照明,往往工作至深夜,伙食由工程指挥部代办,每人一饭一菜,但也能吃饱。在党的"全心全意为人民服务"的教导鼓励下,个个干劲十足。经过经济困难时期,不少工程下马以后,到1964年开始经济复苏,重点工程又纷纷续建,现场工作和生活条件有所改善,但仍需自带铺盖,老石坎、南江、大白岸、成屏等工地均如此。

70年代后期,工地才有招待所供住宿,院里同志可不带铺盖了,收费也低。在天台做里石门水库灌区工程设计时,条件已是很好的了,住的是天台县政府招待所,吃的是食堂饭,用饭菜票自选饭菜,办公室安排在由该县水利局临时租用的民房内,虽光线较差,但有电灯照明。时值夏秋之季,只穿汗衫、短裤,当地的蚊子之多之大是出了名的,还有比芝麻还小得多的黑小虫侵扰。虽用约一米长、两厘米粗的大棒蚊香日夜驱赶,也无济于事,小虫照样叮咬。我们身上、腿上被叮起一个个小疱,居然还戏称为"珍珠米丰收",嘿,这劲头! 不过,天台县水利局领导深知我们的艰辛,特意在设计任务完成后,安排了一次游览天台风景名胜的活动,以示慰劳。我们游览了国清寺、石梁瀑布、铜壶滴漏、龙游剑等处,这是从事现场设计以来唯一的厚遇,虽然翻山越岭,浑身大汗淋漓,大家还是玩得不亦乐乎。

再说说出差补贴。现场设计的补贴要比一般出差的少。20世纪60年代,一个月之内,每天0.1元;超过一个月,每天0.07元,而一般出差为每天0.4元。到了70年代后期,逐渐提高到0.4元、0.8元、1.5元、2.5元,直至与一般出差相同。

如今我老了,特别怀旧,说起来刹不住,就此搁笔吧。

注:本文系作者为建院50周年而作。

领路人

徐尚达　翁华强

回忆陈中院长

从 1956 年建院至今已是 60 周年。在这 60 年中,共有 13 位同志出任过院长或主持过工作。首任院长是陈中,以后依次为徐洽时、董光华、翟黎庭(上任不到三个月,不幸因心脏病突发,倒在会议桌旁)、冯世京、童达琳、汪楞、言隽达、金文志、朱瑞平、徐成章、李月明,现任院长是唐巨山。

我这里要说的是首任院长陈中,但因年代久远,只能凭借模糊的记忆说说对他老人家的印象。

陈院长是四川人,个子不高,红军干部。残酷的战争经历,如同锋利的刀刃在他坚毅黝黑的脸上刻进了岁月的沧桑。

陈院长任职的时候,很注意培养和提高职工的政治素养,每隔一段时间,就要向全院职工做一次形势报告。他在演讲时很少拿讲稿,单凭一个笔记本就能把上级的指示和对形势的分析讲得一清二楚。他四川口音很重,但语速不快,像李保田在一部四川电视剧中的念白,很有韵味。在形势报告中,他喜欢穿插一些自己经历过的战斗故事,好像和员工拉家常,在严肃刻板的政治报告中保有一份亲和力。

他子女多(好像有六个吧?),一大家人挤在雄镇楼的职工大院里。他家住二楼,只有五六十平方米。住所上下左右都是院里的职工,洗衣、烧饭都在同一个天井和走廊里,显得很热闹。平时各家都开着门,互相串门很方便。他和夫人与邻里关系都很好,日子过得温馨和谐。

计划经济时期勘测设计任务都是水利厅下达的,每年完成三五个初步设计和几个施工图。陈院长不是行家里手,但他尊重知识分子,依靠知识分子,对部下都很信任。当时负责全院技术工作的总工是马席庆,副总有陈昌龄、孟觉、张德新、冯世京,还有专业工程师骆尧臣、张国雄等。这些老总和工程师都很负责,办事很尽力,他们对勘测设计成品把关很严,技术精益求精。在那个年代,即使是普通的技术人员,也持着一份把成果质量视为自己生命的理念。记得长潭水库施工时正逢"大跃进",为抢速度,基坑深度未到设计要求就打算回填。当时高肇俭是"设代",长驻工地,他知道后坚决不允许,甚至跳到基坑里坚定地说:"要填把我也填进去!"手下有这样一批敬业的员工,陈院长虽是外行,却从不担心成果的质量会出问题。每当设计文件和图纸送到他那里,只要看一下各级负责人签齐了,也就放心地签上自己的名字。

他身体一直不太好,"文化大革命"时期,因为是"当权派",也吃过一些苦头,但他从容面对,对群众未有一丝对立情绪。他是1970年7月从院党委书记位置上正式退下来的,之后,一直住在雄镇楼老屋里颐养天年。

80年代初,总工办陶湘泉曾想给历任院长和老领导拍些照片留作纪念。那天上午我们到陈院长家里拍照,见他拿着一个喷壶正在给阳台上的花卉浇水。他身体已不如从前了，他夫人一直陪着。如今这些照片还在，可算是一份珍贵的史料了。

后来，省里统一为红军干部在黄龙洞附近建了新房，陈院长乔迁之后与院里联系就少了。从此我再也没看到他老人家到院里来过了。

回忆徐洽时院长

陈中院长退下后，由徐洽时接任院长。光阴荏苒，转眼已经过去了五十几年，但徐院长那待人处事的长者气度与学者风范，至今仍给我留下深刻印象。

徐院长1910年10月出生于江苏宜兴，1934年毕业于浙江大学土木系，后去美国考察水力发电，1937年获美国康奈尔大学硕士学位，后回国从事水力发电工作。1949年5月杭州解放后任浙江省水力发电处处长。在建黄坛口水电站时，开挖坝基由于地质工作做得不够，工程坝轴线不得不有所调整，增加了开挖量，推迟了工程进度，对这件事，他主动站出来承担了责任，并认真总结经验教训，从此高度重视工程地质。后调至水利电力部上海勘测设计院任总工程师，领队查勘规划新安江工程，负责兴建我国第一座自主设计、自己制造设备、自主建设的大型水力发电站。工程基本建成后，徐院长被调去筹建瓯江水力发电站，工程停建后，1961年1月到省水利电力厅任副厅长，1962年1月兼任浙江省水利电力勘测设计院院长，后到省水利电力厅任副厅长、厅长、顾问，曾是省科协第一到四届副主席，全国人大代表。

徐院长来院首先抓规章制度建设。他亲自组织起草《勘测设计主要程序》、《勘测设计成品审核》、《各级技术人员责任制》等二十余项规章制度,为我院实行有序管理打下了良好的基础。

徐院长非常重视勘测设计质量。他知道我省当时在建的八大水库资料残缺不全,即布置补做八大水库扩大初步设计。按照规程规范,重新搜集有关资料,尽可能补足补全,认真编制,并委托副院长陆子奇同志专抓设计工作进度,碰到有关质量和进度存在问题时,及时向他汇报,他记下来后,一一加以落实解决。没能搞清楚的,立即组织人员前去复查,有时还亲自到现场查勘搜集。记得有一张地质平面图,绘制比较粗糙,修改又较多,他就在图纸上打上个大"×"红字,退回重描。他对工程质量一丝不苟,严格要求,毫不含糊马虎。他很关心年轻人的成长,语重心长地对我们说:"勘测设计工作要多到工地现场去搞,并要去参加施工,实践是能得到真知的。"

1963年他负责一项援外工程,带队到阿尔巴尼亚建水力发电站,在工作进行过程中克服了很多困难,在生活上也克服了由于远渡重洋、水土不服而引起的身体不适。听说有一次阿尔巴尼亚政府设宴招待,有一道菜是吃生鱼,他虽然感到不习惯,但顾及礼节,还是坚持吃了下去。徐院长的生活非常节俭,也很有规律。他来院后很长一段时间就住在老办公楼一楼的一个小房间里,早晨六点起床,洗漱完毕即到南面大操场上打太极拳健身,七点半进早餐,二两粥和酱菜,午餐和晚餐都是四两饭和一荤一素一汤,从不改变,晚上七点到八点还要批阅文件和工程报告。他要我把送来的文件报告先看一遍,并分别列出存在问题和解决意见,他审阅后同

意的打上"√",不同意的打上"×",有问题的打上"?",并指出主要的问题
和解决的办法,而后做出简要的结论。他的工作效率是很高的,八点到九
点学习和记笔记,而后洗脸洗脚,九点半准时入睡,熄灯从不超过十点。
他一不吸烟,二不喝酒,三不饮茶,后来听说饮茶对身体有益,才适量饮点
绿茶。日常用品如小刀、剪刀用钝了都要去磨磨后再用,一双会客穿的黄
皮鞋,鞋底磨薄了,叫鞋匠修补后再穿。他经常出差去现场工作或参加有
关会议,而老伴在上海,他很少回家,记得有一次在假日他要回上海,请总
务组同志买火车票,同志买了一张软席车票,他就要求去退掉,改买了一
张硬席车票。

徐院长把一生献给了水利水电建设事业,堪称敬业爱岗的典范,直到
晚年九十多岁时,还念念不忘水利水电事业。有一次省领导去看望他,他
对在场的省领导说:"富春江引水工程不建起来,我是死不瞑目的!"现富
春江引水工程已于2003年开始前期工作,2006年5月立项,总投资3.2亿
元,或可告慰他的九泉之灵了。

徐洽时院长为水利水电事业克己奉公、勤政廉洁、为之奋斗终生的
"大禹"精神,永远值得我们晚辈崇敬。

注:《回忆陈中院长》的作者为徐尚达,《回忆徐洽时院长》的作者为翁
华强。

"18罗汉"进浙水

浙江大学人文学院课题组

那是一个苦难的岁月,1962年,三年自然灾害刚过;那是一段困窘的经历,浙江大学毕业四个月,工作还没有着落。

但好在,"恰同学少年,风华正茂。"

"我倒没心事,夏天嘛,在老家丽水的河里游泳畅玩,那时工作是国家分配的,有一定有,就是好歹而已,"金文志笑笑说,"现在想想,我真是运气好啊! 那几年的国民经济遭到严重破坏,学校毕业分配十分困难,上一届的师兄师姐们无奈之下就有成为供销社营业员和乒乓球教练的。"

然而,幸运之神却光顾了金文志等一批同学,他们遇到了自己的伯乐——徐洽时。

1961年年初,青田瓯江水利枢纽工程因建设经费问题被迫取消,徐洽时调任省水利电力厅副厅长,1962年年初兼任浙江省水利电力勘测设计院院长。相较于上海、北京等实力强劲的设计院,成立不久的浙江省水利电力勘测设计院技术力量薄弱,是不争的事实。因此,初上任的徐洽时面对的一个重要问题就是:如何尽快加强浙水设计院的技术力量。

在一次与浙江大学老师碰面时,徐洽时偶然得知,包括金文志在内的土木系河川枢纽及水电站建筑专业的18位毕业生,尚无专业对口的单位接收。惜才如金的徐洽时欣喜之余,当即决定向省里反映,吸收这18位学生为设计院的新生力量。

徐洽时的这一决定,到了18位同学家里,变成了一封信件。信件是当时最主要的通信方式,大学录取、毕业分配等信息都依靠信件来传递。可想而知,当他们柳暗花明般地收到来自浙江大学的分配通知时,是多么激动与兴奋!

金文志至今依然清晰地记得自己到设计院报到的那一天——1962年10月25日。杭州的秋天最是宜人,秋高气爽、金桂飘香。金文志一行18人,从老和山下浙大校园出发,浩浩荡荡地奔赴中山南路通江桥镇东楼58号——浙江省水利水电勘测设计院(当时称浙江省水利电力勘测设计院)。"我们一人一辆三轮车,沿着西湖边,一路说说笑笑,大概一个多小时到了设计院。男孩子嘛,行李也不多,我就一个铺盖,一只装衣服的箱子和装书的竹筐,外加平日锻炼身体用的一副哑铃。"

18个人一起进院,而且都是男孩子,当时就被戏称为"18罗汉"。"18罗汉"的宿舍"在大院最西面的一排平房。宿舍条件还不如我们大学的高低铺,大学宿舍一般是六至八人一间,而设计院的每间小平房要住十人",金文志回忆道,"床与床之间首尾相连,对了,所谓的'床'也算不得真正意义的床,实际就是一块木板,然后头尾用条凳支撑。"然而,初来乍到、干劲十足的"18罗汉"毫不在意这些,金文志还兴奋地在院大门口留了一张照片,这张照片现在已经成为浙水设计的宝贵资料。

1962年就职于浙江省水利水电勘测设计院的同学合影
（2012年6月7日摄于杭州曲院风荷）
前排左起：刘炳锡　朱德新　严远星　高昌　林有桢　余祈文
后排左起：金文志　丁邦满　翁葆忠　钱善扬　章志棠　陈漓生　汪恒强　陈永年
（进院时18个同学，还有：李思普　施景贤　吴春景　钱启明）

注：当年的"18罗汉"由于工作变动，最后剩下九位同志在设计院工作
到退休，这九位同志是金文志、陈漓生、翁葆忠、林有桢、丁邦满、汪恒强、
陈永年、朱德新和钱善扬。五年同窗，四十年共事，在设计院成为一段
佳话。

遥忆当年"小三线"

吕诚源

20世纪60年代中,三年困难时期刚过,台海局势紧张。毛主席提出"备战备荒为人民"的战略思想,国家建设由"大三线"向"小三线"转移,东北和上海等不少大型企业向内地转移。(注:"一线"指东北及沿海各省市,"三线"指云、贵、川、陕、甘、宁、青等11个省、市、自治区,西南、西北为"大三线",中部和沿海地区的腹地为"小三线"。)我们接触到的就有哈尔滨电机厂、阿城继电器厂等发电设备的制造厂家在四川、河南等安家落户。

我省立即行动,小水电一马当先。浙西、浙南成为我省"小三线"的主战场。龙泉、遂昌、淳安等相继上马一批小水电工程,如龙泉的大白岸电站、马蹄岙电站(现划归庆元县)、遂昌的成屏电站(二级)、淳安的霞源电站等。

按照部署,勘察设计先行,施工队立即进场。边勘察,边设计,边订购发电设备,一环扣一环,分秒必争。经过紧张工作,在较短的时间里出色完成了任务。

当时,接到"小三线"工程设计任务,大家就有一种神秘感。严格的纪律和保密要求,先给大家上了一把"锁"。开始,有几个工程还是采用代码编号,不能直呼其名。(现在我仍保留的一份当时机械组编写的《闸门启闭机特性表》,第45—52页的工程名称就是用"××××"代替的,注明该闸门投入运行的年份是1966年5月。)对参加"小三线"项目的同志也有一定的政治审查,后来因参与的人多了,才逐步放宽了条件,但在业务上要能"独当一面"。大家都抱着既紧张又兴奋的高昂斗志投入了这场"战斗"。

在做好充分准备的基础上,大家带足必需的资料、书籍和设计器具,每人都装满一木板箱。木板箱大多是行政科用旧木料临时加班制作的,也有的是在工地里就地取材,用炸药箱代用的。既装资料、书籍,必要时在现场可临时充当凳子,一举两得。还有就是图板,一人一块,七八个人就七八块图板,叠在一起也够大伙扛一阵子。还要带上个人行李、被褥。

那时出行条件远非今日可比。我们大多是乘火车或汽车到县城所在地,然后辗转到施工现场。例如,去成屏电站,就是先乘火车到龙游,再转乘汽车到遂昌城关,城关到成屏电站还有两三公里路。这时,我们就先到工地施工单位或建设单位借来手拉车,装上资料箱、行李、图板,你在前面走,我在后面推。女同胞照看小件行李,还不时给大家递上毛巾擦汗。一个多小时后,到现场已经是满头大汗,但大家都乐呵呵地说:"我们还行啊!"

在生活上、工作上碰到的问题更多。比如大白岸电站,设计组刚到工地时,工棚刚落成,泥墙还未干透,一晚上睡下来被子潮乎乎的,图板上的透明图纸都起了皱纹。冬天,遇到天寒,就买点稻草铺在席子下,聊以保暖。但就是这点买稻草的钱,当时也是不能报销的。那时的外勤出差补贴也很少,一天是一角钱,现场设计超过一个月还要打七折,那就是七分钱一天了。但在当时,即便是"525部队"(即月薪52.5元的同志)的年轻人,也没有多大怨言。霞源电站现场设计组的同志住在老百姓的家里,地处山区,生活条件本来就差,又遇到三年困难时期,还没有恢复"元气",就连起码的吃、住都成了问题。早上没有热水洗脸,每人只供应两碗(青瓷中碗)开水,洗了脸,就没有喝的,按现在的话讲,就是"节约能源"(当地用木柴烧饭、烧水),减少"PM2.5"。碰到出去查勘,从厂房到坝顶高差150多米,口渴了就就地取材,来点原生态的"矿泉水"。更有意思的是,为提高"产饭率",当时普遍推行"双蒸饭",就是先在大锅水里把米煮上一会,然后捞起放在蒸笼里蒸熟,这样一来,"产饭量"就会多一些,容易填饱肚子。后来房东把大锅里的米汤热情地送给设计组的同志喝,既当点心,又当开水,一举两得。一人一大碗,女同志喝不了的,几位"喝粥大王"都包了。

条件虽然这样艰苦,但苦中有甜,苦中有乐,乐中开花,开心的事层出不穷。工地远离县城,看场电影自然是一种奢侈的享受,仿佛过节。犹记当年听说放电影,我们就早早吃完晚饭,跑到农田中、溪滩旁,坐在竹凳(一般是用两个木叉打入土中,中间搁一根毛竹,就成了一条长凳)上,占领"有利地形"。看到精彩的时候,发出豪爽的大笑。到了夏天,河道、水潭成了天然的"浴场"和"游泳池"。记得在成屏二级电站现场设计时,松阴溪游泳就成了我们的"钱江横渡"。高肇俭高工是悠悠"横渡"的高手,他还教大家学游泳,我们不少同志学会了"狗刨式",在松阴溪里,过了一把"畅游"之瘾。

讲"乐中开花"也确有其事,在大白岸电站现场设计时,组里有一位李姓搞土建(厂房)设计的年轻人,杭州人,工作顶呱呱,机、电、土专业,配合协作起来也十分融洽。有一段时间,发现他老往施工单位的一个现场试验室跑,久而久之,我们发现奥秘了,原来那个试验室里的测试员是一位妙龄少女,也是杭州人,一来一去,两个杭州人就"木佬佬"好了。由于系于共同的事业,他们两人终成眷属,开出了令人羡慕的"水利之花"。

有趣的事还不少,这里继续说说发生在大白岸电站现场设计组的事。当时工地开工不久,进不了施工现场,大家暂住在大白岸小镇的一个仓库里。食堂师傅苦于缺少蔬菜,就给我们烧红烧肉吃,一人一碗。大家都怕肥肉太腻,吃不下去,组里一个钟姓的同志出了个好主意,教大家剥好大蒜头,吃一瓣大蒜头,吃一口红烧肉,这样就不腻了。一试,果然灵光,这一招至今仍被传为美谈。

行走在山水之间

——测绘地勘工作纪实

林顺海　李荣绩

　　工程建设，测绘先行。在建院60周年大庆之际，回首测绘队员工作、生活、学习，或甜蜜，或苦涩，或有趣，或酸楚，或轻松，或沉重，广大测绘队员为获取工程建设所需的测绘成果资料，长年累月工作在各种复杂多变的艰苦环境中。时代在进步，社会在发展，现在回首测绘队员的衣食住行，别有一番滋味。

　　衣，就是测绘队员的衣着。印象最深的是测绘队员头戴草帽，身穿浅灰色工作服，脚穿翻毛皮鞋，他们穿着这身行头，风里来，雨里去，穿梭于荆棘、丛林、高草、泥泞中。一双翻毛皮鞋足有两斤多重，记得第一次穿上它，工作不到几小时，脚就被磨出了几个血泡，血泡破了包扎后继续穿，待到双脚渐渐地磨出老茧才适应。1988年前测绘队员的工作服大多是深蓝色劳动布，1988年后改为浅灰色涤卡，并打上"ZDWP"标识。就是这样一套最普通的工作服，测绘队员领到时心情都会非常激动，领到后立即穿在身上，神气活现，奔走相告，个个脸上露出灿烂的笑容。

　　由于测绘队员的工作服、翻毛皮鞋属劳动保护用品，国家对劳动保护用品配置有相关规定,因此在款式、颜色等方面比较单一。巧的是在柬埔寨灌溉工程项目测绘中,我们工作服的款式与颜色和当年越南入侵柬埔寨时越南军人穿的服装雷同,测绘队员在测绘过程中多次遭到老百姓举报,并多次被叫去询问。为避免不必要的误会,考虑到柬埔寨的工作环境,后来我们把去柬埔寨工作的测绘队员的工作服改为运动服并标识了国旗。

2014年开始,测绘队员的工作服有所改变,分为夏装和冬装两款,并将冬装改为冲锋衣,同时打上院徽标识,展现了测绘队员的自豪感和归属感。

食,就是测绘队员的饮食。古语说:兵马未动,粮草先行。在计划经济年代,作业组人员配置一般在五名以上,各作业组均配置一名生活管理员,负责作业组后勤保障工作。那个年代由于受仪器设备条件限制,无论是做控制还是测地形、测断面,测绘队员分布相对集中,面上工程测绘队员一日三餐基本回住地就餐,线状工程测绘队员中餐一般由作业组安排专人送饭。那个年代业主在后勤保障方面的配合力度比较大,离城镇较远、交通不便的测区,业主会派专人每隔一段时间送粮、送菜,如在云和梧桐坑水电站测量时。有些流动性大、交通不便的工程,业主也会派工作人员配合做后勤保障工作,如泰顺三叉溪水电站高程控制测量,测量线路从泰顺司前镇出发,途经三叉溪水电站厂址、坝址,最后到景宁县东坑镇闭合,路线长度达四十余公里,沿线基本为林间小道、崇山峻岭,加上沿线村落少,测绘队员一日三餐很难得到保障。为此,泰顺县水利局派工作人员组成协同作业组负责生活,协同作业组每天晚上除安排好第二天的工作以外,还要落实好测绘队员第二天的住宿和用餐。作业组几乎每天换一个地方,所以泰顺县水利局工作人员风趣地说我们的工作如同部队打仗,打一枪换个地方。但到了市场经济年代,一方面业主在作业组后勤保障方面只负责联系,其他的均需作业组自行解决;另一方面,测绘工作节奏加快,作业组人员配置减少,人员分布又高度分散,测绘队员的中午就餐只能将就解决。测区附近有村庄的就厚着脸皮找老百姓烧一点,有小店的就买点面包或方便面充饥,遇到前不着村后不着店的只能自带干粮。没有凳子找个土坎、田坎或石头当凳子,没有桌子找一块平整的空地当饭桌,中餐在下午两三点才吃上是常有的事。当然,作业组在下雨天偶尔也会改善一下生活。记得在宁海黄坛水库测量时,当时作业组有十余人,有检查员、作业组长、作业员,平时大家忙各自的工作,吃的是水库食堂菜,于是有队员提出聚一次餐,改善一下生活,很快得到其他队员的响应。但遇到了开支问题,年轻队员的意见是每人平摊,老队员则提议:年轻同志工资低就少出一点,最后有位队员提出:检查员、作业组长多出一点,年轻队员少出一点,这样达成了一致意见。于是大家具体落实了买菜、洗菜、烧菜、洗碗等工作,找了个下雨天,美美地聚了一次餐。通过聚餐活动,不仅改善了一下生活,还增进了队员之间的感情。

住,就是测绘队员的住所。测绘队员住的地方完全取决于测区所在的地理位置,离测区远的,测绘队员不会去住,因为跑在路上时间长了会影响工作进度;住宿费高的,测绘队员不会去住,考虑到成本高了影响到部门经济效益。所以只能在测区附近找。为此他们曾住过民房、学校、生产队仓库、庙宇等。由于住宿条件差,在夏天,测绘队员不仅要经受高温的考验,还饱受蚊子的叮咬和苍蝇的骚扰。如1996年红旗塘工程测量,时值盛夏,测绘队员就住在生产队仓库,没有空调,只有电风扇,由于是盛夏季节,电风扇扇来的风也是热的,加上蚊子、飞蛾、小虫满天飞,测绘队员晚上休息成了问题,大家无法入睡,只能拿把芭蕉扇跑到附近桥上乘凉至凌晨才回去睡。有些队员因白天工作实在太累,躺下就睡着了,任凭蚊子、小虫叮咬,第二天起来身上留下许多被蚊子、小虫叮咬后的红肿块。更有的队员因高温中暑,或因蚊子、小虫叮咬得病而上医院。在冬天,测绘队员又要面临风雪带来的寒冷。记得2006年在贵州石塔水电站测量时,作业组住在条件相对较好的民房,但因墙体是用石块垒起来的,留有许多缝隙和墙洞,晚上睡觉时风吹进来"呼呼"作响,他们只能裹紧被子,压上工作服和棉大袍入睡。外面下大雨里边下小雨,外面下大雪里边下小雪。晚上下雨,早上起床被面是湿的;晚上下雪,早上起床被面上有一层厚厚的白雪。对测绘队员来说,测区有房住已算是条件比较好了,更艰苦的是测区在无人区,测绘队员只能住帐篷,睡睡袋。如四川虎牙水电站坝址、四川九龙县三岩垒水电站、新疆阿勒泰柯赛依、阿克代水电站等。测绘队员不仅要克服高寒、没电等困难,还要严防猛兽蛇虫等的侵袭。在新疆阿克代水电站测量时,作业组每天晚上须安排一个人值班,备足鞭炮和防护工具,以防止猛兽的侵袭,保证测绘队员的人身安全。由于测区居住条件限制和外部环境恶劣,测绘队员四海为家,饱受恶劣环境带来的痛苦折磨,这些例子不胜枚举。

行,就是测绘队员的走路。走路是测绘队员的一项基本功,测绘成果资料的获取是要靠测绘队员深一脚浅一脚地走出来的。测绘队员一出工就得走路,走路是测绘队员工作的重要组成部分,但测绘队员走路与我们平常走路很不同,测绘队员是带着工作任务、计划和要求走路,无论脚下的路有多么艰险,测绘队员都要想方设法走到位,否则所测的成果就会与实地地形地貌不相符,测绘专业术语叫"失真",一旦"失真",就会直接影响工程项目勘察设计的质量,因此测绘队员脚下的路并不那么好走。1992年在永嘉金溪水电站测量时,为联测国家三角点,测绘队员身背仪器、干粮和水壶,肩扛脚架和测伞,早上天蒙蒙亮就从住地出发,沿着崎岖山路不停地向国家三角点进发,直至下午才到达目的地,待联测完毕回到住地时天已全黑。由于高差大,路途遥远,有位测绘队员因体力透支严重,一回到住地就病倒了。1994年在太湖流域进行二等水准测量时,作业组3月份从湖州进场,测至上海当时的金山县(现为金山区)已是盛夏7月,记得在测廊下镇至金山石化这条测量路线时,由于高温,柏油马路都被晒得熔化了,路面发烫毋庸置疑,麻烦的是走路时鞋子被熔化的柏油粘住,经常要拔出。当时有位老队员已临近退休,由于高温和行走困难,在测完这条线路后他风趣地说:"实践证明我是该退休了。"

测绘工作属工程项目建设的前期工作,测区往往是一片未开垦的处女地,测绘队员脚下并没有现成的路可走。记得20世纪80年代至90年代初期,农村还没普及煤气,山上还有人砍柴,测区或多或少还有些小路。但到90年代后期,随着农村煤气的普及,再加上封山育林,测区往往在树高、林密、草深、藤刺交错之处,但测绘队员必须走进去才能把测点布到位,才能测得测点的坐标和高程。为此测绘队员必须带上柴刀,边砍边测,手上砍出血泡还得继续砍,有时为测一个点要砍半个小时以上,因此测区如有野猪、野猫走过的路也成为测绘队员的盼望。由于测区环境恶劣,测绘队员脚扭伤的情况时有发生;遇到毒蛇、毒蜂、毒虫是常态。尽管现在的测绘仪器设备先进了,但无论是控制测量还是地形、断面等测量,均离不开测绘队员的走路,平时我们用到的测绘成果,哪怕是地形图、断面图上的一个碎部点,都留有测绘队员的脚印和汗水。

往事如烟,回首测绘队员的衣食住行,我们深知测绘工作任务的艰巨,工作环境的艰苦和恶劣。经过一代又一代测绘队员的不懈努力和付出,我院涌现出了一大批不畏艰难、乐于奉献、勇于创新、开拓进取的先进人物和事迹。在60周年院庆之际,我们将秉承"诚信、精心、创新"的企业精神,为设计院长远可持续发展的愿景贡献自己应有的才华和力量。

说完测绘队员的衣食住行,接下来我们再来说说地质郎的故事。

有人说:地质队像个部落,地质队员像吉普赛人,东游西荡,走向的只有无尽的荒凉。

还有人说:远看像个逃难的,近看像个要饭的,上去一问原来是搞勘探的。

更有人说:好女不嫁地质郎。

……

我就是这样的一个地质郎。

我曾经为自己成为一个地质郎而感伤,然而当我身处这个地质郎组成的群体中,一个个地质郎的故事感动了我,让我去重新认识自己的工作和这份地质郎的生活。

酷暑烈日下期盼太阳早点下山,可盼来的却是蚊蝇无尽的叮咬……

严寒时节里总希望风儿脚步早点停下,可等到的却是吹得更为猛烈的风……

为了查明大坝的地质条件,地质郎们要在陡峻的山崖上树起钻塔,于是他们用简陋的工具在崖壁上修起宽不足一米的小路,这样的路就是空手上山也已十分费劲,可他们还需用肩膀将笨重的机器一步一步地抬上去。肩膀破了,长起了茧;腰伤了,落下了腰痛的老毛病。

为了查明长隧洞的地质情况,地质郎们需要翻山越岭几十公里,带上干粮,背上水壶,他们要用脚步把长隧洞丈量一遍,脚上走出血泡,却浑然不知,直到上坡气管炎(喘气),下坡关节炎(腿痛),走回营地时,那双脚早已不听使唤。

就这样长年累月地出差在外,家在何方?

2002年元月,正是严寒时节,重点工程曹娥江大闸的勘探工作正在紧张进行着,工人们顶着严寒在这里施工,由于江面宽阔,风高浪急,潮起潮落,水情变化极为复杂,风雨打湿了衣裳,在寒风中结起硬硬的冰壳,船不停地摇晃着,别说干活,就是待在船上也会晕翻,工人们却仍然套着救生衣一边呕吐一边钻探。有一次为了钻孔,他们竟忘记了上岸的时间,待他们完成工作时,潮水退去,交通船已无法上岸,于是他们只有在风雨飘摇的船上熬过漫漫长夜……第二天,交通船将他们送上岸时,焦急地等在对岸的同事问起为什么不及时上岸时,他们的回答是"一切为工作"。"一切为工作",多么朴实的话语,可这当中却包含着一种怎样的精神啊!

这里,我不得不提到这样一位工程师。他个子不高,略显黝黑的脸上写满了憨厚,在他刚参加工作不久便参加了三溪浦水库的灌浆施工。由于地质条件复杂,加上经验不足,刚开始的时候他们遇到了许多的技术难题,然而他们并不气馁,白天在大坝上试验,晚上进行技术讨论,最终解决了所有难题,并由此创造了砂砾石灌浆的技术专利。在三溪浦完工后不久便开始了横溪水库的灌浆施工,由于施工工作时间长,条件艰苦,产值低,许多同志有畏难情绪,可刚结婚不久的他,在被任命为工地技术负责人的时候,却义无反顾地带着他的新娘一头扎进了工地。当别人在尽享现代文明的时候,他们却把简陋的工棚当成了他们的家;当别人在西湖边尽享美景的时候,他们却只能把林立的钻塔当成他们的风景。这是一种怎样的境界啊!

地质郎们就是用他们的智慧和敢于负责、勇于创新的精神,破解了困难,赢得了感动和机遇。

面对年迈的父母无法尽更多的孝心,面对妻子无法去分担更多的家庭责任,面对儿女也无法付出更多的爱……

这种愧意常伴心头,于是在他们不出差的日子里,会把更多的真情奉献给他们的亲人,会尽其所能地去做更多的事情:买菜、烧饭、接送孩子……努力成为孝顺儿子、模范丈夫、好爸爸,成了地质队员不成文的传统。

初为人父,焦急地等在产房外或许是一份煎熬,可对于有位父亲却是一种不可企及的幸福。十年前的一天,我们的一位工程师在孩子即将出生之际接受任务出差了,当妻子临产的那一天,他多么希望回去陪在她身边,可为了工作却无法成行,于是远在工地的他只能默默地祈祷母子平安。当女儿呱呱坠地之时,作为父亲的他却不能看上一眼……

当这位父亲想付出更多的爱时，更大的不幸降临在他身上，由于常年的艰苦工作，年轻的他却得了癌症。

有谁不愿去呵护可贵的生命？可一切为了工作，像他一样的地质郎们不得不去面对恶劣的自然条件，走向时常会有的危险，因为他们是水利事业的先遣队。

又有谁不愿去珍惜可贵的亲情？可一切为了工作，他们不得不背上行囊别离父母妻儿，哪怕是他们最需要他的时候，毅然走向荒凉，将期盼留在身后，因为他们是水利事业的排头兵。

一切为了工作，这句话深深地印在每一个地质郎的心上。

他们用坚韧和果敢去面对艰苦，为每一项水利工程探寻地基的能量；

他们用自信和智慧去战胜困难，为每一项水利工程斟酌基础的方案；

他们用汗水和血水去承载每一座大坝的基础；

他们用脚步和知识去支护每一段隧道的安全；

他们用力量和信念去换取千家的光明、万家的甘泉；

……

向行走在山水之间的他们致敬！

难忘斐济生活

沈贵华

　　20世纪80年代中至90年代初,我院承担了我国援助斐济四项电力工程的勘测设计工作,包括两座小水电站和两条输电线路,其中一期工程是布库亚水电站和库罗浮输电线路,二期工程是威尼丘水电站和威尼丘输电线路。项目虽小,但政治和外交意义重大,所以院里组织了强有力的项目班子。院长亲自带队现场考察并协调组织各种项目会议,项目组成员都是各专业骨干人员,我作为参加工作不久的小年轻也能参与其中,确实感到很光荣。特别是1989年至1991年的两年现场设计代表生活,为我至今一直从事的专业工作打下了良好的基础,并从此开启了我参与国外项目工作的大门。

　　我参加的是属于二期工程的威尼丘水电站(Wainiqeu Hydropower Station)的设计和设代工作,1987年开始初步设计,1989年电站开工建设,到1991年年底基本完工。那时候院里项目还不多,可以说每个项目都是精细化工作,援外工程更是被当作重中之重的政治任务。工程开工后院里派出了长驻现场的设代组,项目负责人带队,包括水工、地质、机电等专业组员,高峰时设代组人员有五人之多。

行前准备

虽然已不是第一次担任长驻现场设代工作了,但因为是援外工程,又要在现场连续待两年,所以接到院里通知后着实让我激动了好几天,也产生了些许心理压力和困惑,但机会难得,工作需要,服从安排是必需的。于是,我开始了各种行前准备。首先想到的是语言问题,因为我在大学里学的外语是日语,对英语真的是一窍不通。怎么办?离出发只有个把月时间,系统学习肯定是来不及了,最多也只能恶补点口语。于是我找来报纸广告,报了个钱江业余学校的留澳口语班,想想斐济离澳大利亚近,可能讲的英语也差不多。每周两个晚上的课,一学期的课程,我听了其中的一个月不到,再加上基础几乎为零,效果可想而知,等于没学。现在回想起来,虽然英语没学到多少,但那个英语老师给我留下了深刻的印象,因为他是马云。没错,就是那个后来创立了阿里巴巴的马云。那时他刚从澳大利亚留学回来,在当时的杭州电子工业学院(现为杭州电子科技大学)当老师,同时也在钱江业余学校兼职。因此,知道了他的英文名字叫Jack,他还告诉我们,在澳大利亚许多宠物狗取名Jack,所以他很喜欢这个名字。原来,马云从来就与众不同。

另一项重大的行前准备就是采购两年的生活用品。那时候的中国,工资水平低,物价也低,国外的商品价格与国内价格比都是"天价",人民币换成美元后真的没有底气拿出去花。于是我借鉴一期工程"过来人"的经验,采购了从毛巾肥皂、牙刷牙膏,到鞋帽衣裤的所有生活用品。好在热带地区温度高,不需要太厚的衣服,但最后还是把那只新采购的超大行李箱塞得满满当当。

漂洋过海到斐济

1989年12月,我随土建施工单位人员一起踏上了去斐济的旅程。那是一个二十多人的浩浩荡荡的队伍,大家都是第一次出国,第一次坐飞机,国际航班长途飞机要坐十多个小时,还要转道日本东京成田机场,我们个个心情激动。从上海虹桥到东京也就两个多小时,乘坐的是美联航的波音747,第一次坐飞机就碰上这么个大家伙,也算是开了眼界。在东京机场转机要等待六七个小时,由于我们拿的是公务护照,机票手续齐全,再加上我学的日语也可以用一用,所以转机过程一切顺利。从东京转机后改乘了新西兰航班,经一整晚八个多小时的航程,终于到达了斐济楠迪国际机场。斐济有两个大岛,楠迪国际机场和首都苏瓦所在的岛叫维提岛,而我们的工程在另外一个叫瓦努阿的岛上。从维提岛去瓦努阿岛还要坐将近一小时的国内航班小飞机,那个小飞机只能坐十来个人,为了防止超重,登机前每个人都得连行李一起过磅称重。我们坐小飞机到达了瓦努阿岛上的萨武萨武镇,再经二十多公里的车程就到达了暂住营地所在的巴格达村。我们工程的位置还在上游两公里的地方,由于施工营房还没有建好,所以暂时租住在巴格达村的村民家里。

别样的假日

到工地没多久就迎来了1990年元旦。斐济人过新年虽然没有中国人过春节那么热闹，但也会持续好多天，特别是年轻人之间的追逐泼水活动，有点像我国傣族人过泼水节。小伙子、姑娘们每个人手里都提着一只小水桶，看到人就往他（她）们的头上身上倒，我们中国人更是他们追逐的目标。那可不是象征性地给你身上洒一点就算，而是整一桶往你头上浇，头发衣服湿透。好在天气热，对身体无大碍，但中国人不喜欢湿漉漉的衣服粘在身上，浇湿了就得换，也挺麻烦的。虽然知道他们是友好，是节日娱乐活动，但频频给你突然袭击，确实也让你乐不起来。有一回，我们施工队一个卡车司机傍晚下工回来，刚拖着疲惫的身子走出驾驶室，就让昏暗中守候一旁的"水桶"浇了个透，老兄可能真的受了惊吓，就拉下脸来骂了起来，还大着嗓门嚷嚷要找村主任。斐济人虽然听不懂中国话，但知道对方是发火骂人了，于是，泼水游戏到此结束。

不到一个月，施工营地就建好了，我们搬出巴格达村住进了营地板房。营地虽然简陋，但宿舍、食堂、厕所一应俱全，生活方便多了，与村民们的相互干扰也少了。在新的营房内，我们度过了来斐济后的第一个春节。为了迎接新年和吃年夜饭，除夕下午工地放假半天。太阳还没下山，食堂里年夜饭就已经准备就绪，虽然还是一人一份的简餐，虽然只是比平时多加了一个菜，但光着膀子吃年夜饭还是头一遭，别样的新年经历至今仍记忆犹新。

斐济人大多信奉基督教，生活习俗甚至法律法规都与此相关。有一个星期天早上，营地厨房的门被斐济人打破了，据说是村民对中国人星期天加班有意见，影响了他们的休息。原来斐济法律规定星期天必须休息，镇上所有商店都关门，街上行人稀少，几乎所有人都上教堂做礼拜去了。

即使是在农村,每个村子都有一个教堂,男女老少都穿着崭新漂亮的衣裳高高兴兴上教堂,每个星期天都像是过节一样。没办法,工地一到星期天也只能放假休息。工人们有的去河边钓鱼,有的上山采水果,有的静下心来给家里写信。但日子久了,时间也挺难打发,再说也影响工程工期。于是,工地以确保工期为由,通过上层关系拿到了警察局的加班许可证。有了这个尚方宝剑后村民们也无可奈何了,但是斐济人必须休息,所以星期天是叫不到当地民工的,只能干些不需要民工帮忙的活。

我们的工作和娱乐

我们设代组与施工队一起住营地板房,可以说是同吃同住同劳动。开始阶段,设代组人员有三人,等钢管制作和机电安装进场后增加到了五人,我们住两个房间,房间做寝室兼办公室。设代工作除了常规的验收、交底等日常工作外,还要完成全套施工图的重新设计工作,年轻设代还要参加施工队辅助测量、雨量观测、混凝土浇筑等劳动。由于现场实际地形地质条件会变化,院内完成的全套施工图都需要随着施工进展作变更调整。那时候的通信手段很落后,寄封信到国内要半个月,更没有个人电脑、网络等设施设备,所以设计修改只能全部由现场设代完成,有些用铅笔草图复印后可直接施工,有些还需要描图复印后用于施工,这些都由我们自己动手完成。

到了斐济后才知道,这个国家还没有电视台。那时候中国的电视机几乎已普及到家家户户,电视台林立,看电视也已不是奢望,但斐济没有电视台,据说是为了公平。斐济由几百个岛屿组成,那时候还没有卫星电视,即使有电视也只能覆盖首都所在的大岛维提岛,为了照顾其他岛屿国民的情绪,干脆不办电视台,大家都没得看,绝对公平。没有了电视,工地的娱乐生活几乎为零。怎么办?好在镇上小店可以租到录像带看,于是我们买来电视机和放像机高挂在营地走廊的尽头,一到天黑就播放录像带,走廊尽头成了娱乐和聚集场所。租来的录像带大多是港台武打片,英语配中文字幕,或汉语配英文字幕,都能看懂。西方原版片是全英文的,工地上没几个人能听懂,所以基本不租。遇重大国际事件的时候,也租澳大利亚电视台录下的新闻片,譬如美国"沙漠风暴"行动攻打伊拉克的新闻,我们几乎天天看,虽然是两三天以前的新闻,但也能了解大概进展。当然,大家热情最高涨的还是看国内电视台的录像带,是大使馆人员带来的,一般是中央台的春节联欢晚会等重大节日活动,或收视率极高的电视剧等,但数量很少,所以会翻来覆去看。譬如像赵本山的小品《相亲》、电视连续剧《渴望》等,大家几乎连台词都能背出来。

斐济距离中国实在太遥远,在世界地图上的面积小到几乎可以忽略不计,只是茫茫太平洋中的两个小点,所以连国内的短波电台也很难收得到。当时我真的很担心,在这样一个几乎与世隔绝的小岛上生活两年,回国时会不会变傻?于是,想到了另一个重要的信息来源——报纸。工地上订了一份英文报纸《斐济时报》,每天一份,有六七十小版,大多是各类广告,干货内容也有三四十版,当地报道、全球新闻、体育、娱乐应有尽有。可没承想,自己的英语基础与阅读报纸的要求实在相距太远,甚至连读懂每篇标题都吃力,没办法,只能查词典慢慢啃。开始的目标是弄明白每天的标题内容,数十个标题也得花掉大部分业余时间。后来对感兴趣的标题也会深入正文,哪怕了解个大概,尽管一天的报纸要花上一周的时间才能粗略啃完,日报成了周报,但我丝毫不减阅读兴趣。这样日积月累几个月下来,新闻词汇在我这里基本混了个脸熟,我的阅读速度提高了,每天的报纸几乎能全面浏览,既做到了不让自己与时事脱节,也能拿来与别人分享。这样,我在枯燥的工地生活中找到了乐趣。于是,就不再需要掐算时间,随着工程的快速进展,日子在不知不觉中过去了。

凯　旋

本工程作为援外项目,得到了中斐双方的高度重视,工程开工后斐济政府官员多次来工地视察,中国使馆领导也常来工地慰问。施工单位加班加点,克服困难,确保了工程进度和质量。我院各级领导全程跟踪,设代组人员更是倾注了多年心血,保证了工程建设顺利进行。到1991年年底,土建工程基本完工,我也与土建施工人员一起,取道香港返回,结束了两年斐济生活,完成了设代任务。

我作为设代组的年轻一员,虽然在项目工作中发挥的作用有限,但在艰苦的环境中磨炼了意志,结下了友谊,积累了经验,培养了对国外项目的兴趣,取得了宝贵的人生财富。现如今,虽然二十几年过去了,曾经一幕幕的生活片段仍像电影一样时时浮现在我的眼前,点点滴滴永远难忘。

柬埔寨工程叙事

黄　光　俞凯加　葛龙进　吴　蕾

　　柬埔寨项目是我院国外项目的重要组成部分,在这片古老而神秘的土地上,留下了我们浙水设计人诸多精彩的故事和难忘的回忆。

　　以下文字是四位亲历者的记录。

危险无处不在

　　背景:2009年3月到10月,我们测绘小分队进驻到了柬埔寨王国,在那里度过了不平凡的八个月。

　　热带原始森林,对于很多人来说,是一个充满神秘与幻想的地方,但对于我们测绘人,却是一个危险无处不在的地方。

　　在热带森林中,水源众多,成群的蚊子绕来绕去,当地有"抓把蚊子当盆菜"的说法。有一次,我们在吃饭的时候居然看见了一只重约八两的壁虎,大家开玩笑说,从它身上就可以看出这里的蚊子有多少了。许多同事被蚊子叮咬后都得了皮炎,部分人身上出了红疹,大如黄豆,疮口一抓破就化脓,奇痒难忍。

古树参天的丛林里,藤条荆棘蛛网密布,在我们身上留下了一道道深深的血痕。汗水、雨水流在伤痕上,就像在上面撒了一把盐。树林里多年腐烂的物质散发出的瘴气使人无法呼吸,眼里直冒金星。大家累得脸色苍白,连喘气都困难,只好喝水提神。

然而,这些对于我们来说还只是小菜一碟,更惊险的是隐身在丛林中的毒蛇们。

那是十月份的一天,下过暴雨的天空中,太阳露出了久违的笑脸。我们在坝址树林里测图,空气中却弥漫着一丝不安的气息。树林里定位系统(GPS)信号不好,我们就用手把流动站仪器(RTK)测杆升高,刚升到一半,测杆碰到了树丫。就在此时,树上掉下了一条毒蛇,落到了我们脚跟前。当时,大家吓得魂都没了,差点就把仪器扔了。

正当我们准备撤退时,在我们的跟前约5米处,又出现了一条不同颜色的蛇,正悠闲地盘在我们后退的路上。还没回神过来,在半路又杀出了一条,吓得我们全身汗毛直竖。我们感到危机四伏,好像有无数双毒蛇的眼睛正盯着我们。

坝址的右岸支流分布众多,需要涉水过河,有过前面的教训,我们马上联想到在河中间,会不会突然再冒出一条蛇来? 于是我们找了根木棍敲打树木,打"树"惊蛇,在确定没有危险之后,才下水过河。河水很深,都到胸口了,为了仪器不浸水只好将其顶在头上。

后来了解到,八到十月的雨季是森林中各种蛇出没最频繁的季节,它们颜色难辨,体积小,攻击性大,毒性不亚于五步蛇、眼镜王蛇。如果被它们咬到,在这交通、医疗落后的环境里,后果将不堪设想。

　　柬埔寨的十月,依然烈日灼灼。每天,我们都是顶着40多度高温,行走于半米深的沼泽地,身上背着沉重的仪器、饮用水、中饭,每一步走得都是异常艰难。

　　由于测绘地与住宿地相距甚远,我们的中饭便是几个月不变的冷快餐——两块鸡肉、一些白菜以及米饭。虽然吃腻了,可更惨的是,有时饭菜包得不严实,被雨水淋到,再加上40多度的高温,就馊了,我们就只能忍着饥饿喝口水填填肚子。哪位同事的饭菜要是包得严实没馊,就分给大家一起吃。久而久之,好几位同事的胃都出了问题。

　　高温天气,全身被汗水湿透是家常便饭,每个人的工作服上都有一层

在沼泽地举着仪器艰难行动

雪白的盐花了。大量脱水的我们在烈日下,需要补充大量的水分,喉咙直冒烟,恨不得就倒头猛喝沼泽地里的水。可我们身上带的水都是有限的,有时就剩一瓶水,大家轮流喝一小口润润喉,不敢多喝,以备急需。电影《上甘岭》的场景再次在21世纪的柬埔寨重现。

在沼泽地的跌打滚爬中,有时还会碰到更危险的事情。有时候,人一不小心就陷进了沼泽,淤泥没到胸部,脚下又被千斤重的淤泥吸住,无法动弹。这时,大家就用身体组成人墙,牵拉救援。

(黄　光)

穿越整个国度

背景:2010年11月至2011年6月,作为我院首位柬埔寨项目现场设计代表,我在异国他乡经历了一段难忘的生活和工作体验。

时而辗转于数个工地间,又总不喜欢过多地麻烦总包方,于是我独自从菠萝勉深夜赶赴金边,次日清晨再坐六个半小时的巴士到马德旺。大巴车颠簸在柬埔寨等级最高的公路上,我透过车窗一窥两旁零落掩映在热带植物丛中的高脚木屋。这种当地老百姓世代居住建筑的主要形式,无疑是一种辛酸的智慧结晶。几根水泥柱乃至木桩支撑的简陋寒碜的楼阁,固然可以躲避热带雨林气候潮湿的地气侵蚀和洪水泛滥时无情的吞噬,但也注定了这常年隔断与地脉相连的日子是那么苍白、贫乏,以至当我的目光与站坐在木屋前的小男孩相碰时，分明感到一种生痛和酸涩。

反反复复地，我在异国他乡体味一直在路上的日子。有时，我甚至需要一下子从越南边境赶到泰国边境。可每当我心里抱着自己几乎是穿越了整个国度的想法时，便感觉这体验真的不赖，甚至还有些骄傲。

（俞凯加）

拦河闸——马德望省Kanghot灌溉发展项目

菩萨省3号坝与5号坝勘测

背景：柬埔寨菩萨省3号坝与5号坝发展项目位于柬埔寨菩萨省西南长70多公里的豆蔻山脉，处于热带雨林之中。2011年3月，我院一行8人（包括测量黄光、吴旭明、戴华春、徐文武，地质葛龙进，钻探窦志强、徐文毅及同事的姐夫），组成野外勘测小组实地勘测，至6月结束。这两个多月的工作经历，现在回想起来，仍让人感觉心有余悸。

我们勘测工作就从3号坝开始。此时已是3月中下旬，离雨季的到来只剩下不到两个月时间了。

坝址区森林繁茂，树木高大挺拔，岔开的树冠就像一把打开的伞，把整个天空遮盖得严严实实，人站在树下基本看不到天，几乎令人窒息。树下多为低矮灌木丛，枝繁叶茂，更像一堵厚实的、密不透风的墙。由于不见天日，先进的测量工具RTK在这里根本发挥不了作用，只有砍掉树木，望见天空，RTK才能正常工作。测绘人员与柬埔寨小工一起，边走边砍树。由于雨林中的树木多为一人难以合抱的大树，且非常密实，斧头砍在树上都会反弹，要砍倒此类树木实属不易。因此，每测一个点基本上都要花费很长一段时间，有时柬埔寨小工砍累了，需要休息一下，我院测绘人员接过斧头继续砍，树倒了，人也基本上累趴了。到后来，我们向总包单位借了一把汽油锯，加快了砍伐的速度，测绘进度才有所改善。钻探的难度也相当吃紧，为了把钻机搬到山上，首先要砍出一条道路来，为了减少砍伐工作量，同志们反复踩点，搜寻最佳上山线路。由于我们工作钻机为杭产150型钻机，即使把钻机拆卸下来，单件重量也有三四百斤，最重可达六百多斤，这样的重量对身体相对瘦弱的柬埔寨小工来说，可谓难度不小。我们一方面增加搬运工，另一方面我院机组人员亲自上阵，手拉肩扛，费了九牛二虎之力，才把这个庞然大物搬到指定孔位。每次搬移孔位，基本上要比国内多花半天到一天的时间。

白天大伙在各自的岗位上辛勤劳作,到了晚上,才得以围坐在一起,放松一下。或仰望星空,喝点啤酒,聊点家常,谈点快乐的往事;或结伴外出打个电话,给远在千里之外的家人报声平安。同志们有说有笑,寂寞、焦虑、困乏渐渐烟消云散,跑到九霄云外了。

日子过得飞快,当3号坝址勘探结束,已经是5月初了。这时,天已经开始下雨,预示着雨季即将到来。匆匆整理好行李与机器设备,我们开始向5号坝址进发。搬家那天,是个阴天,一向风和日丽的天空竟刮大风,当我们运完一车行李设备折回时,发现一棵直径1米多的树木被风刮倒,横躺在路上。车子过不了,只有把它挪开。好在营地有把汽油锯,派人取来后,把树干锯成几段,大伙一起上,把它们推向路边,车子才得以通过,搬家继续进行。大约花费了一天时间,我们顺利搬到5号坝坝址。

到了5号坝,生活一切照旧,但工作条件却比3号坝更糟。一是雨季临近,雨水增多,基本上每天一场雨,可以工作的时间减少;同时,接连的下雨造成道路泥泞不堪,2轮驱动的车子根本没法跑,4轮驱动的车子勉强能走,但车轮打滑,险象环生,去县城买水、买菜难度加大。二是5号坝位于菩萨河的一大支流上,河宽30多米,随着雨水的不断增多,河水上涨很快,河成了一道难以逾越的屏障。为了解决上述困难,我们决定在天气好的时候抓紧干,下雨时就做些准备工作,把耽误的时间抢回来。在生活补给方面,趁天气好的时候,抓紧时间外出采购,尽量多买点便于储存的食物。为了解决过河问题,我们想了一个绝佳办法,在河两岸各砍倒一棵大树,使其横跨河中,然后在其上铺上木板,一座贯通两岸的简易交通桥就形成了,屏障变成了通途。

随着雨水越来越多,一个严重的问题开始出现,那就是疟疾。项目区是柬埔寨的几大疟疾疫区之一,进场之前虽早有耳闻,但未引起大家足够的重视,大家以为只要稍加注意,即可避免中招。可是,不幸还是降临到了我们的身上。首先是徐文毅出现腰酸、胃口不好等症状。他以前得过肾结石,起初以为工作劳累导致老毛病又犯了,没有太在意,后来实在吃不消了,就到省城买了些治疗肾结石的药物。但药物根本不起作用,不久整个人都快瘫倒了,赶紧送到县城医院,经血液检测才发现得了疟疾,并且比较严重。更不幸的是,窦志强、黄光等同事,还有柬埔寨的小工也先后中招,陆续病倒。人倒下了,但我们的精神并没有被病魔打垮。我们一方面对病人积极送医治疗,生活上给予尽心照顾,使他们尽快恢复;另一方面,没有被传染及身体已基本恢复的同事仍正常工作。经过大家近一个月的努力,终于在6月初完成5号坝的勘测外业工作。

(葛龙进)

贡布项目现场设代

背景:2012年2月7日,元宵节刚过,在海外和省外事业部的妥善安排下,沈贵华副总工、贡布项目经理吴蕾、施工地质葛龙进和围垦院现场常驻设代许吉登上了飞往柬埔寨的飞机,进行现场设代。

下飞机后,从零下几度的冬天一下子到了30多度的酷暑,反差很大,我们稍作适应后,天一亮就直奔距首都金边(Phnom Penh)约200公里的贡布 Prek Stung Kev 水利资源开发项目部。在柬埔寨施工有一个与在国内施工的不同点，即有效工期短，每年的6月到10月是柬埔寨的雨季，这段时间，每天都会下几场大暴雨，洪水水位会不断上涨，整个项目区工地都会被水淹没，无法施工，必须争分夺秒地抓住旱季，抢工期。此时是施工的黄金季节，项目部安排了昼夜施工来抢进度，高强度的施工组织，必须配备强有力的技术保障，现场常驻设代的重要性也就可见一斑了。目前还属于柬埔寨最凉快的季节，在烈日下，现场估计也有34℃，戴着安全帽，工地一圈走下来，立马大汗淋漓了，听说最热季节时有40℃。在强烈的紫外线照射下，项目部的人个个都黑黝黝的，估计到时我们现场常驻设代许吉几个月后从现场回来时，整个人也会呈现出柬埔寨人的黝黑肤色。现场道路干旱的时候都是粉土，车子开过，会扬起漫天飞尘，车得慢慢开，跟车不能太近，视线比我们这里大雾时还差，我们乘的黑色车，还没走完半个项目区，就变成灰白色的车了！

　　沈贵华副总工到现场一趟不容易，所以项目部安排了满满的行程。除了贡布项目拦河闸闸址，还一直跑到了拦河堰坝的末端，察看了正在组装的高压旋喷桩设备。西干渠已开挖出四五公里，衬砌完成了一部分，现场的各座节制闸、分水闸有已浇筑到检修平台的，交叉过渠的建筑物有待设计明确更改型式的，我们都一一到现场，有问题的解决问题，需要施工单位注意的地方，也逐一提出要求，予以强调。波萝勉离金边差不多100来公里，离贡布约300公里，这次也安排去了现场，马不停蹄一天奔波数百里成了常态。

　　经过七年多的不懈努力，由我院承担设计的柬埔寨马德望省 Kanghot

灌溉发展项目、菠萝勉省 Kampong Trabek 河防洪项目、贡布 Prek Stung Kev 水利资源开发项目等已顺利竣工,在运行中充分发挥了其防洪、灌溉等功能,极大地推动了当地的国民经济发展,赢得了广泛地赞誉。目前,已有近十个项目正处于策划、设计或施工建设中。我院一批又一批的勘察、设计人不断地踏上这块土地,披荆斩棘,并肩前行,在那片土地上留下了我们浙水设计人坚实的脚印。

(吴 蕾)

贡布拦河闸

信念的旗帜飘扬在斯里兰卡上空

黄 光

美丽不属于我们

斯里兰卡尼尔瓦拉–金河(Gin-Nilwala Ganga)引调水一期工程是浙水设计与中工国际在斯里兰卡开展的第二个水利合作项目。工程主要由四座闸坝、三条引水隧洞、一条引水暗渠、一座电站组成。

众所周知,斯里兰卡是个美丽的热带岛国,被誉为"印度洋上的明珠"。所以当我们于2014年4月3日一接到赴斯里兰卡担纲尼尔瓦拉–金河引调水一期工程测绘任务的时候,内心充满了热烈的憧憬:美丽的斯里兰卡会为我们的工作增添别样的精彩吗?

而当我们对测区进行了三天查勘后,立刻感到迎接我们的将是一项极其艰难而富有挑战的任务:测区位于辛哈拉加原始森林保护区,古树参天,树的直径大多在2米左右,高达30米到50米,抬头几乎看不到天空,通视条件极差;森林到处隐藏着大象、虎豹、鳄鱼、蛇、蚊虫、黄蜂、山蚂蟥等各种危险动物。而且该项目横跨斯里兰卡南部省的加勒(Galle)、马特勒(Matara)、汉班托特(Hambantota)三大县(Distrikkaya),贯穿 Gin Ganga、

Nilwala Ganga、Walawe Ganga、Kirama Oya 和 Urubokka Oya 等五个流域。面对这么多的流域和地区,这么多不可测的危险,我们每个人都发出感叹:岛国之美只属于旅行者,却不属于我们。

充满煎熬的等待

完成了查勘后,我们首先对第一个目标——对 Pitadeniya 水库开展外业测量。

由于驻地离测区比较远,最佳路线是从水库的上游进入测区。我们得先开车40分钟到达保护区边境,再换摩托车行驶一个小时才能到达森林保护区。由于山路崎岖不平、坑坑洼洼,几天颠簸下来,大家的屁股都隐隐作痛。

当我们紧张有序地在 Pitadeniya 水库工作了三天后,突然接到一个通知:由于政府与当地老百姓在该项目的政策问题上尚未达成一致,测绘小组被迫停工,撤回首都科伦坡等候消息。

这一等,就是一个月。这一个月,对于外业测量的我们来说是多么痛苦的煎熬啊!我们整天就吃住在出租房内,焦急而无奈地等待再一次的召唤。

难熬的雨季

等到再次进场,已是5月4日,已错过了测量的黄金时间段。5月份正值斯里兰卡的雨季，昔日清澈的河水只有0.5米深，而现在河水暴涨；崎岖不平的小路变得泥泞不堪，连步行都很困难，更不要说是骑摩托车了。

雨季的天气变化像翻书一样，说变就变，一天当中至少要下3到5场雨，而且下雨时间又长，有时长达3个多小时，而间歇不超过10分钟。我们在森林里根本没地方躲雨，而大家又舍不得将宝贵的时间浪费在来回的路上——雨来了，随便找个地方躲一躲，实在找不到，只好任雨淋，一天下来身上没有一寸是干的。穿雨披？穿着雨披根本也没办法干活，而且在原始森林和灌木丛中，雨披一下子就被撕扯得支离破碎。

更让人难以忍受的，是树林里腐烂的动物和树枝在雨水和气温的作用下散发出那种令人窒息的热气。这是一种"毒气"，一沾到身上，没几分钟就会长出一圈圈的红点，刚开始不感到痒，后来越长越多，奇痒无比，越抓越痒，越痒越想抓……

雨季的原始森林更是山蚂蟥的"天堂"。大雨过后，只要你站在那儿不到五分钟，山蚂蟥就会纷纷从树上掉到你的脖子上，或者从地上爬到你的脚上，你即使穿上雨鞋，把身体用衣服包得严严实实都无济于事。我们每天在鞋子与衣服上涂满了盐巴和肥皂，但只要树叶上的雨水或露水将盐和肥皂冲掉，山蚂蟥就会趁机再次向我们发起攻击，无孔不入，防不胜防……

与野象相遇是家常便饭

Mauara水库测区地处斯里兰卡国家森林公园，方圆几十公里内荒无人烟,森林内布满了野象、豹子、野狗、眼镜蛇、蝰蛇等致命动物。

一进入作业区,与野象相遇是家常便饭。为了确保人身安全,我们请了国家森林管理处的向导,带枪站岗,时刻为我们提供保护,同时我们也配备了炮仗来恐吓大象。虽然有这么严密的保护,但是每次看到树林远处走过的动物和树丛中动物的骷髅,总感觉毛骨悚然。更可怕的是,据向导说,有头大象脾气暴躁,已踩死过好几个人,不知会在什么时候出现。

大象固然可怕,但更可怕的动物在这里防不胜防。5月27日早上,当司机把车停到一座废弃的房子边,一下车,突然发现一只豹子正躺在大树底下! 直接与凶猛的野生动物如此近距离相遇,那种恐惧,那种惊慌失措,真的无法用语言来表达……

到Mauara水库右岸测量,需要过一条大河。要过河,意味着要过"鳄鱼关"。为了过河,我们从很远的地方租来了一条船。虽然有了船,但过河还是大问题:水缓的地方鳄鱼多,鳄鱼少的地方水急,水流与鳄鱼不能两全……为了安全起见,我们最后决定还是把船放在急流处,过河时用绳子拴住船和人,顺着河水边漂边划,划到对岸。虽然避过了鳄鱼,但每次过河,我们的船都被湍急的河水冲得东倒西歪。

信念的旗帜飘扬

长时间在如此恶劣的环境中工作,我们真的感到无助过、失望过,也想过等雨季过后再来干……

但支撑我们的,不是别的,正是我们的信念:我们是浙水设计的一分子,一定能信守合同,在紧张的时间内完成所有的任务。

正是有了这一信念的支撑,我们没有让野象、豹子、毒蛇、蚂蟥挡住我们行进的道路,没有让自己对专业的爱与信念退却,没有让浙水设计的旗帜在斯里兰卡的上空褪色……

编后记:由于浙水设计测绘院团队的卓越工作,斯里兰卡引调水一期工程的测绘任务得以圆满完成,感动了斯里兰卡方和合作方。中工国际总经理亲自致信该团队,表示感谢。

背包里的无悔青春

李剑强

"群山俯卧足下，白云伴舞身旁，穿梭密林深涧，眺望碧海蓝天……"

徜徉在《浙水设计之歌》的旋律里，飘荡的音符为我们勾绘出水利人梦想的蓝图：现代化的水利水电工程事业在这片孕育了古文明的土地上欣欣向荣，将洪水驯成绵羊，为人民发电放光。而在那大坝厂房的重彩之下，是我们地质勘探队员用自己的汗水，为这蓝图抹上的一层厚重底色。

每一个地质人都是行走在异乡的追梦人，在山重水复的路途中，我们的背包装满了对一方山水的热爱，装满了对亲人的思念，也装满了无怨无悔的青春。

异乡的追梦人

温州市赵山渡引水工程是飞云江干流中游河段上控制性的水利工程，同时也是一座以供水、灌溉为主，兼顾发电、防洪等综合利用的水利工程。为了查明工程区的地质条件，我们地质队的同志于1995年6月进驻瑞安市高楼镇，展开了紧张而忙碌的初步设计阶段勘查工作。

初来乍到的我们，还来不及从车马劳顿中缓过神来，艰巨的任务已经给每一位同志的神经拧紧了发条。需要勘查的输水渠线路长达62.52公里，沿途拟建的渠系建筑物多达85座，而与之形成鲜明对比的，是地质队捉襟见肘的人员部署和分秒必争的工作期限！

在巨大的挑战面前，项目组的同志们仿佛化身成一张张强弓硬弩，压力越大，我们迸发出的力量也就越强！

交通不方便怎么办？在这偌大的工程区，地质队员需要完成钻孔放样、钻孔编录、地质测绘等工作，而钻孔位置分散，加之山路崎岖，没有汽车，工作效率十分低下。为了走出困境，确保勘查工作有序进行，地质队采购了两辆六七百元的山地自行车。考虑到当时人民币的购买力，这笔花销用时下的流行语来形容，无疑是使"土豪"们"任性"了一把。但好钢用在刀刃上就能发挥价值，同志们骑上这山地车，就把脚蹬踩得如同风火轮一般，翻山越岭如履平地，平均每天骑行50公里～60公里，最多的一天甚至超过了90公里，这无疑为勘探工作平添了宝马良驹。

时间不够用怎么办？确实，在奋战的日子里，我们都恨不得有一双手能把时间拉住，好让钻机能往下多打一米，好让地质测绘能往前多做一公里。通过不断改进工作方法，我们发现这并非痴人说梦。向古人学习，闻鸡起舞，每天早上六点半，我们按时起床。早饭就是满满的一碗米饭，加上一碗榨菜汤或者紫菜汤，因为谁也不知道我们的午饭会出现在何时何地，这样的搭配能为我们提供更多的能量，而且做起来简单方便，深受同志们的青睐。晚上归来之后，我们总结一天的成果，再对第二天的工作做好计划。虽然辛苦,但有条不紊的安排似乎真的让时间也为我们放慢了脚步。

交流不顺利怎么办? 有一次,我们几个同志在前往一个闸站时找不到路,便向路边的一位阿婆求助。虽然同属浙江,但温州本地的年轻人多外出做生意,留守的老人说的是一口流利的温州方言,我们根本听不懂。正在一筹莫展之际,山间的小道上飘来一阵风铃般悦耳的笑语声,那是村里的"红领巾们"放学了。孩子们纯纯的笑脸,将我们这些外乡人的窘迫一扫而空。他们争着当起了小小翻译家,一会儿把我们的普通话翻译给阿婆,一会儿又把阿婆的回答解释给我们听,遇到意见有分歧的时候,还要七嘴八舌地"内讧"一番。在他们的帮助下,我们顺利到达了目的地,而作为感谢,我们回答了他们什么是水利水电,什么是地质工程等问题,满足了孩子们的好奇心。

黎明的跋涉者

地质勘查的野外工作对于我们意志的考验,不只有外界的艰苦环境和繁重工作,也有日常生活中的触动。我们的工作环境往往是人迹罕至的荒山野岭,没有娱乐,没有享受,陪伴我们的是与世隔绝的孤独和无处不在的危险。同志们的信念就如同炉中之玉,历经百般考验,依然初心不改,砥砺前行。

在某一个晨风微凉的早上,我们扛着钻机设备,来到一处林深草密的地段进行安装。三四十厘米高的野草已没过膝盖,风一吹,像一个个调皮的孩子挠着我们的皮肤，也掩藏着草浪下的危险。正当我们有说有笑地往钻孔点走着，突然，队伍后面传来一声惊呼，这呼喊声带着恐惧与痛苦，使得每个队员的后背如同有一道凉气沿着脊梁骨升起。究竟发生了什么事？回头望去，一名钻机师傅已经坐倒在草丛里，手握着腿部，紧皱的眉宇间汗水涔涔而下。大家纷纷扔下设备围拢过去，却发现草堆里有什么动物借着荒草的掩护迅速逃走，而师傅的腿上赫然排列着三个渗血的小孔。"不好！是毒蛇！"不知是谁喊了一句，把大家的心都提到了嗓子眼。情况非常危急，而事发地点又远离城镇。没有医院，没有车辆，大家只好背起伤员奔向村子，向村民求助。不幸中的万幸，在好心的村民帮助下，我们找到了村里的土郎中。在对伤口进行了一番处理后，钻机师傅也转危为安。

事后，大家再提起这件事的时候，评论都是简简单单的两个字："还好。"但多多少少都在心中触发了对生命的思考和对死神的敬畏。可谁也没有因此而退缩，大家依旧坚守着自己的岗位，只是更多了一分小心。

逆风的破浪船

1997年3月，地质队的工作进入施工设代服务阶段。现场的每一个决策，每一次验收，都与工程的质量和安全息息相关，此时的地质工作可谓牵一发而动全身。为了保证服务质量，地质队派出五名队员轮流常驻设代，守护每一个机器轰鸣的清晨和黄昏。在我们与业主、监理、施工单位的精诚合作下，引水枢纽工程和输水渠系工程相继开展，各建筑物单元工程、分布工程逐个进行了地质鉴定和验收。

正当大家在工地奔波忙碌，为取得的每一次突破而欣喜时，一个消息如晴天霹雳一般，抽打着队员们的热情和信念。中水九局在施工过程中指出，引水枢纽段的某一地层实际应为"漂石层"，这与勘查报告中的"砂砾卵石层，含漂石"的描述不符，并由此提出高达一亿元的索赔！回想起初设阶段大家的奉献和努力，施工单位的这一举动触发了我们心中的委屈和不服。

在这士气受挫的关头，以陈漓生副院长为代表的院领导们毅然站在了我们的身后，给了地质队员们面对质疑的勇气。经过会议讨论，大家认清了形势的严峻，迅速成立了专门的反索赔小组，开展针对性的工作。同志们在疲劳和重压下挑灯夜战，技术人员对相关规范一本一本、一页一页、一句一句不厌其烦地细细研究，最终指出现场地层不符合规范中关于漂石的定义，并由此提出反索赔。通过多方交涉和不懈努力，我们的观点得到了肯定，也给大家今后的工作增添了一份信心和警醒。

2002年10月，赵山渡引水工程通过了浙江省水利厅组织的竣工初步验收，运行多年来，各项水工建筑均能按设计要求正常运行。2006年，赵山渡引水工程地质查查项目获得了浙江省建设工程钱江杯一等奖，终结了我院勘查十年无大奖的尴尬。事实再一次证明了我们勘查成果的合理和准确，当地政府和老百姓对工程的肯定和对设计院的信任，是给我们最好的回报。而当初那段一起奋斗、一起直面逆境的经历，也成了我们地质队员心中最美好的回忆。

驰念的梦里人

在野外的日日夜夜里,最难忍的不是风雨,不是伤病,而是对家人的思念。每当夜深人静的时候,这种情感就更加的强烈,撩拨着我们的心弦。也因此,我们虽然不是文人墨客,却最懂得古诗词中那种"明月楼高休独倚"的情愫。

在外业勘查近百天的日子里,我们没有时间回家,甚至没有条件跟家里的双亲通一次电话,只能对着皎洁的月光,遥寄自己对家人的思念。而当工作完成后回到杭州,才发现停在车棚里的自行车已经悄悄爬满了铁锈,等在门口翘首以盼的父母又增添了几缕白发。

与家人不能朝夕相伴,是每一个地勘人心中免不了的隐痛和歉疚,但正是家人们的理解和支持,成就了我们为水利水电事业做贡献的力量!

尾 声

九百多年前,苏轼写下一阕《定风波》:

莫听穿林打叶声,何妨吟啸且徐行。竹杖芒鞋轻胜马,谁怕?一蓑烟雨任平生。

料峭春风吹酒醒,微冷,山头斜照却相迎。回首向来萧瑟处,归去,也无风雨也无晴。

苏词纵然豪放,但尾声里依然流露出身受贬谪的凄凉和无奈。

九百年后,我们浙水设计人奔波在这同一片天地间,这"穿林打叶声"吟诵的是我们满腔的热情和豪迈,这"山头斜照"见证的是我们背包中无悔的青春。

阿克代的中秋

翟守俊　韩新捷

中秋节,每年都会有,但那个遥远的、寒冷的、颠簸的阿克代的中秋,足使人没齿难忘。

初战阿克代

2014年8月初,地质勘查院钟德荣、陈武和我一行3人飞抵阿勒泰,开始柯赛依大坝上游阿克代水电站预可研阶段工程地质勘查工作。之前一直听说新疆苏木达依里克流域独特的地质条件较为复杂,此次能亲临实地学习实属荣幸。

一路翻山越岭,离柯赛依越近,白桦树也越来越多。虽说对歌手朴树的《白桦林》耳熟能详,却第一次与其亲近。河滩上大片大片的白桦树,浓荫蔽天,郁郁葱葱,一株株笔直洁白的树干冲上云霄,不侧不倚,挺拔俊秀,像军人一样守护着这里。白色树干上长着许多黑色的"眼睛",深邃地将世间的一切看在眼里。

虽然风景宜人,但工作一开始进展并不顺利。前一年放在阿克代坝址的钻机已被滑坡体掩埋,等把钻机挖出来运到下游约20公里处的阿克代厂房,组装完成准备开工时,却又发现钻机运转不畅,时不时会闹点小脾气。另一台钻机的情况更糟,我们不得不将它完全拆卸,替换相关机件后,再重新组装使用。进场半个月,只能做些修修补补的准备工作,心情有所不畅。但工欲善其事必先利其器,在经历了一番折腾后,后续的勘探工作也就顺利多了。

由于沿途均是无人区,大家只能在阿克代厂房附近找块空地安营扎寨。于是,荒芜的峡谷多了三处军绿色的帐篷,除了哗哗的河流,山谷里又多了机器的轰鸣声和大家的笑语声。白天特别的长,到晚上十点才会天黑,又没电没信号,所以大家都早睡早起,平均每天工作10小时以上。出山的路极其艰辛,皮卡车从阿克代厂房出发,往下游经过柯赛依大坝,到达阿勒泰市至少需要6个小时。因此,队长高叶洪每出一次山,就要一次性采购一周的食物,顺便在有信号的地方给家里和单位领导打个电话报个平安。

2015年9月初,设计院陈舟副院长、吴伟军书记、朱红雷副总工、项目经理张泽辉(工程院副院长)等一行10余人抵达阿克代现场,对驻守一线的工作人员致以亲切慰问,并带来卫星电话。领导们亲赴阿克代坝址进行现场实地勘测,也对我们之后的生活和工作给予了殷切关怀和悉心指导。

再战阿克代

时至9月中旬,柯赛依大坝的白桦林还是一片翠绿,而在上游三十多公里的阿克代坝址区,树叶已经泛黄。山顶的皑皑白雪向我们宣告冬天很快就要到了。蓝天也越来越少见,取而代之的是挥之不去的阴雨天,像难以捉摸的婴儿,不知道什么时候就会开始变脸。

连绵的阴雨天让路况很不堪,每天都会出现新的塌方。上下坝址不到两公里的山路,就有十来处塌方,其中三处还有大树和块石横在路中间,卡车根本过不去。机组人员只好抽空拿着柴刀和钢钎去通路,而下坝址下游的路况还不知道会怎么样。

唯一可以接收外界信息的收音机是我们关注的焦点,虽然信号非常嘈杂,但我们仍然希望能从中得知哪怕是零星的天气变化信息。得知冷空气即将南下,我们都紧张起来。顶着早晨的凛冽寒风,我们要比往常更早地离开还算温暖的被窝,尽量增加实际工作时间,尽快完成正在作业的坝址勘探孔。尽管如此,突如其来的第二场雪还是打了我们一个措手不及。原先还是阴天而已,突然一阵狂风携着灰白色的云团,翻过远处的山峰和树林,顺着峡谷,狂啸怒吼。寒风摇撼着树枝,枯草落叶漫天飞扬,混沌一片。就连路边用来取暖的火,也在风雪的淫威下奄奄一息。暴风雪越来越猛,吹得人睁不开眼,透不过气,钻机操作的难度也越来越大。然而,在保证安全的前提下,我们还是没有退缩,继续和时间赛跑,和风雪较量。因为大家都清楚,假如钻机停下来,机器和水管一结冰,那耽误的时间将会更多。当天下午,我们艰难地按规范完成了正在进行的坝址钻孔，留下更多的时间打包准备出山。

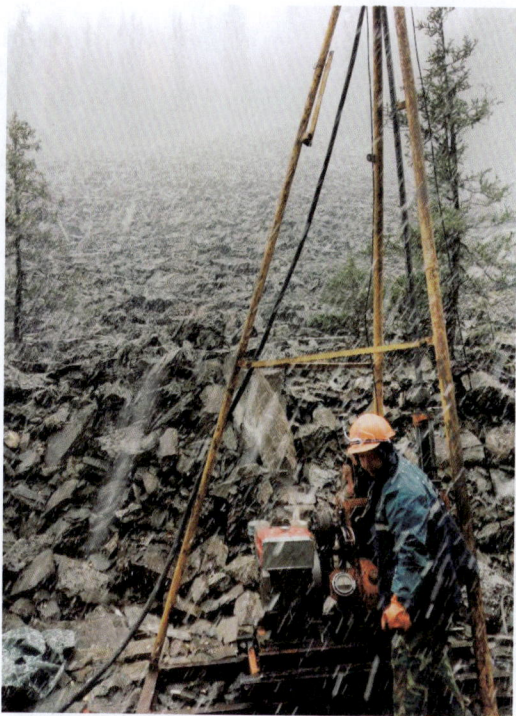

迎着风雪开钻

冲出阿克代

　　帐篷外，又是一夜呼啸的寒风。

　　天亮了掀开帘子，外面又是灰蒙蒙的一片，这已经是阿克代第三场雪了。简单地吃了点早饭，归心似箭的我们赶紧收拾行李，整理帐篷和床铺，捆扎棉被和睡袋。因为我们必须在路面变得湿滑之前撤出去，尽快同进山接我们的业主会合。上午11点，能见度越来越低，卡车载着所有人在湿滑的道路上小心翼翼地缓慢爬行。不出所料,沿途又增加了很多新的塌方。一路走走停停,遇到小塌方能绕的,尽量绕过去,遇到大塌方,只能停下车来,大家群策群力想办法。有时候,近10米的树倒下来横在路上,大家便齐心协力,将其移到路边。不计其数的碎石基本覆盖住了原来的路面,在高队长带领下,大家用双手搬,用木棍撬,用树枝掏,拿着顺手的片岩挖,戴着劳保手套刨,物尽其用,想尽办法同风雪抢时间。寒风刺骨,肆虐地往我们的秋衣中钻,也似乎只有这种紧张的高强度的劳作才能够抵御严寒。

清理路障

辗转颠簸走出大约六公里，已经花费了将近两个小时的时间。前方又是严重塌方，路面全是石块。突然，卡车一个趔趄，车上好几个人撞到了车顶，卡车也趴窝了。方向盘失灵了，司机连呼不妙，下车检查后，才发现车轴断了。大家顿时像泄了气的皮球一样瘫坐在地上。由于没有信号，无从得知业主接我们的车在哪，风雪也并没减弱的迹象。高队长当机立断，被褥和大的物件留在卡车上，大家带上背包和行李箱，打算徒步走完剩下的三十多公里。于是荒芜的峡谷里，一行人或者捡根树枝挑着行李，或者扛着行李箱，背着背包，步履蹒跚地前行。

走了大概一个小时，终于见到了业主邵总和部队的车队，前面由一辆

徒步出山

黄色铲车开路,后面跟着一辆军绿色解放车。队员们得以原地休息,体能好的跟着业主再进山拿行李和被褥。山路原本就只够一辆卡车行驶,事故地点塌方的块石又占了一半路面,铲车和解放车艰难地交叉掉头。突然,又是咔嚓一声,解放车失去方向,倒车时差点滑出路面。吓出一身冷汗的司机下车检查,发现同样是车轴断了,而且和前一辆车断的是同一位置。邵总惊呼:天!在这施工这么久,头一回出现这样的事。没办法,叫天天不应,我们还是得走回去。铲车运载能力有限,载着行李和部分队员先撤,高叶洪和徐铭慧两位队长、地质人员和邵总以及部队继续步行。期间业主通过卫星电话联系柯赛依大坝再派车进来。和业主边走边聊,得知当初邵总陪同设计院朱红雷副总、张泽辉项目经理、翁新海教高等一行翻山越岭,从柯赛依大坝走到阿克代坝址,还没有这条山路,走到阿克代坝址已经天黑,就在山上宿营扎寨,以干粮和方便面充饥,第二天再翻山越岭返回柯赛依。这得需要多么坚定的意志!想想现在还有山路走,已经算是很幸福的事了。

也不知过了多长时间,估摸着差不多走了一半的路程,进来接我们的车差不多也快到了。于是大家原地休息,围成一圈烤火取暖。也不知烧了多少根树枝后,远远地看到一顶小红帽在风雪中向我们飘了过来。我们心里一惊,不会又出什么事了吧。"小红帽"喘着粗气,说由于路面湿滑,加上路基不稳,他的卡车右边前后的轮子都滑出去了,差点翻到河里,需要铲车帮忙拉出来。屋漏偏逢连夜雨!大家的心情再次降到了冰点。唉,爬上铲车下去一起帮忙吧。来到事故地点,才知道铲车在这中环动力卡车面前太渺小,铆足了劲儿卡车也纹丝不动。后来又是挖土,又是填石,借着钢缆绳才慢慢地将其拉了出来。

然而,事故还没有结束!

距柯赛依大坝大约五公里的山坡,坡积体含泥量陡增,雨雪已经让道路泥泞不堪,而且这段山路先是约60米落差的下坡,跨过支流冲沟再上坡。下坡过程中卡车不停地打滑,方向盘也失去控制,如果顺坡冲下河床,后果不堪设想。幸好离柯赛依大坝不远,邵总又调来了一辆六驱解放军卡,把我们和被褥行李安全送到柯赛依厂房,此时已经晚上八点半。简单地吃完晚饭,大家在厂房办公楼一楼打起地铺,被褥已经可以挤出水来。回忆起白天的经历,可以安全出山已经算是万幸了,想想第二天就可以到阿勒泰,一天的劳累也就不值一提了。伴着此起彼伏的鼾声,大家很快进入了梦乡。

在风雪交加的旅途中,一年一度的中秋节悄然而至。每逢佳节倍思亲,而此时横跨在我们与亲人之间的是四千多公里的距离,我们只能在电话里倾诉着对彼此的思念。

【第二篇】

风雨同舟

『万人操弓，共射一招，招无不中。』

自1956年建院以来，一代又一代的浙水设计人薪火相传，众志成城，携手走过了一个甲子的风雨变迁。

60年间，无论是面对建院初的百废待兴，还是改革开放的重大契机，我们始终肩并肩，手挽手，心连心，在发展的大路上昂首阔步，砥砺前行。

精诚团结，同创共享，一代代的浙水设计人共同书写着『风雨同舟』的精彩。

那些年，我们一起建设的马蹄岙水库

金文志

说起经历过的重大工程，让至今已在浙水设计大院里工作了53年的我记忆犹新的，当属工作之初参与的龙泉马蹄岙水电站设计。

马蹄岙水电站位于浙江与福建山区交界处，属于当时新中国三线建设中的小三线工程。"三线建设"是中共中央和毛泽东主席于20世纪60年代中期做出的一项重大战略决策，是在当时中苏关系恶化和台海局势紧张的情况下，为加强战备，逐步改变我国生产力布局的一次由东向西转移的战略大调整，是我国一次大规模的工业迁移过程。

有机会参加"三线建设"，我感到非常荣幸。

坎坷进深山

1965年12月30日，我们受命向龙泉出发，此行任务是通过现场查勘提出工程规模和枢纽布置方案。前往工地的路途曲折蜿蜒，行车需要整整三天时间。长时间的奔波已让人疲惫不堪，谁知，在从丽水到龙泉的途中，正在飞奔的吉普车突然在山路上跑起了S形，最后索性翻了个大跟斗。等大家反应过来，车子已经向后侧翻。幸好有惊无险，无人受伤。检查后发现汽车掉了个后轮，脚刹已失效，用了手刹才停住。

车是没有办法坐了，大家只能抛下车子，继续前行。一车人在公社的帮助下搭了班车去了丽水，在丽水坐上公交车继续向龙泉挺进。在龙泉见到了当时负责小三线工程的干部，一行人才由龙泉水利局局长带领前往马蹄岙工程选址现场。

历经三天多的奔波，我们终于到了马蹄岙工程选址现场所在之处，森林中一条峡谷蜿蜒在山路之下。年轻力壮的设计员们顾不上一路的疲惫与惊险，略作休息后就只身向山路之下的峡谷进军了。

第一次勘查时，年轻的同志们就负伤累累了。深山之中根本没有路，下到峡谷完全得自己在森林里开辟出路来，很多同志下去的时候，手抓在树上，到达峡谷下面时，手上已经出现了一条条带血的红疤。

茅草屋里定设计

第一次现场勘查后，残酷的现实很快摆在了面前。我们一行人住在离水电站枢纽最近的菊水村，离坝址有十里地，离水电站厂址更远，无交通工具，每天走路早出晚归，中午送饭也十分困难，严重影响了勘测进度。

于是我们决定在坝址附近，即槎溪和支流护阴溪汇合口的一块台地上搭建临时工棚，作为施工企业进场前的过渡用房。请农民帮助搭建，木料、毛竹、茅草就地取材，搭建了三幢茅草房，一幢大的住勘测人员和民工，约二十余人，一幢小的可容纳我们五位设计人员，另有一小间作灶房。5月中旬勘测设计组由菊水村迁驻现场，为了采光，茅草房开了几个窗，在窗前及室外打上木桩，钉上横条，搁上图板即成了办公桌。设计组茅草房还分隔成男女间，每人一张行军床，每人配一盏煤油灯，便于夜间工作和学习。

但现实没有想象那么简单，不说山中各种虫子骚扰得人坐立不安，睡不了安稳觉，单是夜深人静时，在与世隔绝的小山涧里，安静得只有水的哗哗声和忽远忽近的野兽嚎叫声，就使人心里颤巍巍的。有一次，几位男设计员去福建收集水文资料，设计组唯一的女同志徐宛玉吓得一夜未睡，在煤油灯下看了一晚书。

白天只要不下雨，我们就在屋外工作，这样光线好。但溪边的小黑虫令人困扰，就像无声无息的"吸血鬼"，被叮后奇痒，还会引起皮肤过敏。为此，皮肤暴露部分每隔两小时需涂一次防蚊油，另外我们还发明了防蚊面罩，用废图纸卷成，留出眼孔和鼻孔即成。好在小黑虫的出没与气候有关，时有时无。

当时也没觉得有多苦，认为生活就是这样。大家还笑称住房为依山而建的山涧水景房，而且自炊自食，菜虽烧得远不算可口，但烧熟了就是一顿美餐。春天来临之际，进山勘测的队员们还能在山中挖一些野笋回来打打牙祭。在这种条件下，在测量、地质各专业协作配合下，8月份即顺利完成了《马蹄岙水电站工程扩大初步设计》文本。

一段时间后，浙江水电工程局改善了设计组生活和工作的环境，另外在生活区增设了长途客车马蹄岙站点，交通比以前大为改善。我们就在新环境下继续开展施工图设计，边设计边施工。大家有一个共同目标，早日建成马蹄岙水电站，为"小三线建设"建功立业。

1966年5月摄于马蹄岙水电站现场
设计组草房前

（图中人为金文志）

马蹄岙水电站设计组1966年年底摄
于施工营地

前排：徐宛玉、吴兴发、高肇俭
后排：彭奇生、李金生、李余庆、金文志等

地下式水电站的创新

根据当年政策,三线工程要求进山隐蔽,许多军工企业都建得像民居一样。以地面厂房形式需要开挖面很大,不可能隐蔽,于是采用地下厂房设计方案。但我院未设计过地下厂房,如果到外省搜集资料,学习经验,在时间上不允许,设计组迎难而上,大胆设计,完成了地下厂房施工图,把安装四台机组的主厂房、升压站及副厂房全部布置在地下,相应布置调压井、尾水隧洞、交通运输隧洞、事故隧洞、出线隧洞和通风隧洞,仅数个隧洞进出口和进厂道路在地面上,但皆隐于山林间。由于上级对工期要求很紧,只能边设计边施工,为了使跨度最大的主厂房布置在地质较好的地段,设计组与施工单位配合,用打导洞现场选址的方式,既缩短了工期又节约了投资。

马蹄岙水电站厂房建在浙闽边界附近,省内河段水能资源丰富,但下游为福建松溪县,有引水灌溉的要求。就水力发电而言,水头自然是越大越好。但要使水头增大,就得改变水的自然流向,这就影响到了下游福建省松溪县的灌溉。为减少上下游水资源开发的矛盾,3月份现场设计组主动去松溪县征求意见,随后在水头的处理上引入了一个创新做法——在水库和电站之间做了一个引水堰。这个引水堰就像开关一样:当灌溉的月份来临时,将开关打开,水就顺着建造水电站之前的路径,流到了松溪县的灌区,农田就可以不受水电站的影响而接受充分灌溉;当下游灌区大量需水的月份过去,将开关一关,水就抬高了,我们就可以充分利用水来发电。这样,峡谷的水就被最大化地利用了,既不耽误下游灌溉,又可以被我们用来发电。

马蹄岙水电站现场设计尽管已过去五十余年,但往事历历在目。"小三线"成为了历史,当年参加马蹄岙水电站现场设计的人员都接近或进入耄耋之年,回想往事,回味亲身经历的种种艰险,别有一番成就感。

开辟·巩固·拓展——丽水故事

方沛南

自1982年进院，一晃34年过去了。我一直跟随设计院而成长，也有幸见证了设计院由计划走向市场的重大变革，印象最深的是丽水市场的开拓，这既是设计院主动开疆拓土的见证，也是时代改革的缩影。

身后的天空

十一届三中全会后，中国开始实行改革开放。1984年中共十二届三中全会通过了《中共中央关于经济体制改革的决定》，确立了在公有制基础上的有计划的商品经济的发展模式。这对我们设计行业提出了一个前所未有的挑战：因为我们生产的是技术商品，与普通商品相比，知识性、精神性成分较大，而且水利本属公益项目，我们的技术成果能作为商品吗？也能进行市场交易吗？又如何在市场上交易产生经济效益呢？

这些困惑虽像坚冰，但在时代的热潮中慢慢消融——1992年邓公发表南方谈话后，我院开始实行技术经济承包责任制，逐步推行了事业化编制、企业化管理的模式，在确保完成上级下达的指令性任务的前提下，走向市场,承揽勘测设计业务,并取消了事业费收入。这一举措,打开了市场的第一道口子,也意味着我院真正艰难地从计划经济向市场经济转型。院里的营业收入也从1992年的八百多万,跃升到1998年的三千余万。

在这一进程中,具有代表性的事件是1995年开始我院着手开拓丽水市场,至1998年迎来了全面开花。

第一道光

经过市场分析,我们发现丽水地区的潜力非常大。一是丽水市可供开发的常规水电资源为327.8万千瓦,约占浙江省可开发量的40%,而至1995年,只开发了常规水电资源的17.45%,资源蕴藏量非常大。随着经济发展加速,电力供应缺口日益凸显,一些地区频繁停电,地方政府纷纷出台政策鼓励水电开发,这为我院发挥技术优势开拓水利水电勘测设计市场提供了机遇。二是社会对水电开发经济效益的认识开始深入,一时间,政府、国有企业、民营企业投资兴建水电站的热情高涨,尤其是浙江民营企业通过改革开放积累了一定资金后,纷纷寻找投资项目,而水电开发成为他们眼中的优势投资项目。

民营企业的优势就是机制灵活,更懂市场,但缺乏的正是具备雄厚实力的水利水电工程勘测设计单位的专业技术支撑,这就为我们的合作提供良好的契机。而我们也亟须与民营企业结成合作共同体,借势进入市场,共享市场的机遇与馈赠。

我们设计院的资本是雄厚的技术力量，在浙江省水利水电工程勘测设计行业中具备绝对优势，但与地市水利局下属的设计单位相比，我们却没有区域知名度、人脉和信息的优势。而民营企业恰恰具有选择勘测设计单位的自主权，为我们打破地方市场割据提供了有利条件。为此，我下定决心，不停地往丽水跑。那时丽水刚通火车，而且需要转各种车，舟车劳顿，不知疲倦。回想当年，为什么要那么辛苦去干这样这么小的一个项目？主要还是希望通过腿勤、嘴勤，获得眼亮、耳灵，克服区域知名度、人脉和信息的劣势。

20世纪90年代初，景宁县政府提出了"以电兴县"的经济发展战略，把小水电当作支柱产业来加以培育，并出台了一系列政策，动员鼓励全社会和外商办电。我们凭借全力以赴所积累的知名度一举打入景宁市场，承接了一个又一个项目。让我印象最深的是，丽水水利局领导曾说："我们景宁县的水电开发不能忘记浙江省水利水电勘测设计院。"这就是对我们最好的肯定。与此类似的，还有英川水电站。项目涉及整个英川流域，体量较大，人手、经费不足。我们几乎是免费完成了流域开发的策划。虽然从经济收益上看这个项目是亏本的，但在设计领域，很难完全界定什么是亏本——因为循着这条线，我们把该工程从可研到施工图的勘测设计业务收入囊中。

其实，这正是我们设计院进入市场的战略：以小博大，延伸拓展。就是凭借着不怕吃亏的精神，我们一路进入丽水市场。这，正好像第一道光，照亮了我们改革的道路。

将光芒融入同一片天空

我们进入丽水市场之后，立刻面临与当地设计院竞争的局面。我们首要解决的问题就是扩大影响力，以更好地抢占市场。如景宁的庆元大岩坑水电站，规模较大，按常理会交给我院来设计，但当时的新任局长对我们院的情况不是很熟悉，同时丽水设计院也正积极争取，就形成两家竞争的局面。当年可研阶段的经费总共72万元左右，我们只分到40万元，这让我们深感委屈。当时我负责丽水市场的开拓与经营，之所以下决心做，是因为只有做了才能站住脚，才能打开我们的天地。于是，我们一边做可研，一边与丽水水利局沟通，让他们逐步了解与信任我院。

回想当年，我们努力通过各种机会宣传造势，扩大我院的知名度和影响力，让大家知道我们实力非常强，建设项目收益好，而且收费合理。例如，我们精心策划了一系列的工作：缙云黄帝祠宇开光文化节上，我们以赠匾签订合作协议的形式来壮大声势；丽水城市防洪工程开工典礼上，我们放飞氢气球让浙江省水利水电勘测设计院进入公众视野；景宁工程上我们所打造的质量标杆，就像一块巨大的广告牌……

接下来，我们开始审慎处理好与当地设计院的关系。因为每个地区都有乙级的水利水电设计院，而且县里还有设计所，他们长期从事小水电设计，具备一定的技术实力和区域优势。在大力开发水电的政策背景下，也都卷起袖子，准备大干一场。而我们的进入，势必挤压他们的发展空间，如果我们不能将两者的关系当作重大战略问题来面对，难免落得两败俱伤。我们采取了"抓大放小、互利共存"的战略，形成了两家设计院之间既有竞争又有合作的格局,达成了双方比信息、比技术的共识,形成了各取所需、和平共处的市场环境,同时抵御了"外敌"的侵入。同时,各县市均有丙级设计所,我们采取的也是这种合作模式,但不同的是给他们更多的是技术支撑,以建立双方的互信机制,为顺利承接大中型项目打下基础。

最终,我们欣喜地迎来了丽水市场的馈赠,最大的馈赠就是从丽水出发我们看到了更远的未来。当时很多民营企业资金正在寻找出路,我们主动为投资者提供前期的技术咨询,推荐投资效益好的水电站项目,增强投资者的预期信心,经营市场,吸引投资,从而承接项目,开拓市场。如为广厦集团水电开发公司提供超前策划服务,促成其先后投资了白鹤水电站、英川水电站、五里亭水利枢纽工程、周公源梯级水电站工程。更值得一提的是,借助浙江民营企业在外省的投资平台,我院开启了走出浙江的历史步伐。

汤浦水库忆点滴

——陈舟专访

汤浦水库,位于曹娥江流域下游一级支流上虞小舜江的上游。设计采用振冲碎石桩加镇压层,既节约工程投资,又缩短筑坝工期,水库提前六个月蓄水。该工程于2002年建成,在2004年获全国优秀工程设计铜质奖、省水利厅优秀设计金质奖;2006年获国家优秀工程银质奖。

我们就此工程的设计,专门采访了陈舟副院长。

问:您是在什么情况下接手汤浦项目的?

答:我接手汤浦水库项目是在1998年的12月份,汤浦在上虞,水库大坝在汤浦镇上游一公里的地方,是绍兴自来水的水源工程。这在当时是我们院里最大的项目,光是水库部分的投资就有9.6亿。

这个项目很大,当时进展也很快,是绍兴市政府投资、国家补助的。通过水利厅水利投资的资金好像是6500万。建设管理的方式是通过总承包,由水利厅下面的工程局进行的,主要投资方还是绍兴。

问：当时项目的进展遇到了什么问题？

答：第一个困难是这个项目的建筑物很多，有两个主坝，一个副坝，再加上下面的泄洪渠，而且是劈山的。1998年11月，在红山岭那一段发生滑坡，导致一名民工死亡。劳动部门前来调查，情形比较紧张。

另一个困难是图纸。泄洪渠的岩土基础分两部分，一部分是软基，另一部分是山体岩基。一旦遇到软基问题，就难以解决。我在盐官项目的时候恰好处理过软基问题，所以当时叫我过去。在水利厅组织的汤浦水库泄洪渠专题讨论会上，我院的技术人员和水利厅技术专家的意见不完全一致。我们觉得自己的算法没问题，只能按照这个做，而他们认为还可以再优化。

我是1998年12月的某一天去的，第二天回来后当时的水电室主任就找我了，说院里决定我去担任项目负责人。我一下子懵了："那么大的项目，能否给我一个礼拜的时间熟悉一下？所有的东西都要推算，不知道是否安全？"他说不行，绍兴方面要求尽早蓄水，那时绍兴的水污染严重，水已经不能喝了，院里认为一天都不能推，请我马上赴上虞担任负责人。

问：最终项目是如何圆满完成的？

答：大坝图纸的主体部分，即坝基处理和坝身结构部分，已经基本完成，但料场问题没有解决。当时绍兴市要求至少提前半年蓄水，如果石料都解决不了，哪里还来得及？

堆石坝需要大量石料，我们原来的计划是到库区离大坝三公里的地方去开山挖石，用于堆坝。而到料场没有路，都是农田，还有很多鱼塘，修筑一条路，需要很长时间，而且要把山皮剥掉以后，下面的石头才好用，又需要很长时间。怎么办？

当时东西主坝之间有座田螺山，田螺山的边上还有一座山，那座山按照原来的规划，在蓄水之后会形成一个岛。这座山离坝很近，但一旦放炮，对大坝已经完成施工的部分是有影响的。我们经过综合分析，决定用这座山来解决石料问题，这样就少了筑路环节，距离又很近，就是建成后少一座岛，但自来水水库是不能搞旅游的，少一座岛就少一座岛。最后绍兴市决定，就把这个岛挖了，为了加快进度嘛。

还有一个副坝，它是在山的一个垭口上面，但是它的高程比我们正常蓄水位又低了一点。初步设计的时候考虑的是砌石坝，山脊线有一点折线形，他们就搞了一个折线形的砌石坝，当时我们考虑，这里没有块石，折线形感觉也不好看。所以我们后来优化了，全用混凝土浇，做成圆弧形，远看很像拱坝，这样就漂亮多了。

汤浦项目是由工程局总承包的，我院当时是李锐、唐巨山常驻，有一批人专门从事设计工作。负责地质的是朱红雷和退休的杨汉城。现场设计代表是一个女同志，叫沈英华。当时杨汉城主要是解决红山岭滑坡问题，沈英华负责水工。

建设过程中还有几个问题，一是在新老河道交界的地方，老河道要进行封堵。堵坝当时比较麻烦，初步设计的断面太小，后来我们一点点增大。二是新的泄洪渠开通以后，一个山湾里面的村庄的排涝问题解决不了。于是我们又建了一个泵站，虽然不大，但是有各种建筑物，有水闸，有泵站，有堵坝，有下游一个河道整治。

我当时住在上虞农业银行的四楼,专门有个办公室。供水工程是福建省设计院设计的,他们的人也跟我们在一起办公,我们负责水库部分,他们负责引水、隧洞部分。

那个时候吃了晚饭,我们一起出去散步,几乎走遍了汤浦的每一个角落,如今想来,感到特别温馨。

苦战"五大项目" 同唱"太湖水美"

马以超

"太湖美,太湖美,美就美在太湖水……"

曾几何时,这悠扬的歌声勾起了人们对太湖水美的多少遐思啊,可是随着太湖沿岸的人口集聚和经济社会的飞速发展,昔日的美丽正离太湖渐行渐远……

太湖流域的水环境治理,刻不容缓!

党中央、国务院高度重视,浙江省委、省政府积极响应党中央、国务院指示,做出有效改善太湖流域水环境的重大决策,浙江省太湖流域水环境综合治理五大重点水利工程(即"五大项目")由此应运而生。

"五大项目"由太嘉河工程、平湖塘延伸拓浚工程、苕溪清水入湖河道整治工程、杭嘉湖地区环湖河道整治工程和扩大杭嘉湖南排工程等五项工程组成。总投资约180亿元,成为我们设计院有史以来最大的项目。

鸿篇巨制

五大项目,事关太湖流域的经济社会发展,事关千千万万的子孙后代。为了及时、高质量地完成五大项目的可研工作,我们设计院举全院之力,整合最优资源成立了五大项目组,由陈舟副院长挂帅,我任首席专家。项目组集中了工程院、规划院、施概院、市政院、环保院等各部门一批技术骨干。在这支上百人的队伍里有专家教授,有前辈师长,更有后辈新人……

按正常进度,如此规模的项目的可研周期就需要两到三年,但是留给项目组的时间只有半年多。

单单一份扩大南排项目可研报告,就有1450页,67万字,550张图纸,这还只是一个主报告,而且只是其中的一个项目——真是一部长篇巨著啊!

于是,整整一年,"五加二""白加黑",成了整个项目组的全部生活。各种数据的汇总、各种文字的衔接、各种层面的会议……我们开会、修改报告、再开会、再修改,一遍又一遍……如山的文字与数据也越堆越高……

进京赶考

五大项目,规模宏大,链条很长,一道必过的坎就是进京汇报,被项目组戏称为"北京会考"。

2010年的元月,项目组第四次赴北京会考,一住就是二十多天。

这次会考是五大项目中的最后两个项目,合计总投资近120亿,所以省厅及地方各级领导都格外重视。水利部的总工、省水利厅厅长、副厅长以及杭嘉湖三市的多位领导参加了会议。尽管大家会前做了非常充分的准备，但还是有些问题尚未达成一致意见。会议的气氛一度非常紧张，大家对工作都尽心尽力了，结果却不尽如人意。大部分年轻同志也是第一次遇到这种场面，委屈、挫败、不甘，多种滋味交织在心头。晚上开会，两位院领导给大家鼓气，鼓励大家全力以赴想办法解决问题。

紧张的讨论场面

此次来北京共有40人，绝大部分都是30岁左右的年轻人，会议结束后其中27人留在北京修改报告。年轻就是资本，年轻就是活力。年轻人共事的好处是共同语言多，容易沟通。当然，这支充满朝气的队伍里也有专家和教授,前辈和师长,但是队伍中从来不唯权威是听,年轻人即使面对老专家,照样会争得面红耳赤。年轻人多,自然充满了朝气,但大家也都严以自律,每个人都在尽力做好自己事情的同时,不忘相互帮忙。困难面前,整个队伍团结得像一家人。

在北京工作期间,"五大项目QQ群"的作用发挥得淋漓尽致,就是这个小小的网络世界,在各专业之间架设了一道桥梁,传递技术、分享感受、分担痛苦……每到深夜,也是群里最活跃的时刻,工作累了,有人会放一支好听的歌分享;遇到烦恼了,在网上吐槽,大家一起解嘲;当然也有"潜水"的,偶尔出来"冒个泡"刷一下存在感……

在陌生的环境,最担心的就是生病,怕自己生病,更担心传染给其他成员。来北京的前几天,我正赶上严重的感冒,有点担心身体能否扛住。好在及时吃了药,身体状况逐渐好转并无大碍,有足够的体力去打这场硬仗。可能这段时间大家都太疲劳,加上连续的重压,不少人身体都出现了状况。有人水土不服拉肚子,有人肩颈病发作,有人胃痛难熬,更多的是和我一样,感冒头晕。一天晚上,项目组一位主力出了健康状况,头晕、咳嗽、胸闷,吃了药却不见好转,这让大家都有些紧张,大家赶紧将他送到医院,检查结果是普通的感冒,大家的心才得以放松。连续挂了三天吊针之后,身体逐渐康复,大家紧绷的弦才松了下来。

在外久了,就特别思念家人。每当夜深人静,我就特别想念我的女儿。我知道大家也都一样。记得一天吃饭的时候聊起孩子,有个同事说前面审查会期间她给小学二年级的儿子打电话:"妈妈还有五天就回来了。"过了几天,她再打电话:"妈妈还有两天就回来了。"但是会议结束了，她要留下来继续工作，于是她只好再给儿子电话说："妈妈还回不来……"儿子一下就把电话挂了！

　　老专家年逾花甲，还和大家一道奋站在一线，甚至晚上开夜车看报告，指导年轻人。有的同志孩子尚未满月，有的同志家里小孩还在生病，有的同志妻子还在卧床保胎，但他们都克服了困难，留在这儿坚持工作。

团队里的老专家

　　有一天夜深了，大家都还挂在群里，坚守在工作岗位上。已忘记了因为什么事引起了大家的热议，有个队员说："马老师，我听你的！"我在群里回复："让我们共同度过。"片刻间大家沉默，后来有人传上了一首老歌：《共同度过》，大家久久地沉浸在张国荣的歌声中……

滑坡之痛

2013年新年伊始,"五大项目"全线启动,苕溪清水入湖河道整治工程的先行启动段工程突然滑坡。

这里,原是一片滩地;这里,前不久刚刚举行了隆重的开工仪式,市长、书记到场剪彩……

滑坡发生于1月26日下午五点半左右。滑坡发生后,现场工作人员立刻打电话给主设人,主设人马上向我报告,经确认险情没有进一步发展后,我随即向分管的陈舟副院长汇报,然后确定第二天一早即由陈副院长带队到现场。

陈副院长到达现场后,马上部署测量队伍进场测量,取得数据后,马上平复滑坡面;随后,物探队伍进场;接下来,钻探队伍进场……

虽然事情得到了较为圆满的解决,但留下的教训也是深刻的。滑坡长度65米,滑坡部位没有钻孔控制,虽然钻孔间距符合规范,但滑坡部位处于滩地老池塘,而且原有老堤在该处奇怪地向后退了近100米,形成了一个凹形。如果设计人员对这个奇怪的凹形有一些警觉,在新堤线拉直处理时多一些论证;如果地质人员对这个堤外池塘也多一分警觉,坚持进行水上钻孔勘查,可能这个地层的突变也会及时被发现,不至于发生滑坡。

"五大项目"目前只是完成了第一步,更艰巨的任务还在后头。扩大南排、苕溪年后还要进行复审;整个项目还要通过国家发改委层面的评估;可研阶段结束后还要进入整个项目的初设阶段……"五大项目"工作团队表示将毫不松懈，竭尽全力，做好最后的修改、报批工作，与太湖流域周边地区，一同高唱"太湖水美"！

我们在一起

福泽浙东千万家

——汪恒强专访

　　"楚水清若空,遥将碧海通",这是唐代诗人李白当年的畅想,而这一畅想在浙江大地上正在变成现实。作为浙江省有史以来跨流域最多、跨区域最广、引调水线路最长和投资最大的水资源战略配置工程,浙东引水工程从富春江(钱塘江富阳段)引水,横跨钱塘江、曹娥江、甬江流域,源源不断地向绍兴、宁波、舟山输水,泽被浙东地区,实现了"一江春水向东流",也为浙东地区的百姓带去了福泽。

　　浙水设计献策献力,成为浙东引水工程中一支重要力量。为此我们专门访问了参与此项工程的汪恒强副总工。

　　问:浙东引水工程是一个大项目,一共有哪几个分部工程?

　　答:我用下表来说明。

分部工程	工程规模	建设期限
萧山枢纽工程	进水闸2孔×10米	2009.06—2012.04
	泵站50立方米/秒	

分部工程	工程规模	建设期限
曹娥江大闸	28孔×20米	2005—2011.05
曹娥江至慈溪输水河道工程	三兴闸引水流量60立方米/秒	2003—
	输水河道85千米	
曹娥江至宁波输水河道工程	进水闸引水流量40立方米/秒	待建
	输水河道93千米	
舟山大陆引水工程（一期、二期、三期）	引水流量（1.0＋2.8＋1.2）立方米/秒	一期2003.08 二期2015.12 三期待建
	输水管线（67＋54＋178）千米	
新昌钦寸水库	水库总库容2.44亿立方米	2011.06—

问：浙东地区是沿海区域，浙东引水工程的建设背景是什么？

答：钱塘江是我省第一大河，流域面积5.5万平方千米。钱塘江河口左右岸分别为杭嘉湖地区和宁绍地区，是我省经济最发达地区。20世纪60年代以来发生，1967、1971、1978三次大旱，特别是1971年宁波市缺水严重到"理发店理发不洗头"的局面，水源短缺问题尤其严重。为解决浙东地区（含舟山）水量短缺的问题，早在60年代，水利部门的专家便有了从钱塘江（富春江）引水的梦想（七堡枢纽，黄湾枢纽）。

问：当时为解决缺水问题提出了什么方案？

答：70年代初，钱塘江（富春江）引水设想为有坝引水方案：在富春江河段末端（富阳渔浦街）建拦河闸坝，通过引水渠道向浙东引水。经研究，因感潮河段修建闸坝对钱塘江下游会造成严重淤积而否决。从此,富春江引水改为无坝引水方案,进水枢纽设于富春江、钱塘江、浦阳江三江合口,采用自流引水与电力翻水站提水相结合,引钱塘江水入浙东地区。

我院在 20 世纪 70 年代,相继完成《浙东(萧绍宁)地区供水规划》和《富春江引水工程规划》。上述《规划》提出,浙东地区从三个方面增加水源供给:(1)各地增建多座大型或中型水库;(2)在曹娥江流域增建 1 座～3 座大中型水库;(3)新建富春江引水工程(引水规模为 50 立方米/秒至 180 立方米/秒)。

问:提出方案之后,实施了吗? 又发生了什么?

答:1982 年 5 月,浙江省科协牵头组织"浙东水资源综合开发工程"(包含富春江引水工程和杭甬运河工程)考察活动。参加考察活动的有水利、环保、地理、海洋、交通等八个学会研究会,萧山、绍兴、宁波等沿线市(区)、县及有关部门的学者、专家、科技人员共四十余人。

考察队认为浙东水资源综合开发工程包括了西水东调大型调水工程和横贯东西的水运工程,是一项涉及我省实现四个现代化的重大战略性措施,应努力促进工程早日完工;富春江引水与杭甬运河同为水工程,在路线布置上要相互整合。

考察后,省政府以省科委名义下达任务,要求我院、省河口海岸研究所及省交通设计院三家单位共同协作完成可行性研究工作。

问:浙东引水工程什么时候正式启动?

答:1982—1986年多次召开专家座谈会研究。1986年完成《浙东水资源综合开发工程可行性研究报告》,上报省科委及省政府。

1992年3月,为探索浙东水资源供给问题,省经济建设咨询委员会组织了以翟翕武主任为团长,钱鸣岐(省科协副主席)为副团长,徐洽时厅长、王守民委员和水利、交通、环保、规划等专家组成的考察团,于3月17日至3月30日再次沿杭州萧山、绍兴上虞、宁波、慈溪、舟山等地进行实地查勘,听取各地领导和有关部门的意见和建议,并从5月8日至6月6日由翟翕武主任带队,赴山东、江苏,考察"引黄济青""引黄济淄"和"江水北调"等调水工程,学习跨流域引水经验。徐洽时厅长亲自撰写《富春江引水工程考察报告》,并在8月下旬报送省政府。

1994年9月,省委书记李泽民召开"富春江引水"专题会议。

1997年5月,刘锡荣副省长召开"富春江引水"专题会议。

1998年9月,我院提交《富春江引水工程项目建议书》。鉴于此时绍兴汤浦水库、宁海白溪水库两座大型水库已建成,富春江引水规模相应由120立方米/秒调减为90立方米/秒。

2003年,时任浙江省委书记的习近平同志指出:"把解决浙东、浙北地区的缺水问题摆上议事日程,并抓紧进入实质性启动阶段。"随后,省委、省政府做出建设浙东引水工程等优化区域水资源配置的重大决策。同年7月,成立了由常务副省长任组长的浙东引水工程领导小组。

2004年2月,浙东引水工程列入省政府工作报告,工程建设全面启动。

问:浙东引水项目对浙东地区有什么有利影响?

答:第一,提升水资源保障能力,助力浙东地区经济发展。引水工作的开展,稳定了沿线河网水位,保证了浙东地区工农业生产用水,引水地区水资源供给总体平稳,水资源严重短缺的现象大为改观,供水保证率明显提高,为浙东地区经济社会可持续发展提供了强有劲的水资源保障。特别是2013年7月、8月浙东地区持续高温干旱期间,浙东引水萧山枢纽25天应急引水8500万立方米,有效缓解了该地区旱情,减少了因旱情造成的经济损失,避免了水事纠纷。同时通过合理调度已有水利工程向姚江应急补水,为舟山大陆引水工程正常取水创造了有利条件。2015年,浙东引水工程累计运行191天,萧山枢纽累计引水3.12亿立方米,位于曹娥江右岸的三兴闸向东部地区累计引水2.16亿立方米,引水末端受水区慈溪市已累计受水2.57亿立方米(超过慈溪市多年平均水资源量6.4亿立方米的1/3)。

第二,实现河网水系联通,改善浙东平原水环境。引水实施后,随着河网水位的相对稳定和水体流动性的增强,浙东地区平原河网水系联通,水体的自净能力和水生态修复能力逐步提高,与引水前相比,原先部分河道水体发黑、发臭的现象基本消除。水质自动监测数据显示,引水期整体水质明显提高,区域水环境持续改善。引水沿线过水区、受水区共八个监测断面中,五个断面水质变优,水质普遍提高一个或两个类别,其他断面监测指标也明显改善,引水对平原河网水环境的改善效果十分明显,为引水沿线各地"五水共治"做出了积极贡献。

第三,增强防汛调度灵活性,提高防洪排涝能力。浙东平原地区河网台汛期的调蓄能力有限,防汛和排涝的难度大,预排预降往往会出现降多了后续河网水位偏低、降少了区域内涝严重的现象。从2015工作实践来看,浙东平原地区的防汛防台工作主动性大大增强。由于有了浙东引水充足的水资源保障,引水沿线各地汛期的预排预降力度普遍加大,区域防汛调度更加灵活和从容。

第四,萧山枢纽的泵站是有引水、排涝双向的功能,使得萧山枢纽工程在常态化引水的同时,对进水枢纽所在的萧绍平原更增添了排涝能力。

2013年"菲特"强台风期间,萧山区出现严重内涝,萧山枢纽全力排涝,三天累计排水1000万立方米,萧山站水位下降39厘米,有效减轻了萧山区蜀山平原特别是萧山城区的防汛压力,极大地提高了区域防洪排涝能力。

誓将沧海变桑田

吴 蕾

何谓"瓯飞"？

2010年之前，很少有人听到过这两个字。

而在两年后，在"百度百科"上可以找到这样的条目：

瓯飞工程是全国单体最大的围垦工程，围垦位于瓯江与飞云江之间的滩涂，项目东邻东海，并连接经济发达的瑞安及龙湾，解决温州可用土地极少的局面，推动经济发展。

据2012年10月23日温州网报道：

从瓯江之滨到飞云江畔，瓯飞一期围垦工程达13.3万亩，加上起步区龙湾二期和丁山三期7万亩，共达20.3万亩，跟市区现行建成区面积相差无几。

瓯飞，取"温州腾飞"之意；瓯飞，将再造一个温州城。

瓯飞一期围垦工程,仅用了一年半时间就完成了前期工作,迎来了项目落地建设。"瓯飞工程,其规模之大、审批之快、前期支撑性工作之规范,创造了温州乃至全国海洋围垦项目的一个先例和奇迹。"省海洋渔业局有关负责人给出了这样的评价。而这一奇迹是如何创造的呢?

仅规划论证就编制了六稿

当我院接到温州市水利局委托的瓯飞滩促淤围涂项目规划专题论证的时候,我们的心都是沉甸甸的———一方面,标志着由瓯江时代迈向东海时代的瓯飞工程承载的是温州的未来;另一方面,瓯飞工程围涂规模之大、围垦堤线之长,在我省的围垦史上前所未有,在国际上也寥寥无几,因此从项目总体规划、相关敏感点影响分析、建筑物布局、建筑物结构、景观生态设计,一直到施工组织均对我院提出了严峻挑战。

怎么办? 只有一条路:必须跨越横在我们面前的万千险阻!

从接受任务到调整为"促淤及研究项目",再到瓯飞一期为近期实施项目,直至项目建议书批复,期间长达八个月的时间,我们几乎放弃了所有的节假日,多方调研,充分论证,先后向温州市水利局、温州市政府、省围垦局以及省水利厅汇报。每次汇报,我们都会遇到不同的观念之争与方案之争,我们听取各方意见,认真分析,力求完善,仅规划论证就编制了六稿。

毫不夸张地说,每一次修订都是我们对这一重大工程理解的一次加深,每一次修订都是各大专业之间的一次新的融合,每一次修订也是我们由数量向质量、由单一到综合、由传统到创新的转变,比如我们根据荷兰、韩国等国经验创造性地提出了"围海不填海"的方案以减少对海洋生态的负面影响,有力地推进了工程的顺利立项。

横在我们面前的四道坎

2012年国庆前夕,瓯飞一期围垦工程可行性研究报告获省发改委审批。而一进入实施环节,就有四道坎无情地横在我们面前:第一道,由于工程地处敞开海域,风浪很大;第二道,地基土层主要为高含水量、高压缩性、高灵敏度、低强度的淤泥和淤泥质土,承载力低,抗剪强度低;第三道,工程远离现有岸线,建设条件复杂,设计标准高,施工强度和难度大,给大型水闸、海堤等建筑物设计和建设带来沉重压力;第四道,每年必来却又无法预知的热带风暴,对工程的影响特别大。一句话,海上施工简直就是人类与大自然的博弈。

怎么博弈?且举一例。

瓯飞一期围垦工程抛石量4000多万方,土方量2000万方,排水插板1亿米,水泥75万吨,钢筋3万吨,钢板桩7.70万吨,石方的施工高峰期强度达到每天7万~8万吨,试想一下,这样数量级的石方从料场经汽车运至码头,需要怎样周密的施工安排? 从大型料场的分级规划、数百辆重型运输汽车道路和间距的安排、适合候潮施工的码头岸线选择,最后到2000吨~3000吨甲板驳的落实,都需要环环相扣,才能得出令专家信服的可行性数据。由于没有先例,做施工组织专题设计时,我们多处调研,并赴现场参观了省隧道公司当时正在开采的大型料场的整个施工流程,结合其他工程的经验来提出我们的论证方案。如今工程北区的高峰强度已经通过考验,最大强度能完成每天9万～10万吨,实践验证了当时设计的科学性与合理性。

而在水闸围堰的设计中,我们打破近海围垦工程中基本用土石围堰的传统做法,采用港口航道船坞建设中较为常用的双排钢板桩围堰形式,克服了离岸远、风浪大等限制;我们采用有限元软件设计分析结构形式,合理选取参数,最终取得理想的设计成果。北片区的双排钢板桩围堰轴线总长约1533米,基坑面积约14.5万平方米(相当于20个足球场面积),是目前我国规模最大的双排钢板桩围堰,我们采用浮置式钢板桩围堰结构,两侧采用石方压护,围堰工程钢用量约2万吨,抛石、大块石用量46万立方米,工程总造价1.8亿元。如今在Google Earth地图上,可以清晰地看到这一"钢铁长城"屹立在瓯江之侧。

一年时间里,瓯飞管委会召开不同层次、不同规模的研究论证和审查审批会议多达102次,完成71个技术专题。我们作为设计方,需要根据业主随时提出的要求不断补充与完善;更为艰难的是,我们在堤线布置和水闸布置方面,除了要满足本专业功能要求外,还要兼顾养殖用海规划和海域使用要求。要使三家报告统一,必须不断地磨合、修改。我们只能放弃晚上及周末的休息时间,每月数次往返于温州与杭州之间,与项目业主、相关部门充分沟通,第一时间论证优化方案。

谁能料到会有一百多组的计算?

行路难,难于上青天!我们哪知道在寻求设计最优方案的行程中会遭遇一百多组的计算？天道酬勤,天道酬新！我们终于找到了一个突破常规的方案。

这一艰难的攀登过程,既是对我院技术底蕴的考验,更是对我院各个团队之间的相互合作、相互支撑能力的考验。我们基于优化布置、方便施工、经济合理等原则,综合考虑景观、市政等多方面的功能要求;六座水闸,均为软基闸(且120米钻孔都未达岩基),若按单独工程考虑,每一座闸都属于大型水闸,除排涝,还要兼顾纳潮、通航的要求;围堰的选择,不仅涉及投资,更关乎工程的进度和成败;13.28万亩的围垦面积是传统围垦工程面积的三四倍,河道的布置、龙口的设计无参考先例,只能大胆设想,科学创新……

在大量的设计计算中,年轻同志发挥理论知识踏实、动作快的优势,骨干同志发挥业务过硬、经验成熟的优势,不同的优势在这里汇聚,不同的智慧在这里闪光……期间,有的同志即使遭遇婆婆病重、去世的家难都没有完全放下工作;有的同志怀着对在老家有孕在身的妻子深深的歉意,夜以继日地工作,在出差途中,接到了女儿出生的消息;有的同志克服孕期的种种不适,坚持在工作岗位,建立波浪模型,数易其稿……

正是因为有了这样一支能打硬仗的项目团队,在瓯飞设计中,我们终于攻克了一个又一个难题。2013年《瓯飞一期围垦工程项目建议书》获省优秀工程咨询成果三等奖,2015年《瓯飞围垦工程关键水力学技术研究与应用》获省水利科技创新一等奖,《无翼墙水闸布置形式》和《滨海超深厚软土地基浮置式钢板桩围堰》获实用新型专利。

正是胸怀誓将沧海变桑田的雄心,我们的创新和合作之旅,将不断绵延。

来不及珍重的聚会

何 伟

我们都是突击队员

青山碧水间,晨光熹微中,一辆大巴缓缓停下来,旋即走下一群携带着大大小小办公设备的人——这是些什么人?他们来这里干什么?

这是一群党员,里面有刚刚履行了入党仪式的年轻党员,也有已具十年党龄的模范党员;有成熟稳重的中年汉子,也有初出茅庐的毛头小伙;有的已为人父,有的即将成为父亲,也有的即将成为新郎。

他们来自不同的部门,岁数不同,性格迥异,但他们都有一个共同的名字——浙水设计人,为了一个共同的目标——杭州千岛湖引水工程,组成了"千岛湖引水工程党员突击队",来到青山水库集中办公。

我们这支"突击队"由时任工程院副院长、专总、项目经理的张永进带队,包括沈镇伟、叶洁慧、陈知渊和我等其他人。

一群人到青山水库安顿下来后,随即投入了紧张的工作中。

十月的秋风也渐渐带着些许的寒意,青山水库僻静的办公室里却呈现出一派热火朝天的景象,大家忙碌着各自手头的事情,浑然不知窗外秋意渐浓……

这群"可爱"的人

作为一个团队，当然得有一个核心，我们"突击队"的顶梁柱就是张永进了。

作为项目经理，他要为整个项目的进度、精度操心，并时刻关注着项目的各项进展情况。

项目组集中办公的第一天，张总还在临海出差，为了尽早和团队会合，他连夜赶到临安，到达办公地的时候已是晚上10点多。当大家以为他将回去休息的时候，张总却留下来开始了工作。这样的夜晚不是偶尔，当整个管理区一片漆黑的时候，独有我们办公的场所依然灯火通明。

张总要求非常严格。对于工程中的每个细节他都思虑周密，往往在我们感慨于他的细心之时，他又给予了我们新的指导。在他那里，水工专业的同事们可以学习借鉴到很多知识和经验，其他专业的则在交流和配合中受益匪浅；在他那里，一名优秀老党员的优良品质展露无遗；在他那里，你会体会到真正把事业当作爱好的高尚境界。

"小泥巴又胃疼了！"这句话在集中办公的一个月中时常响起，说的是工程院的沈镇伟。作为新安江引水工程的水工主设，他在这个项目中是绝对的"元老"，从项目的历史、工程现场状况，到水工的设计环节，他都了如指掌，简直就是项目的"活字典"，大家都叫他"沈牛"。尽管胃疼时不时地来袭扰他，他也硬撑着，这个工程离不开他。疼得严重的时候，他也只是趴在桌子上休息一下，等病痛稍微缓解了，又见他开始忙着撰写报告和画图了。

每当他胃不舒服的时候，张总就会很焦心，焦心于"沈牛"的身体为什么不真像牛那么强壮，焦心于在如此大强度和压力下工作的伙伴们的身体。直到后来大家才顿悟，也许"沈牛"之"牛"不在他的身体，而在于他默默奉献、勤劳踏实的工作态度和敬业精神吧。

规划院马俊所长（我们给他的昵称是"马所"）给项目组带来的不仅仅是项建书中规划的章节和几个专题，他带来的更是一种生活态度和工作态度。办公伊始，大家安装好计算机后就开始工作了，"马所"像变魔术般从包里拿出了抽纸、红外按摩仪等全套的生活办公设施，俨然已经准备好了长期战斗，项目不做完不罢休。晚上大家加班晚了的时候，用按摩仪缓解一下脖子的酸痛，又可以重新投入工作了，这时候"马所"标志性的笑容浮现了，大概是欣慰于自己的先见之明吧。

我们的故事每天都在上演，故事的主人公有将为人父的陈知渊，有参加院集体婚礼后就回来加班的新郎徐轶慷，有中途要参加注册考试的肖钰和苏敏，还有风尘仆仆出差赶回来的李世锋……

"忙情"轶事

工作是忙碌的，也是充满乐趣的，平凡的日子中不乏生动的小插曲（Episode）：

Episode 1：某日，大家都分享着自己带来的咖啡，张总遍尝各味，最终推介了马俊的咖啡，因为他的咖啡味道最为纯正。于是乎，中途回杭之际,施概院的苏敏去超市专门买了满满两大包咖啡,以供大家晚上加班提神之用。

Episode 2:每每吃饭之际,饭桌上有且仅有两个话题:工作,孩子。在轻松的气氛中讨论当天工作中的内容或者难题,一不留神就会有新的想法冒出来,饭后大家立马将讨论的东西付诸计算或者图纸予以验证。项目组里有好几个都是初为人父或将为人父,大家谈及孩子的时候,往往也唏嘘于无法照顾好家庭,然而一旦投入工作中,大家的神情又是如此专注。

Episode 3:到青山水库集中办公后,可能由于每天工作强度较大,晚上休息较晚,肖钰睡眠质量不好,晚上总是睡不着。大家知道后,每日话题又多了一个:如何让肖钰更好地睡觉。喝牛奶、床上数羊、饭后散步等方法纷纷出炉,最终实践证明晚上跑跑步,运动后睡眠好。从杭州临时休整回来后,办公室就多了两副乒乓球拍,饭后挥上几拍乒乓球,大家工作效率和睡眠质量都提高了。

Episode 4:张总要赶回杭州开专题审查会,走之前问大家什么时候安排回杭州一次,无人应答,再问,大家才说快到月底了,专题弄好了再回。张总临别时叮嘱大家要早点休息,可当夜11点多,大家仍在低头忙碌,不知谁猛然想起张总的话,不禁哈哈大笑:"领导在不在一个样,革命靠觉悟,干工作更得靠自觉!"

结　语

至2011年11月底,杭州千岛湖项目的工作已进行了大半,大部分专题已评审完毕,项目建议书章节业已进入流程阶段。

虽然胜利的曙光在望,但越是到了紧要关头,越是需要彰显党员风范。同志们回单位后又马不停蹄地到10楼集中办公,为了千岛湖引水项目的完美收官,也为了迎接即将到来的嘉兴引水工程的艰难挑战。

回顾这段时间的工作,有艰辛,也有快乐;有院领导的殷切期望,也有业主的严格要求。在院领导的关心和支持下,市场部、技质部、工程院、规划院、机电院、施概院、环保院、地质勘查院、测绘院、文印部等各部门通力协作,确保了杭州千岛湖引水工程的顺利进展。

"行百里者半九十","路漫漫其修远兮"。未来正在召唤,我们时刻没有忘记我们的"党员突击队"精神,继续砥砺前行……

四万公里的足迹

王　莎

环保院自成立以来，一直担纲省内重大水土保持项目。跋涉在浙江的山山水水间的每一步，既记载了我们流下的每一滴汗水，更记载了我们收获的每一份骄傲。

困难是最好的试金石

2013年，省水利厅宣布开展新一轮全省水土保持规划的编制工作，由我们环保院领衔，并承担其中11个市区县的水土保持规划工作。同年11月，水利厅将水土流失的现场复核调查列为水土保持规划编制的重点工作。

水土流失的复核调查任重道远，需要投入大量人力。我省11个市地形复杂、调查点数量众多，仅以丽水市下辖遂昌县为例，全县分150多个小流域，每个小流域要完成10～20个点的调查。如此铺天盖地的现场工作让原本就工作繁忙的环保院更加捉襟见肘。困难，是最好的试金石！在任务接踵而至的艰难时刻，我们环保院的新老员工自上而下，全员出动，在浙江的水域中穿行，领略了一路跋涉的风景。

新老同志的接力赛

当时的环保院共有31人。在确保完成院重点项目的环评、水保的前提下，又要保质保量地完成全省11个市区县的水土流失现场的复核调查工作，怎么忙得过来？而正是身处如此紧急情境，我们院瞬间爆发了前所未有的团队凝聚力——我们组织多个小组，分赴各个市县，最多有13人同时开展工作，其中老同志、女同志、新同志，这些平时的"弱势群体"，也义无反顾地投身到这场"大会战"中来了。

找路—调查—记录—拍照—整理数据，这一看似简单的工作流程，在和时间赛跑的情境下变得极其艰苦。每到一个县都要历经一周甚至更长时间，每天至少有九个小时颠簸在坎坷的山间小道上。

合作发生在工作的各个环节，不仅在两个组员之间，还在队员与驾驶员之间。

野外调查，最艰难的莫过于找路。小流域所在的山区道路蜿蜒崎岖，好多路有起点却未必能找得到终点。调查人员看着手机上的电子地图和纸质的地形图反复进行比对，还是免不了误入断头路的窘境。而遇到暴雨时，山区道路瞬时变得泥泞不堪，车辆深陷泥潭，爆胎……

第二难是吃饭和住宿，这两件在平时稀松的生活小事在野外变得特别棘手，既要考虑成本，又要节约时间，于是白天手捧泡面，夜晚露宿乡村小旅馆成了我们调查人员的常态。

幕天席地，脚踩山石，手捧泡面，自得其乐；乡间旅馆，灯光熹微，蚊虫缭绕，看图找路——这两幅画面几乎成了每天的生活写照。

每逢任务集中之际,许多队员连续几晚都要加班到凌晨,只能待所有任务安排妥善后,匆匆眯上一小会儿,又迎着朝阳投入新一天的奔波中去了。

老同志身先士卒,但限于体力不能全程参与;刚参加工作不久的十余名新人担起职责,近五十多天的长途穿梭一天不落。这些年轻的80后,初出校园,甫入社会,在战线冗长、条件艰苦的野外调查中,和我们一起肩并着肩,与大自然奋力抗争,面对暴雨、严寒、酷日、蚊虫……他们从未退缩,青春的汗水挥洒在脚下的每一寸土地上。

跋涉四万公里的风景

一批接连一批的队员,经过五十多天的长途奔波,终于完成了829个流域、886张调查底图和1.2万余个图斑的调查复核工作,行程四万余公里,足迹遍布余杭、上虞、遂昌、瑞安、平阳、苍南、义乌、新昌、嵊州、宁波、建德等11个市区县,最多每天13人同时出工。这一个个数字的背后,既是一条漫长的跋涉之路,更是一个精诚协作的团队!

我们最终交出的是一份满意的答卷:基于大量现场调查数据而编制的《浙江省水土保持规划》受到了省水利厅、各市区县水利局及诸多水土保持专家的一致肯定。

而更值得我们自豪的是,浙江的山山水水永远记得我们曾经跋涉过的每一个足迹。

那个省略号前前后后的故事

陆 勇 宋先龙

2014 年

12月3日,水利部文明办通知召开"全国文明单位"复审部署会议;

12月4日,参加水利部文明办会议;

12月5日中午,赶回杭州;

12月5日下午,院各职能部门负责人研究分解落实工作;

……

12月14日上午,赶往北京;

12月15日上午,参加"全国文明单位"汇报答辩;

12月15日下午,返回杭州。

2015 年

2月28日,中央文明委正式发文,我院继续保持"全国文明单位"荣誉称号。

上述这一串的时间、行程和工作经历,无论是对个人,还是团队来说,都已然成为往事,但我们集合团队的力量一起攻坚、齐力为我院的荣誉而奋斗的分分秒秒却凝结成了共同的记忆。

此时此刻,那个省略号前前后后的故事如汹涌的潮水一般奔腾而至。

焦急的等待

2009年我院荣获"全国文明单位"荣誉称号。

2011年我院通过复评,继续保持荣誉称号。

2014年,我院作为"全国文明单位",又迎来了三年一次的复审考核。这无疑是对我们文明创建工作的再次检验。

为了完整、全面地反映设计院的建设与发展成就,从2014年年初开始,根据文明创建计划,我院各部门积极支持做好各项迎检准备,对照《全国文明单位测评体系(试行)》的各项指标要求和13大类台账50评分细目,历时半年多,收集补充台账资料,编制申报材料及画册,数易其稿,报经院党委会议审议。而预想的8月份进行的现场考核复审工作,却迟迟未确定时间。

在我们焦急的等待中,时间一眨眼就到12月。

与时间的赛跑

12月3日,水利部文明办在北京召开"全国文明单位"复审部署会议。

12月4日,我随同省水利厅文明办陈永根主任、我院李月明书记到部里参加工作会议。会上对"全国文明单位"复审的形式、流程、申报材料的要求作了较大调整,考评细则从13大类50个细目调整为18个大类86个测评打分项;水利部文明办结合水利系统工作特点,新增了七个方面的重点考核评分项目。

更令我们感到"压力山大"的是,部文明办要求一周内完成申报,12月中旬集中汇报答辩、专家评审。

与时间赛跑的发令枪响!

12月5日,星期五一大早,我们赶往北京机场。

下午2点,院领导随即召集各职能部门开会研究,传达"全国文明单位"复审工作的新情况、新要求,对已完成收集的台账和资料重新进行整编,根据评分细则补充完善申报材料。

集结号吹响,"打硬仗"的节奏就此开启!

从12月8日周一开始,技术质量部、院长办公室、人力资源部、财务部等职能部门和院工会、院团委陆续将补充的台账资料集中至党群工作部。

如何分类规整各部门提交的一摞摞、一份份资料,去"佐证"18大类86个测评打分项,是我们面临的首要问题。说句实在话,我们当时只有一种感觉:材料如山,无从下手。而且,除了规整各部门提交的资料,18大类中,有一半需要党群工作部去收集台账资料。

每个人心里都压着一块重重的石头。

先干起来再说,边干边想!党群工作部4个人对18个大类进行了分工,每人负责几个大类材料的归整。

"这份材料佐证这条评分细目的力度不够,但没找到更好的材料……"

"怎么办啊,我这个条目,一份佐证材料都找不到!"

"院里发文的材料都要原文件,已经黑色打印的,要全部彩色打印……"

"桌上的这份材料我要用的,被谁拿走啦?"

"有份材料刚刚还看到的啊,怎么找不到啦?"

……

12月8日这一天,我们工作到晚上12点,经过不断"试错",找到了工作方法,整理了佐证材料的目录。党群工作部307办公室桌上、地板上、沙发上、椅子上,全是一份份材料。李月明书记来指导我们工作思路给我们加油鼓劲的时候,脚都没地方踩。

12月9日,党群部成员将分工整理的佐证材料,交由部门领导审核。海量信息,上午只能审核两个大类,进展缓慢。

9日中午,我们将佐证材料目录交九位院领导审核,审核通过的目录,我们再附上相应的佐证材料。

12月9日—11日,我们都工作到晚上12点,个别同志工作到凌晨1点,对资料分类采集编制、划分章节、设计目录、编排页码,落实好每个细节,反复打磨,力求18大类86个评分细目的台账,能够全面、准确地反映三年来的创建工作,又体现浙水设计的特色亮点。

集中攻坚的那些天里,李月明书记每天晚上到党群工作部指导慰问,陪同大家一起加班;有的同事加盟党群部不到两个月时间,但也铆足了劲;有的同事下班后将正在上幼儿园的儿子在家中安顿好,赶回单位继续加班;有的同事在纷繁芜杂的资料中理出头绪,提供更加适宜的工作方法;有的同事在文印室一直待到晚上12点,方便我们随时复印、打印材料,一份一份、一页一页地赶制印刷;有的同事对汇报的每一页PPT精心设计、打磨细节；院领导亲自修改演讲细节和PPT，进行汇报预演，力求精益求精……

12月13日，汇报材料从1500页修改成1000页，再修改变成670页。

材料完成印刷！汇报演讲准备就绪！

与时间的赛跑暂告一段落，我们才敢稍微松一口气。

期待中的胜利

12月14日下午，李月明书记、党群工作部同事赶到水利部。14日晚上，李月明书记对汇报演讲作了几次预演排练。

15日一早，我们进入会场熟悉设备和场地。

12月15日上午，李月明书记代表我院作了《文明创建再出发》的汇报演讲，介绍了我院开展文明创建工作的情况，展示了我院取得的创建成果，并向各位专家评委介绍答疑。

各评委和部文明办领导对我院两个文明的建设成就，尤其是我院"以诚信为本，大力开拓市场业务"等方面给予充分肯定。对我院的报送材料的翔实、整齐、规范给予表扬，并作为示范样本推荐给其他单位学习参考。

……

我们设计院从2009年1月荣膺"全国文明单位"的光荣称号，至今已经连续保持三届，这是全国水利系统省级设计院中唯一的一家，成为全体浙水设计人永远的骄傲。身为浙水设计人，我们都经历着很多平凡的感动，是团队的力量创造了浙水设计的历史，并将创造更加美好的未来。

用心将水相连

杜巧丰　邵繁盛

联网联调(西线)工程是基于宁波市用水紧缺的情况,为充分调配各地水源,提高水资源利用率,经统筹规划、科学论证后而启动的一个重点工程项目。

宁波市水库群联网联调(西线)工程为一个多水源、多用户的长距离输水工程,水源地包括钦寸水库、亭下水库、许家岸水库、皎口水库、周公宅水库、溪下水库,受水用户包括杭州湾新区水厂、毛家坪水厂、桃源水厂、新江东水厂。联网联调工程是线性工程,不仅技术复杂,而且还涉及与各水库、受水用户的沟通协商、沿线政策处理等难题。

要拿下这一项目,谈何容易?

喜报传来

喜报!喜报!2013年9月22日"宁波市水库群联网联调(西线)工程可研、勘察设计工程"开标,我院力压群雄,一举中标。

这是怎样的一段时光啊!

从工程招标公告发布,到投标截止,间隔不到一个月。要想参与本工程的竞标,我们必须一鼓作气,迎难而上,与电脑同舞,与黑夜为伴,也与时间赛跑。

在投标文件编制的二十几天时间里,项目组成员起早贪黑,争分夺秒。在项目最后冲刺的关键阶段,为保证投标报告书整体质量,即便是面对中秋节这个与家人团圆的日子,项目组成员也主动放弃了休假,反复修改标书内容,对关键篇幅字斟句酌,反复推敲,力争尽善尽美。

作为带头人,张永进院长在标书编制期间,每天晚上11点之后才离开办公室,而早上5点就起床赶到设计院。后来他说这段时间里他基本上没见过儿子,每天晚上回去的时候,儿子已经睡下,早上起来的时候儿子还在睡梦中,每次想见儿子时又怕吵醒他,这种想见又不忍见,想挤出多点陪伴时间又感分身乏术的无奈,让他深感内疚。中秋节那天晚上,在大家都在埋头苦干时,他一个人悄悄地离开单位,去超市买回月饼,然后把大家召集一块,大家吃着可口的月饼,看着窗外金黄的明月,虽然有着对家人的思念,但更多的是看到日臻完善的标书而感到的欣慰和满足,对项目组每个成员能齐心协力、心照不宣地默契配合的感动,对同事间相互勉励和鼓舞的感激。当时夜已微凉,窗外的万家灯火已陆续熄灭,但在灯火通明的办公室里,在设计院这个大家庭中,每个人感到的是归属感。

在大家殷切期盼中,9月22日中午终于传来喜讯,"宁波市水库群联网联调(西线)工程"可研、勘察设计中标单位为浙江省水利水电勘测设计院,得知这个消息后大家的心情都为之一振,喜悦之情溢于言表,之前夜以继日的疲惫感瞬间烟消云散,剩下的是暖暖的感动。

后来张院长说,本次参与投标的各单位都非常重视这个项目,其中不乏省部级大院,各家都派出了豪华项目团队,更甚者有党委书记亲自挂帅,投标现场可谓强手如云,硝烟弥漫。我院最终能够脱颖而出,背后站着的是浙水院先进的设计水平和强大的管理团队。

更大的挑战在后头

中标成功是对我们能力的一种肯定和嘉奖,同时也意味着更大的挑战。接到中标通知后,项目组没来得及休整,又马不停蹄地投入可研工作中。

相对于标书,可研的工作量更加庞大,它不仅需要投入更多的人力物力,而且对各部门、各专业的配合度也提出了更高的要求。参与可研的每个专业所做工作既各自成章,又承上启下;既各成专题,又环环相扣。而一旦某个环节出错,则牵一发而动全身,小则延误下游专业工作的推进,大则导致整个工程前功尽弃。

说干就干!项目组成员在半个月内多次现场踏勘,基本确定了工程位置。首先入场的是测量和勘探专业,作为本工程的排头兵,测量与勘探分两条线,马不停蹄,齐头并进。

这边内业工作也同时如火如荼地进行着:

——水文专业人员经过耐心细致地统计,得到了径流计算结果和洪水计算结果;

——规模专业经过反复研究比选确定宁波市需水量,详细地分析计算最终敲定工程规模。

——面对巨大的工作量，张永进院长依势而变，在征寻水工人员同意后果断做出决定，采取集中办公的方式增进各成员交流合作，提高工作效率；

——机电、施工、概算、移民等各专业在接到上游工作后，立即展开相应工作，不敢有丝毫懈怠。

联网联调项目总共涉及六个水库和四个水厂，设计之初经常需要与各水库管理单位和水厂联系，征询资料，交换意见。而且业主原水集团要求极高，对设计成果追根溯源，三天两头要求设计人员赶赴现场更是家常便饭，我们必须克服每次舟车劳顿之苦，与甲方紧密合作。

由于各专业的无缝对接，我们在2013年12月如期地完成可研的中间成果，在宁波市发改委的组织下，我们对可研中间成果进行了座谈，根据座谈精神项目组成员通宵达旦，在2014年1月中旬完成可研初审。业主收到报告后也立即组织专家对报告进行内部审查，收到专家修改意见后，我们在2014年1月27日完成可研咨询稿并及时送交给了业主。此时已是腊月二十七，每年这个时候正是置办年货的时候，而今年我们仍坚守岗位，为保证咨询稿的质量而尽心尽责。由于项目紧、工期急，刚过完春节项目组成员片刻不敢停留地赶回单位，在别人还在陪伴家人、走亲访友之际，我们已投入2014年2月13日要召开的可研咨询和技术审查会材料的准备当中。紧接着，又是备战宁波市发改委2014年4月24日召开的可研阶段审查会。设计成果经过逐级校审，设计的质量得到了业主和专家的一致好评，程序走到这一步我们以为总可以停顿休整片刻，可是由于政策处理的困难,工程线路上的施工支洞一而再、再而三地更改,施工方案的变动导致可研报告也要随之修改。如今再次捧起这份可研报告书,我们油然想起的,不仅是我们设计院各个团队并肩作战的日日夜夜,更多的是对同一份报告几易其稿的坚忍和对报告质量的坚守。

体会了什么叫"赶"

相对于工程技术和制图,更为艰巨的挑战还是苛刻的工期。宁波市水库群联网联调(西线)工程不仅是省市重点工程,还是宁波市"五水共治"保供水的重点项目,项目的进展还要不时接受省市的考核。另外,该项目还是境外新昌钦寸水库工程引水至桃源水厂的配套(连接)工程,输水线路长,工期短,工程的完成质量不可避免地成为钦寸水库引水工程全线通水的决定性因素。为保证项目2014年年底按时开工,业主制订了项目开工前倒排计划表,细致紧凑的时间节点令我们如履薄冰。

在开展初步设计工作的同时,根据业主的要求我们还需要进行西线工程建设时序的论证,以及进行输水隧洞施工方案比较等工作,在原本就刻不容缓的时间表中,项目组成员硬着头皮、咬紧牙关,硬是在原定时间表中飞奔成功:

2014年10月完成可研报批稿;

11月完成初设送审稿;

11月28日宁波市水利局召开初设技术咨询会议和技术审查会;

11月30日完成项目审查稿;

12月3日宁波市发改委组织召开了初步设计报告审查会；

12月8日完成初设报批稿并同时开展招标设计，保证了业主在2014年12月底前完成土建招标工作；

2015年1月完成工程隧洞施工图审查稿，送交上海院进行施工图审查；

3月完成了隧洞部分正式施工图，工程按时开工。

工程开工后，项目业主对工程设代服务提出了常驻要求，项目经理结合工程实际情况，安排地质人员和水工人员常驻施工现场，并明确要求各专业人员根据工程需要，必须做到随叫随到，密切配合业主和施工单位工作。由于工期紧，线路长，爆破作业风险大，建设任务重，即便是在炎炎烈日下，刺骨寒风里，设代人员从不敢有半点马虎，一天到晚来回奔波于各个施工地点，只为及时发现问题，排除隐患，为工程顺利地推进站好最后一班岗。

后记：在敲完所有文字时，我深切地感到语言是多么的苍白无力。回想起当时面对的工作量和让人窒息的时间表，回忆起不分昼夜、并肩作战的同事们，再看着安静地躺在书桌上的报告和图纸，内心一股暖流立时化作泪眼蒙眬。

第三篇

激流勇进

创新是在激烈的行业竞争中占据主动的关键。时不我待，只争朝夕，大胆探索，开拓创新，是每一个浙水设计人的执行理念。

回首一甲子，『迎接挑战』，浙水设计在战略、技术、管理、服务等各方面坚持创新，矢志成为先行者和领跑者；『激流勇进』，浙水设计奏响了一曲曲勇立潮头，敢为天下先的勇者之歌。

从改革中走来

朱瑞平　刘　越　陆　勇

用茫茫的夜色做墨，

用疮痍的土地做纸，

在沧桑十年的起点上，

中国开启改革的新征程。

那一天，

十一届三中全会胜利召开了，

一声春雷，震撼了沉睡已久的大地，

如蔚春风，温暖了我们的心胸。

从此，改革开放的旗帜，

在神州上空高高飘扬。

全国科学大会的光芒，

更把我们的奋斗前程照亮。

尽管十年"文化大革命"的寒意，尚未殆尽，尽管计划经济的桎梏,依然紧固。

可什么都无法阻挡我们,

期盼改革的热情。

1980年年初,

改革的大潮在勘测设计单位中涌动,

我们在沉静中思索,

我们在思索中酝酿,

我们在酝酿中迸发。

改革是大势所趋,

改革是人心所向,

改革是所有人对幸福的追求和向往,

1980年当我们完成第一个收费项目,

我们把命运掌握在了自己的手中。

这,是雏鹰的第一次展翅,

这,是步伐的第一个印记,

这,是喜悦的第一口品尝,

我们用自己的努力,

在大家的心中树起了坚定的信心。

1986年，

我们正式实行技术经济责任制，

把"大锅饭"送进了历史的垃圾堆，

告别了"平均主义"的我们，

正以前所未有的热情，

投入这场生产力的革命中去。

1992年，

那是一个春天的故事，

伟大的总设计师邓小平同志，

再次擂响了解放生产力的战鼓。

当我们跨进新的世纪，

当我们沐浴着新时代的曙光，

与国际接轨，与世界同步，

这是时代对我们提出的挑战！

头枕钱江潮，身傍西子湖，

我们在丽江河畔翩翩起舞，

我们在雅鲁藏布江边放声歌唱，

我们在阿勒泰茫茫的林海中穿梭，

我们在非洲一望无垠的草原中坚定地走来，

一次次尝试，一步步跨越，

我们始终是改革的弄潮儿!

今天我们欢聚一堂,

庆祝浙水设计甲子风华!

我们从改革中走来,

我们从胜利中走来,

欢笑伴随着泪水。

曾记得烈日炎炎的夏天,

我们俯身作图,

没有风扇,

没有空调,

我们的笔在勾勒,

勾勒着祖国的大好河山,

勾勒着美好幸福的未来!

为了那幸福的未来,

我的战友长年累月地战斗在心爱的勘探机器旁,

我的战友病倒在布满线条的蓝图边。

5 月 12 日那个惊心动魄的瞬间,

我的战友依然坚守在北川百草河边那漆黑的隧洞中,

什么都无法击垮特别能吃苦特别能战斗的浙水设计人!

数九寒冬的北风里,

传来我们无惧的笑声,

炎炎酷暑的烈日下,

回荡着我们整齐的号子!

我们和勇敢的四川人民一起

用勤劳的双手共建着希望的家园!

看,一个崭新的青川呈现在我们的面前,

我们哭了,我们笑了。

当我的目光穿越历史的峰峦,

我依然可以感受到不期而遇的风雨,

我依然可以感受到春华秋实的喜悦,

那是一首激情澎湃的诗篇,

那是一片开满鲜花的风景,

那是一曲气势磅礴的交响,

那是一座壮志凌云的丰碑!

诚信、精心、创新,

我们沿着改革的大道奋勇前进!

让我们挥斥方遒,指点江山,

让我们意气风发,再踏新的征程!

注：

①本诗于2006年由朱瑞平老院长原创，经2011年和2016年改编。

②文中"5月12日"指2008年5月12日四川省汶川大地震，浙江省水利水电勘测设计院派员赴青川，参加灾后援建。

初尝计算机

金文志

犹记20世纪80年代前,工程技术人员普遍使用的设计工具是这样的:计算靠算盘、计算尺及常用数学用表;制图用图板、三角板、曲线板、丁字尺、比例尺、制图仪(含圆规、鸭嘴笔等);为提高制图效率还采用各种专业模板。这时期虽然工具繁多,生产效率却很低下。为提高效率,设计院在1969年底开始尝试电子计算机的应用。问题是我们对其还知之甚少,为求突破,设计院进行了大量的尝试。

结　缘

1966年年初,我参加了龙泉马蹄岙水电站的设计,由于坝址地形狭窄,地质条件良好,经坝型比较做了拱坝方案。但在审查中很快被否定了,理由是体型复杂,不好施工。在当时的技术条件下建设拱坝面临很多难以克服的困难,从设计来看,主要是应力应变计算,试载法工作量很大。

计算,已然成为设计人员不得不面对的问题。

1969年下半年我开始参加丽水市雅溪水电站设计,组内有童达琳、周善庆、徐婉玉、林淑珍等同志，大家都想在拱坝设计上有所突破。经过方案比较，我们都倾向于拱坝坝型。于是，我们到各地搜集资料，学习拱坝经验，可是最后还是要面对大量的计算工作。

恰逢当年高校提出教师科研与生产实践相结合，浙江大学数学系老师来我院寻找课题合作，双方一拍即合。

据老师介绍，浙大有一台DJS-5晶体管计算机可以用于课题合作，于是我们推荐成立"拱坝拱冠梁法应力分析课题组"：由我方设计组提供数学模型，浙大数学系老师编制程序并完成计算，并由设计组手算复核。在复核计算中，由于计算尺已无法满足精度要求，只能采用手动和电动计算器，很是无奈，一来速度太慢，二来劳动强度太大，于是计算机的优势就马上凸显出来了。

因为与浙大进行了较长时间的合作，我们双方合作完成了数个程序包。可惜浙大课题组老师在尚未完成完整的结构程序之际因教学任务所迫走了。完成的几个程序包大大减轻了计算工作量，使我们能利用计算机成果结合手算完成设计任务。同样杭州大学数学系老师还利用他们学校的电子管计算机，为雅溪拱坝计算了坝面坐标。

由于是初次接触计算机，我们在设计工作中尝到电子计算机应用的甜头，同时也提高了我们学习应用电子计算机的热情。

更上一层楼

1971年我院又一次承担拱坝设计任务——天台县里石门水库设计，

该项目属大型水库工程,技术要求高,面对拱坝应力应变计算,我们想继续应用雅溪拱坝设计积累下来的程序。但程序毕竟不够完善,在拱坝体型比选中还是非常费时,这种情况要求我们再学习,必须学会程序编制,必须学会电子计算机操作。

为此,我们向浙江大学计算数学专业要了《怎样编DJS-5程序》讲义,自学DJS-5计算机的组成、计算机数的表示、机上的指令结构以及程序编制方法。但由于DJS-5机内存很小,仅4096单元,固存2048,小机器做大题目,必须频繁调用外部存储器(磁带机),难度极大。当逐步学会用代码编写程序后,我与孙申登同志分工编制了部分程序包,完善了拱冠梁法计算程序,使之成为我院第一个完整的结构程序,进一步提高了设计工作效率。

我们于1973年撰写了《DJS-5程序拱坝拱冠梁法应力计算》一文,在全国勘测设计单位间进行交流,并开放使用该程序。

在浙江省计算技术研究所引进TQ16大型计算机后,我又相继学习了AGOL 60算法语言及BCYTQ-16算法语言,对原拱坝设计部分数学模式进行改造,采用BCYTQ-16算法语言,重新编制了拱坝拱冠梁法计算程序,使该程序更通俗,容易掌握便于使用,这也成为我院第一个用算法语言完成的结构程序。

1978年,我又撰写了《拱坝应力计算拱冠梁法计算程序(BCY-TQ16算法语言)》一文,在全国同行中交流。该程序在一个历史阶段内推动了我省拱坝建设,也见证了我院计算机应用及科技进步的足迹。

20世纪80年代后,随着改革开放,设计人员逐步丢掉原有的设计工具,用上了CASIO计算器、PC-1500及TI-59等袖珍计算机。到90年代个人电脑广泛进入设计领域,软件也越来越丰富。由于CAD的推广,到2001年设计人员甩掉了图板。而随着网络技术的发展,勘测设计的质量和效率也得到了快速提高。

站在数字技术飞速进步的今天,历史的足迹铺展在我们身后,亲切感与骄傲感同时升起。

项目经理制管理模式

——朱瑞平、李月明、陈舟、郑雄伟访谈

追随我国改革开放的步伐,我院在20世纪80年代初期开始对部分勘测设计项目试行收费制度,自1986年至1991年实行技术经济责任制,1992年起实行了技术经济承包责任制,工资总额同经济效益挂钩……改革的不断深化大大地调动了我院干部和广大职工的积极性和创造性,增强了设计院的活力,提高了勘测设计的质量、水平和效益。

但是我院内部以综合室为主的生产管理模式难以进一步适应市场经济发展的要求,为此,浙水设计在某些国内勘察设计单位实行项经理制目管理的启迪下,于1998年在职代会上提出了"为实行项目管理做好准备"的任务。

为适应项目管理,院内调整了机构设置,确定项目经理的权责,并对质量管理、计划管理和财务管理的原则做出了明确规定。通过贯彻项目经理制管理,调动了干部和广大职工的生产积极性,提高了勘测设计质量、水平和效益,但也存在不少问题。

鉴于此,课题组对项目经理制实施过程中的几位亲历者进行了访谈。

问：项目经理制管理模式是从什么时候开始的？

答：项目经理制是从1999年的7月1日开始实施，到2001年的春节之后结束，总共一年半时间。记得1993、1994年是我们院发展的一个高峰期，特别是邓小平南行之后，浙江省经济迅速发展。院里开始承接多个项目，水利建设任务繁重，且每个项目都需要专业之间的互相配合，但有配合必定有摩擦。在项目繁多的情况下，矛盾就特别凸显。当时很多国外的管理思想涌现，而项目管理制是当时国际上比较先进和通用的一种管理模式。我们组织相关人员去上海进行了调研学习，并发动职工针对原本生产模式的弊端进行讨论，进而开始尝试项目经理管理制。

问：项目经理制到底是一种什么样的管理模式？

答：我院在实行技术经济承包责任制的基础上建立了以水利水电规划与设计为主体的项目管理模式，对规划设计项目的全过程进行有效控制，特别针对原有管理模式的弊端，在项目进度、质量和服务三个方面实行改革，以适应市场需要。院里调整了组织机构，把院所有的规划设计项目分成10大块，计划选拔10个项目经理（水工专业6名，规划专业4名），分别来承担这些项目。我们通过自荐与他荐方式，在院里选择工作了10年到15年之间、具有一定工作经验的人才，然后再由院里的党政领导形成一个选拔小组，进行无记名投票，产生了10个项目经理。项目经理是项目质量管理的第一责任人，全面负责，包括设计项目的成本核算、成本控制、生产安排、质量控制、最后产品交付等。

问：您能谈谈项目经理的具体工作吗？

答：记得当时项目经理管的项目和事情都很多，需要协调各个专业的有关问题，而自己本专业的工作只能拖到晚上，所以每天晚上办公室都是灯火通明。不仅要管接待，又要管产值分配、工作分配；技术上设计产品、文本、图纸不仅需要你审核，有些还要你自己设计；最后还有奖金结算，工作极为繁忙。那个时候手机刚刚开始流行，但项目经理必须装备电话，而且到处都是电话，就像打仗时的前线作战司令部一样，电话成轰炸之势。

有些事情实在来不及，就在项目经理下面的每个项目找一个设计总工。当然，我们还有一些校核检查人员会进行质量把关。项目经理主要是宏观把关，如整体方案、整体质量等，部门是微观上的把关，如产品质量。院里还有院总和阅历比较深的总工，进行最高层次的把关。

问：项目经理制的试行效果如何？

答：为了清楚了解项目经理制的试行效果，在1999年年底前，院经改工作小组先后找了项目经理、专业室主任及专业技术骨干就院由1997年试行项目管理以来的情况进行了座谈。多数人对项目经理制的试行情况持肯定评价，项目经理和多数生产业务骨干的积极性得到了调动，完成了大量的生产任务，并为1999年我院获得比往年更大的经济效益打下了良好的基础。

实行项目经理制以后，我院同业主关系逐步得到理顺，项目经理能代表院长同业主一起处理好相关事务，是对市场经济的一种主动适应。

但是，实施项目管理因牵涉到院生产管理模式的改变、内部机构设置的重组、人力资源的配置以及部分干部职工利益的调整等方方面面的问题,难度大、影响广、见效需要的周期长。再者,我院刚开始试行项目管理制,总的来说缺乏经验,观念的转变、制度的适应需要一个过程,加上从老的管理模式到新的管理模式,有不少遗留问题。设计院是一个省属水利水电勘测设计单位,承接的项目规模以中、小居多,但数量不少,由10个项目经理来管理,每位要管几个项目,且又处于不同的阶段,管理上的困难是显而易见的。

问:项目经理管理模式后来为什么取消了?

答:主要是因为我院的工程规模相对较小,而一个工程需要10多个专业进行配合,一些小专业在一个工程上需要配合的时间不长,连贯性也不强,造成人员调配比较困难,运作不是很通畅;在分配中也存在一些问题,我们完全是按量的标准;室所主任和项目经理的关系处理也不是很顺畅,权力有交叉,配合不理想。而且项目经理一设置(相当虚拟部门),部门更加多了,协调难度更大。所以到2001年3月初,我们取消了项目经理制。

项目经理管理模式不能说失败,只能说是没有达到预设的理想状态。但它把年轻人才骨干一下子推到重要岗位上,所以培养出了一批特别优秀的人才,当时的10个项目经理在全省影响比较大。

问:请谈谈对项目经理制的总体评价。

答:项目经理制提出的最初构想是进行成本核算,改革生产指挥系统,以更好地适应市场经济的发展。

设置项目经理实际上是分权,把所有的生产指挥权、分配权集中在10大项目经理身上。项目经理制在实施过程中存在很多的问题,不利于我院生产组织架构。后来2001年7月完善项目管理制,将项目经理的分配权交还给了部门,包括人员的调配权,也不在项目经理这里了。2013—2014年,唐院长提出分配体制的改革。虽然我院原有的分配体制在20世纪90年代甚至到2000年,均起到了很好的作用,但它的弊端逐渐显现。形象地说,这种模式是重量而不重质,它没有把一个人的价值真正体现出来。我觉得这可以向美国借鉴一些经验。实际上国内也有很多的地方实施项目经理制,但是项目经理并不参与分配,他只是对每个项目组的人进行评价——你在这里面发挥的作用,包括技术水平、工作态度、服务能力,这是根本性的。

但用量来考核是比较简单的,一张图纸,一份报告就可以了。用质,或者说用这个人的价值来衡量,很难服众。因为市场决定资源配置,我们最重要的人力资源的配置是封闭的,我们的比照物来自内部,没有去跟市场比,这样就产生了很大的问题,导致对于人才缺乏正确的评估,连参照物都没有。

但试行项目管理是设计院生产管理模式的一次重大改革,也是经营机制的一次重大转变,为下一步的发展积累了宝贵的经验,具有历史性意义。

绘图时代变奏曲

张柏林

我曾在岩土公司、地勘岩土工程总公司、测绘院等多个部门辗转，而后来到建筑院。前后数十年，我随着设计院的大船走过了一条不平凡的改革之路。印象最深、体会最多、对自己影响最大的，当属绘图时代的变奏曲。

手绘制图时代

在一块大图板上，绘制好图廓，用铅笔打好底图，用直尺墨线勾勒，一笔一画，日日夜夜——这便是20世纪90年代之前手绘制图时代的写照。

为了能够把图绘得准确，把字写得漂亮，字体、墨线线条、各种修磨制图工具的运用都是基本功。所有的一切都是纯手工制作，当然效率也十分低下。

如今我的记忆中怎么也抹不去的一幕是：办公室里，铺天盖地都是零号图板，趴在桌上正在进行一笔一画的设计人员，还有他们直不起的腰杆和消不掉的黑眼圈……

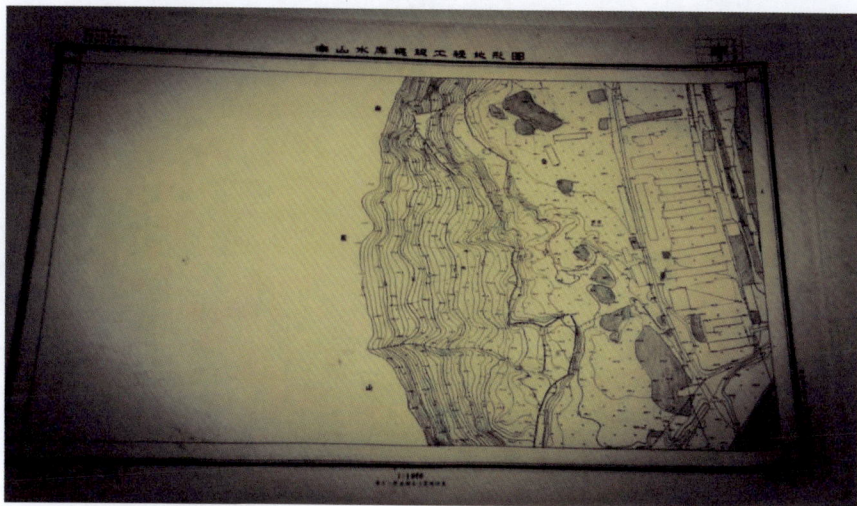

手工绘制的地形图

平面制图时代

从 20 世纪 90 年代开始，全国范围内开展了以"甩图板"为目标的"CAD 应用工程"。采用的是电脑二维平面制图，可以轻松修改和无限复制，精度和准确度大大提高，成果通过外接打印来实现。

我们院也及时引进了这一技术。起初，应用软件给设计人员带来了很多的未知数。这还是一个计算机技术尚未普及的年代，一切处于摸索阶段。但设计人员信心十足，争相学习计算机绘图，院里也组织相关培训。经过一段时间的磨合，设计人员切实地感受到了科技进步的馈赠，从根本上把我们从繁重的体力劳动中解放出来，提高了设计院的整体生产能力与设计质量。

数字化地形图

建筑设计图

三、三维制图时代

20世纪以后,设计不再是黑白线条和难以理解的数据,工程效果图开始悄悄盛行。特别是行政审批有明确的规定后,效果图表现显得尤为重要。记得2009年承接闲林水库三维仿真制作,完成后,时任杭州市委书记的王国平要求参建人员对照三维仿真抓项目建设,明确刻光盘100份。当通过专业技术人员的支撑使一个个项目动态展现的时候,作为这个部门的带领者,我感到由衷的自豪。

2015年院里大力推进三维信息模型在设计中的广泛运用。

三维信息模型,整合了空间、专业平台和出图流程以及项目协同管理等要素,在建筑生命全周期的各个环节里实现关联性修改,从而在领导关心的发展方向、中层人员关心的部门效益、基层员工关心的便捷操作之间实现动态平衡,因此三维设计、信息化,理所当然地成为一个有生命力的设计手段。

目前,我们院处于三维设计起步阶段,部门也相应成立了BIM(Building Information Modeling, 建筑信息模型)小组。作为管理者之一的我,关心着部门发展的每一步进展,经常聆听小组成员的学习心得,见证着小组成员一步一步掌握三维技术的流程:输入地形资料、设计参数,分析建筑相关数据,进行总图布局,建立完整的信息模型,各专业添加构件信息,进行碰撞和空间检查,造价统计,提校审流程,出图设置。其中小组成员的艰辛与努力,让我为之触动。

这些努力在杭州钱江新城大闸项目中逐步实现并得到认可:钱江枢

纽闸站在体形设计上采用了异形的曲面,传统的二维CAD难以对建筑形体进行准确表达,三维设计的引入解决了设计上的诸多难题。

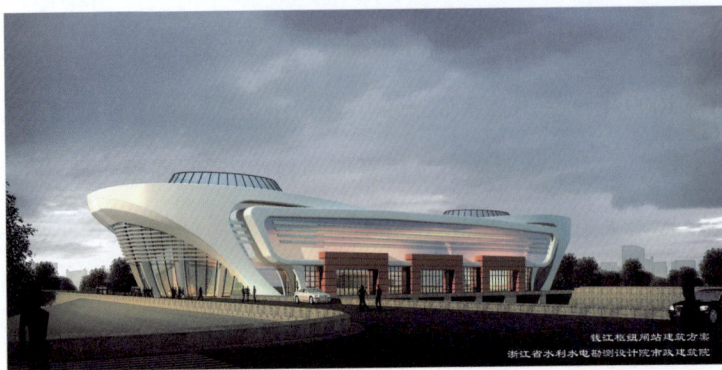

异形的曲面

复杂抽象的造型往往通过手工模型或草图绘制来进行表达,但其效率和可塑性却不佳,通过三维的运用,完整地将设计师脑海中的建筑形体具象化。

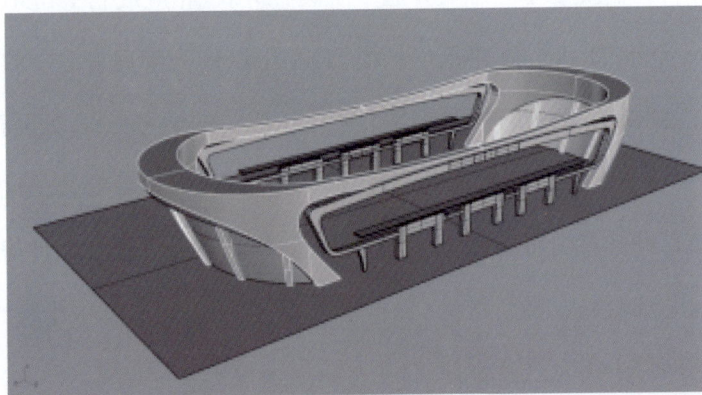

三维效果的建筑形体

异形的建筑造型加大了施工图绘制的难度,通过对三维设计软件Revit的运用,应用其可出图性,在创建完成的三维形体模型后通过剖切视图、改变图元显示样式、绘制尺寸标注形成符合国内出图规范的二维施工图,由三维模型生成的图纸有着高度的准确性,确保施工放样的准确率。

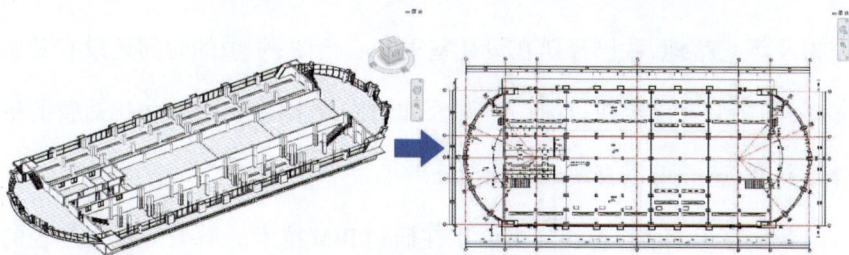

精确施工图

将创建完的模型导入仿真渲染软件对建筑进行多角度的渲染,以及运用漫游动画可以实现交互性的展示。

建筑交互性展示

当钱江新城大闸项目以三维信息模型的形式一个个动态呈现出来时,当项目获得了由中国勘察设计协会信息化推进工作委员会(原计算机应用工作委员会)组织的三维设计成果竞赛的应用奖时,设计人员对创新的坚定,对技术的坚持,所做的一切努力都被证明是值得的。

早晨在山头密林里寻找标注测量点时,露珠还在草间盈盈跳跃,还未来得及等它落地,我已经趴在设计室里专心绘图;午饭的时间还没有开始多久,同事们就已经在讨论CAD平面如何修改出图的事情;仿佛短暂的午休刚起来,已经可以直观地看到设计效果。

我倒了一杯茶,看着同事们正在研讨BIM技术。看着一张张年轻的脸庞,似乎看到了当年的自己。拉开窗帘,太阳正西斜。我在想,西斜也不要紧,还有绚烂的黄昏。黑夜也不要紧,还有初升的朝阳。

三溪浦水库技术破壁

徐庆强

　　1997年9月,刚成立不久的地勘岩土工程总公司中标宁波市三溪浦水库除险加固工程,并成立了以副总经理章松伟为项目经理、包括公司管理层、技术层在内的30多人的项目部。

困难如壁

　　三溪浦水库建成于1963年,水库总库容3340万立方米。水库拦河大坝为含砾粉质黏土心墙砂壳坝,坝顶长339米,坝高32.43米,心墙厚32.5米左右,下伏含泥砂砾石层最大厚度31.60米,其中强透水层厚0.5米~6.75米。

　　因三溪浦水库承担着浙江炼油厂、东吴水厂以及下游城镇的供水需求,水库不能放空,经研究选用水泥帷幕灌浆方案。但心墙截水槽底部的地下水平均流速较大,水泥帷幕灌浆中使用的又是新材料、新工艺,挑战前所未有。

　　技术组根据设计要求,认真编制施工组织设计方案。由于设计采用了坝体造孔双套管施工、砂砾石清水钻进、砂砾石强透水层采用地勘水泥灌浆等新材料、新工艺,指挥部总工张声华专门组织参与现场作业的人员进行了培训和考核。万事俱备,终于在1997年10月17日正式开始河床试验段的施工。

虽然经过专家的培训,但由于未完全掌握新材料、新工艺的技术性能,困难迎面而来:在心墙造孔中,原本采用干打干取法施工,但由于心墙厚且密实,套管下打困难,造孔进度缓慢,设计采用的双套管施工法难以实施;在砂砾石层灌浆时,由于橡塞不能及时跟下,灌浆压力难以提高,又无法满足设计要求;更在造孔采用清水钻进时,由于钻进工艺不完善,经常出现起钻后孔壁坍塌现象,重复钻进费工费料。

最麻烦的是,"地勘水泥"以前主要应用于地质矿产部门矿山钻探的裂隙封堵,在我省水利部门作为灌浆材料尚属首次。由于其具有浆液黏滞性大、凝结速度快的特点,适宜于动水条件下的强透水性地层灌浆,但因其温度敏感性强,若温度掌控不到位,又易造成孔内阻塞和机械设备的损坏。

在初期灌浆时,正是由于对水泥性能估计不足,没有采取有效的应急防范措施,往往灌浆中途因水泥凝结,造成管路堵塞,于是所有作业人员停下其他工作参与处理。有的冲洗灌浆设备,有的起拔孔内灌浆管路,有的冲洗灌浆管路,现场像救火一样,大家浑身都是泥水,疲惫不堪。甚至也出现过因处理不及时,水泥在设备、管路中凝结,造成设备、材料报废。

由于试验段施工工艺不成熟,为了保证每天完成一段灌浆,或为了处理孔内事故,作业人员常常从早上开始作业到晚上9点结束,我们技术人员实行跟班作业,因此全体人员一起加班加点成为家常便饭。

更要命的是,试验段施工正值冬季,在当地,三溪浦的"冬季风"就和"天童寺的钟"一样赫赫有名。在坝上,当大风袭来时,连站立都困难,大家都冻得整个身子簌簌发抖。我们在寒风中反复试验,然而结果却是工作不顺利、工程亏损严重。项目部所有人员每天都身心俱疲,但依然坚持工作着。

如何破壁

通过前期的试验,显然没有达到试验段的目的,质量得不到保证,进度严重滞后,经济亏损严重,工程陷入进退两难的困境。

怎么办?如何破壁?

我们紧急抽调一部分骨干人员成立了QC小组,进行技术攻关。QC小组由管理、技术、钻探等各专业人员组成,明确各自分工,各司其职。要求根据前期施工存在的问题,研究分析问题的原因,提出初步解决的方案,指导现场试验。被委以重任的QC小组立即展开工作,对出现的问题一一找寻解决方案,但方案又被现实一一否决:若强行提高灌浆压力,会造成心墙劈裂,部分水泥浆液进入心墙:进入心墙内的水泥浆液一方面会胶结套管,使套管不能顺利起拔,另一方面又会导致后期心墙钻进不能干打成孔。若起拔采用启管器和大锤吊打联合操作,往往又出现套管丝扣脱落,钻杆钢丝索、三角钻塔断裂,接头打飞,三用接头拉断等事故……技术攻关再次陷入困境。

为解决砂砾石套管止水问题,即套管下入砂砾石层中确保止水效果,灌浆结束后又能使套管顺利起拔,项目组技术人员深入施工现场收集资料。对每次下套管的过程进行详细的记录,往往一待就是一整天。有时为了不放过某个细节,错过了吃饭的时间。水泥的初终凝时间较长,等现场灌浆时取样回实验室测定初终凝时间已经是下午甚至是晚上,做试验的同志经常半夜起床采集数据,以便采取准确数据指导现场试验。辛苦了一天,大家又利用晚上休息的时间集中整理现场收集的资料,分析试验过程中失败的原因,完善下一步试验方案。

为早日解决施工中的难题,项目部成员上下一条心,再苦再累都要顶过去! 大家相互交流、相互支持,每当攻克一个难关时,哪怕只是取得一点点进步,操作人员都看到了希望的曙光。正是这种拼搏不服输的精神,让我们坚持层层攻关,让我们一次一次打破困境。

终破壁垒

经过大家的合作攻关与反复试验,我们成功解决了心墙接触段施工、砂砾石清水造孔、砂砾石套管止水、地勘水泥灌浆等施工难点,探索出了一套适宜于砂砾石地基水泥帷幕灌浆的新工艺。工艺改进后,工程进度明显加快,材料损耗大幅降低,灌浆质量明显提高,成功地解决了三溪浦水库的除险加固难题。

至1998年12月底,工程终于扭亏为赢,取得了良好的经济效益。

三溪浦水库除险加固工程,不仅在技术创新上取得了丰硕成果:《砂砾石层水泥帷幕灌浆下套止水法》获浙江省优秀QC小组三等奖,《砂砾石地基水泥帷幕灌浆技术研究》获浙江省水利科技创新三等奖;而且锻炼出了一支勇于创新、善于创新的队伍,为后续市场开拓打下了坚实基础。

难忘的一次讨论

朱云虎

走出校门,踏入设计院,一晃已过30个春秋,设计院如今迎来了60华诞。俗话说,"铁打的营盘流水的兵",多少曾经培养过我们的老前辈已经退休,但设计院的人文传统却一直流传,那就是"诚信、精心、创新"的"浙水精神"。

"浙水精神"就是我们的灵魂,是我们共同信守的价值信念,对我们设计院的长足发展有着深远的影响。但如何情聚浙水,如何凝练精神?为此我们相聚一堂。那是跨入新世纪后设计院一次大范围的讨论,地点放在萧山红垦区的一家单位。

那年,那次讨论,上至领导,下至员工,共商同议,同情共感……

何谓"诚信"

我院早在1986年就实行自收自支的事业单位编制、企业化管理模式。20世纪90年代中期,有位院领导曾感叹,设计院年收入能到2000万元就好了。谁曾想,中国经济蓬勃发展,2000万,不再是一个天文数字了,一入新世纪,我院的产值早已超过2000万了。但市场经济的竞争如此激烈,那么设计院怎样才能做大做强、永续辉煌呢?

那就要讲质量,讲服务,守信用。大家你一言我一语讨论开了,第一天讨论不完,第二天就继续。

第二天大家精神焕发,积极发言,有时还争得面红耳赤。都说要以"诚"待人,也要唯"信"立业,所以最后大家达成一致——"诚信"。

"诚"与"信"同样可分可合,各位同仁,请不要忘记多层次的理解。

何谓"精心"

什么是设计院最重要的精神内核呢?虽然意见纷纷,但大家一致认为质量是设计院的生命,没有质量,就没有市场,没有未来。那怎么才能做好质量?

大家纷纷献计献策。有人说责任心最重要,一个没责任心的人怎么能做好设计产品呢?但是有责任心也不够,你还要认真学习,用心去做,所以有人说要专心一致,一个工程设计,就像是自己创造的一件艺术品或更可称之为自己的孩子,需要专心投入,需要花很多心血培养打磨。整个设计过程是多专业的汇聚,需要相互配合,需要有合作精神,才能成功。

大家冥思苦想,总结来总结去,后来,不知谁说了一句,那就用"精心"来概括,大家一致叫好。

现在我们可以多维度、多角度来看"精心"两个字。可以将"精""心"分开来各自解释,又可以合成"精心"来理解,含义无尽。愿各位同仁边工作边理解,把"精心"用于工作,又通过工作把"精心"托举到更高的高度。

何谓"创新"

记得刚参加工作时,一块图板、一把尺子、一套画图工具,就是我们的手脚。所以,当时也称"图纸是工程师的语言"。可没几年,CAD 就出现了。刚经历了"甩掉图板"革命,三维制图又初现端倪。新技术层出不穷,新的领域、新的业务纷至沓来,要去创业,要去开启新天地,要去掌握新技术,要去开发新客户、新疆域。这是我院不断成长、不断壮大的制胜法宝。

要创新,你就要有热情、有干劲,有钻研、有拓展,因为"创",所以"新";为了"新",所以要"创"。

"诚信、精心、创新",是多少浙水设计人不断努力实践才形成的,但也因为这一次讨论而升华了……

各位同仁,你还记得那是什么时候吗? 我只知道是在新世纪。

那一天,抑或是草长莺飞的春夏之交,也可能是层林尽染的金秋十月,可能大家也都不一定记得了。但"诚信、精心、创新"的精神,会一年一年传承下来。就像院歌唱的那样,正是"诚信、精心、创新"激励了设计儿女走遍了浙江的山山水水,又不断迈向世界的山山水水。

零的突破

邢恩达

　　地勘院积极探索地质勘查、岩土工程等业务,经过多年努力,终于在原位监测上实现了零的突破,打开了监测市场的大门。

接受还是放弃?

　　舟山市金塘木岙集装箱物流基地陆域形成项目实施区域位于舟山市金塘镇。围垦面积约1420亩,全部为海域围垦。围堤长度约2765米,围堤工程的级别为Ⅱ级,水位、波浪设计为百年一遇。本项目是对海堤进行原位观测。

　　地质勘查研究院得知该工程进行招标的消息后,立即对投标工作进行了精心布置和安排,最终顺利中标。

　　中标成功的喜悦还未平息,一道大难题就摆在所有人面前。

　　舟山金塘项目属于深水区围垦工程,省内常规的露滩埋设法不符合设计要求。通过国内调研,与各方协商,变更为7个监测主控断面中的4个断面采用国内最为先进的深水仪器埋设法。作为监测行业的新手,我们面临监测行业内技术难度等级最高的水下埋设方案,而且所有工作均要从零开始。更为关键的是,经过初步测算,本次4个埋设断面的施工前期投入就需要150万。施工中,各种不可预见因素也会造成费用的直线上升。业主限于程序问题,不能先行签订补充合同,要求先行施工,后续问题再进一步商谈。

严峻的形势摆在了所有人的面前,接受,还是放弃? 按照业主先施工后结算的要求,前面的施工风险难以预计,而且事先投入的成本极高;放弃这份合同虽然暂时可以规避风险,但后果是省内的监测市场基本上对我们关上了大门,更对我院的诚信等级带来了不良影响。

地勘院领导一致决定,虽然施工的风险很大,但是高风险经常伴随着大机遇。如果能抓住这次难得的实践机会,可以让我院在监测行业中直接进入高端领域,为今后类似工程提供参考价值,并产生较大的社会经济效益。

在郑重考虑后,我院正式通知业主继续履行合同,按照设计要求先进行施工,补充合同根据实际发生费用再行签订。

前进还是止步?

工程区最低涂面高程为 – 11.0 米,高潮位水深达 13 米。围堤填筑采用袋装砂工艺,省内常规做法是采用露滩埋设法,等围堤填筑出水后进行常规监测仪器的埋设,但这不符合设计对围堤全过程监测的要求。

项目组经过调研分析,确定采用深水仪器埋设法。深水仪器埋设法是施工前在涂面以下埋设电子传感器等监测仪器,再将传感器通过电缆连接至堤内的水上钢结构观测平台的采集仪，可实现自动化观测。监测仪器均埋入涂面以下，不影响后期围堤填筑。根据全过程监测成果可以科学指导和控制施工加载速率，保证施工安全。

深水仪器埋设法是深水围垦监测工作中最为先进的方法，技术难度等级最高。其先进体现在整个监测断面的所有监测仪器均采用电子传感器，可实现自动化观测。每只监测仪器价格也十分昂贵，若埋设失败，损失巨大。技术难度体现在监测仪器均需要海上深水埋设，埋设工艺复杂。

项目组针对深水仪器埋设法的技术要点，结合浙江省的工程地质水文等特点（深水仪器埋设法虽已在天津港等地应用较为广泛，但受浙江省的深厚软土、湍急潮流、夏季台风等因素影响，在浙江沿海从未使用过），创新性地开展了监测仪器埋设关键技术研究，观测平台安装关键技术研究，电缆线保护关键技术研究等。

项目组明确分工，做好了充足的准备：联系厂家，详细掌握进口的监测仪器的工作原理、埋设工序，同时考虑到深水埋设环境，思考如何顺利埋设并保证成功率；请教国内有埋设经验的专家，详细了解埋设的施工工艺，深水埋设关键要点以及注意事项；分析埋设关键点，精心编制施工方案、各种监测仪器的埋设安装流程、观测平台安装方案、电缆线保护方案；根据厂家提供的仪器说明书，提前准确各种埋设辅助材料。

真正进入实际埋设阶段，我们才发现各种困难还是迎面而来。

首先是施工场地局促。现场施工情况异常复杂，沿堤线位置有袋装砂施工的对拉船，插板作业的插板船，充填灌袋的吹砂船。现场有二三十艘施工船，与钻探船的抛锚工作范围发生冲突。项目组派专人和施工单位实时对接,确定每个埋设断面的进场时机。

其次是断面埋设时间紧张。受制于施工场地和候潮作业,每个断面的埋设时间非常紧张。为了不耽误后续的施工加载,项目组与时间竞赛。包括年近退休的章松伟专总,项目经理邢恩达,带病坚持工作的刘越,从单位过来支援的何建设等,日常工作安排一般都是每天5点30分起床,分班组配合厂家和钻机人员,进行孔内仪器安装;电缆线整理小组负责电缆线焊接、整理和归纳;电缆线铺设小组负责将电缆线铺设至观测平台;岸上后勤组负责辅助材料,以及厂家仪器的采购与运输。一组又一组仪器成功埋设,大家不敢停歇,经常忙碌到深夜一两点。短暂的休息后,次日又是5点30分起床,重复一天的工作。一个断面埋设成功后又马不停蹄地赶往下一个断面。连续近一个月的高强度工作,让项目组每个成员都疲惫不堪。

再者是埋设工艺复杂。深水仪器埋设法毕竟不同于常规仪器埋设法,虽然在施工前掌握了埋设工艺,但真正实施时,还是问题不断。我们迎难而上,埋设工艺出问题,就立即开会讨论,制订改进措施,以便后续埋设更加顺利;辅助安装材料不配套,后勤小组即刻采购,及时将材料送到钻探船上。

遭遇晴天霹雳怎么办?

持续近一个月的艰苦努力,我们顺利完成了4个水下监测断面的埋设工作,数据读数正常。成功喜悦犹在,"晴天霹雳"瞬至。埋设完成后3天,

1+748断面电缆线遭受施工船锚的拉断破坏,监测仪器全部报废;埋设完成后1个星期,2+148断面电缆线遭受施工船锚的拉断破坏,监测仪器也全部报废。2个断面的直接经济损失达30余万元。更大的打击接踵而来,在事故协调会上,施工单位认为是我方的埋设工艺有问题,不愿承担破坏责任;监理单位认为埋设期间未通知他们验收,不方便认定责任;业主对我方的技术能力也提出了怀疑,并强调不管如何处理,一定不能耽误整个围堤的施工进度。

坚持或者放弃的选择,又一次摆在了我们面前。继续坚持,意味着需要立即投入资金重新购置监测仪器,重新组织技术人员和钻探设施进场埋设,难度进一步升级。报告领导紧急磋商,认为诚信才是我院生存的基石,不管多大困难,履行合同就是对业主最大的诚信。李剑强院长更是提出了"为荣誉而战"的口号,勉励项目组成员收拾沮丧心情,重新组织生产,为顺利完成舟山金塘项目而奋斗。

项目组再次迎难而上,经过不懈努力,2个采用深水仪器埋设法的原位观测主断面重新埋设完成。有了前期经验,后续4个断面也顺利完成。监测数据及时可靠,成功报警数次,合理控制了整个填筑过程的施工加载速率,确保在一年半时间内围堤顺利安全建成。

2014年4月30日,随着舟山市金塘港口开发有限公司业主在原位观测结算报表上签署"同意支付"的意见后,意味着我院第一个监测项目——舟山市金塘木岙集装箱物流基地陆域形成项目正式完成,实现了我院在省内监测市场零的突破。

洄游鱼群的"生命通道"

王 军

"八月十八潮,壮观天下无"——杭州湾喇叭口般的独特地貌,造就了闻名中外的钱塘江大潮。

2009年,总投资达12.5亿元的国内第一河口大闸——浙江省曹娥江大闸枢纽工程建设完工,大闸建成后,为萧绍平原河网地区防潮(洪)、治涝、水资源开发利用、水环境改善和航运等综合利用带来了巨大效益。

作为浙江省五大百亿工程之一的浙东引水工程的配水枢纽,总长1.6公里的这条拦河枢纽在曹娥江入杭州湾处将江面拦腰截断,随之衍生出一大生态问题:在大江入海口建坝截流,那些有洄游习性的水生生物该如何生存?

这条洄游鱼群的"生命通道"该如何铺设?对于设计院,这是一个前所未有的课题。院里立即组织人员进行调研。调研的结果令人悲观:国内很多鱼道形同虚设,均没有达到理想目标。

设计组人员决定迎难而上,力图寻求水利发展与生态保护的最佳平衡,提出了"鱼性化"的设计理念。

特殊的"客户调查"

鱼道设计的目的,是为了确保具有洄游习性的水生生物的生存。鱼道设计的首要任务是必须了解两个信息:曹娥江里有哪些水生生物?它们各自的习性和生存条件是什么?曹娥江大闸拦江而建,影响最大的是流速。到底什么样的流速普遍适合曹娥江的水生生物呢?水生生物各自适宜流速相差过大,该如何取舍?

经过调查,我们了解到曹娥江主要的洄游性鱼类鳗苗的适应流速是0.18m/s~0.25m/s,极限流速0.40m/s~0.50m/s,幼蟹、刀鲫等水生生物都在这个流速范围之内。

确定了目标流速之后,我们根据河口宽度、地势、水位高差,反复开展了多次鱼道物理模型试验,但下游钱塘江是感潮河段,水位差会不断发生变化,当处于低潮位时,鱼游不进来,而且幼苗的游行能力很差。经过不断调整,最终确定在左侧堤防设置长达507.2米的鱼道,在右侧导流堤设置长达450.7米的鱼道,在鱼道中每隔3米设置1块隔板,并在隔板上方开出1米见方的孔洞,而且相邻2块隔板开孔方向相反,一块在左,另一块就在右,使得水流呈"S"形流动,这样的流速才达可能到理想状态,而且鱼苗也可以在缓慢的流道里得以休息。

经过调查,鳗鲡、中华绒螯蟹是这块水域所特有的鱼类,目前无法人工繁殖,而它们要到上游去产卵。于是我们对其进行了"VIP客户"设置:鳗鲡喜欢在河表面游动,中华绒螯蟹喜欢在河底部爬行。为不刮伤小鱼,我们在鱼道内开孔的边缘作了半圆形钝化处理,同时隔板底部也设置了稍小一些的孔洞，作为绒螯蟹的专用通道。

我们还发现洄游幼鱼有选择向阳、避风处和沿岸前进的习性，为此我们进行多次调整，最终将口型鱼道改为U型开口，让更多阳光可以照射进来，而且鱼道旁建立高秆植物，达到避风效果。一切从"鱼性"出发，尽力为这些特殊的"客户"打造最舒适的洄游环境。

诱鱼入道三部曲

鱼道的基础轮廓拟定之后，我们开始模拟鱼类活动，开始特殊的"客户体验"。

问题是，曹娥江河宽1.6公里，闸宽679米，鱼道宽度仅2米，如此宽的江面，这些水中精灵如何找到小小的鱼道入口？

第一步很容易想到，就是为鱼形用户扩大通道入口——我们立即将鱼道下游入江口做成了宽达9米的喇叭状。

但第二步就难了：怎样才能诱鱼进入这个喇叭口呢？按照惯常的做法，是采用声音和灯光。但因为下游是感潮河道，都是浑水，能见度也很差，灯光几乎没有效果；同时杂声很多，用声音诱鱼也基本行不通。怎么办？

我们在前期调查中发现，鱼类喜欢循水流上溯，假如我们在鱼道中"制造水流"，就能诱鱼进入。

但新的问题来了：鱼道不间断运行，会不会对上游水质产生影响呢？

我们马上进行了检测，结果令人惊喜，不但其影响微乎其微，而且过鱼效果颇好。

接下来第三步就是，鱼找到入口之后，要在这个只有2米宽的笔直通道内逆流而上四五百米，鱼儿能游得动吗？

我们就此展开攻关，综合各方意见，我们在S形水流的基础上，每隔30米设置一个长约6米的休息池，让小鱼能更好地休息以恢复体力。

为了更好地观测过鱼效果，我们借鉴日本长良川河口堰的鱼道设置，专门在两条鱼道中间各建一个长15米、宽6米的"地下式鱼道观察室"，内设摄像机，透过水下玻璃窗监测鱼类活动情况。透过窗口，我们欣喜地看到，鱼道内的鱼类有鲻鱼、刀鲚、鳗鲡、鲈鱼、间下鱵、中华海鲇、弓斑东方鲀和暗纹东方鲀等。

通过对曹娥江水生生物洄游时间的调查，鳗鲡在3月、蟹在6月上半旬、鲈鱼在5月下旬到6月上旬是繁殖高峰。因为曹娥江的水生生物喜欢到入海口咸淡水交汇的地方"生儿育女"并过冬，所以从3月到6月上中旬，各类鱼蟹苗陆续上溯洄游，到淡水河流里生活。上溯洄游时间和生殖时间需要对洄游鱼群特别照顾，以减小曹娥江建大闸对其产生的影响。

按照原定方案，在试运行过程中，在每年3月到6月和10月到12月开启鱼道过鱼。但经过长期观测，全天候开放对水流影响小，又有利于不同洄游性鱼类找到适合自己洄游的条件，还能通过水流更方便鱼儿寻找洄游路径，增加过鱼的数量。于是我们将运行方式改为了全天候开放式运行。除潮位特别高的天文大潮时段外，其余时间均开放鱼道。

2010年3月下旬到4月初，我们选择其中6天对鱼种进行统计，最终捕获的溯河鱼类有鲫鱼、鲻鱼、刀鲚、鲈鱼和鳗鲡、中华海鲇、中华绒螯蟹等10余种,鱼道内过鱼的种类和数量均达到预定目的。

将"爱"进行到底

此次实践证明,鱼道对于减少大闸枢纽的副作用,帮助恢复鱼类和其他水生生物物种在河流中的自由洄游具有重大意义。

曹娥江鱼道在结构形式、工程实施和实际效果等方面,具有明显成效,赢得了专家的高度认可与社会的广泛关注。

曹娥江鱼道的设计思路、方法和成果,创造了宝贵的经验,设计院即将在浙江省入海口的其他6个入河口陆续开展类似工程。

但鱼道建设仍然有很大的进步空间,如何取得更好的过鱼效果? 如何借鉴日本等国家的先进经验改进诱鱼技术和鱼道监测技术? 都是摆在我们面前的新的挑战,不停向我们发出召唤,等待我们将"爱"进行到底⋯⋯

左岸鱼道

右岸鱼道

鱼道内鱼笼

鱼笼内捕获的鱼

捕获的中华绒螯蟹

捕获的鲻鱼

为了千年古县的秀丽

油芳芳　钟　政

　　在浙江东南部坐落着一个千年古县——永嘉。永嘉,其名取"水长而美"之意,有着"人在山中,山在水中,水环山行"的山水田园风光。然而近年来,这座因水而名、因水而兴、因水而美的城市面临的"水问题"越来越多,水污染也越来越重。为恢复千年古县的秀丽面貌,在浙江省"五水共治,治污先行"的大潮中,永嘉县人民开始了轰轰烈烈的治污行动。

　　2014年3月初,我院与永嘉县人民政府签署了《"五水共治·水环境综合治理"战略合作协议书》,为永嘉县治污事业提供技术支持。

从零开始,无例可循

　　我院在永嘉县桥头镇开展洛溪村和桃湾村生活污水治理工程EPC(Engineering Procurement Construction, 设计采购施工)总承包工作时,决心一定要把这个项目做成精品,以期为永嘉县全面开展农村生活污水治理树立样板,还农村一片青山绿水。

　　在接到任务后,我院抽调骨干人员,迅速组建总承包项目部,进驻现场,积极开展工作。项目部主动与当地政府和相关部门对接,及时准确掌握进展信息。同时,积极与施工企业接触,综合考虑信誉、实力等相关因素,选择优秀的土建单位和设备厂家,为工程质量打下基础,做好一切前期准备。

然而愿望是美好的,现实是残酷的。我院在农村生活污水治理方面的经验几乎为零,并且该项目采用的又是我们正在探索的EPC总承包管理模式,无例可循,所有工作都需要一点点去摸索。但时间紧、任务重,我们没有时间试误。

永嘉治污誓师大会

群策群力,打造精品

农村生活污水治理工程虽然单体建设规模小、投资少、收益低,但项目实施过程却十分艰难烦琐,因农村一些基础情况的限制,如近年来农村路面硬化、自来水管网和雨水管网基本普及,加上村庄道路狭窄,污水治理工作开展困难重重。

项目建设初期，遇到的第一个问题就是场地不规则、面积狭小，污水处理池和村里新增篮球场难以同时布置。项目部组织设计人员白天看现场，晚上赶图纸，仔细查看每张图，避免出现任何纰漏，多次布置放样，修改方案，最终通过调整处理池总长宽，压缩处理池占地面积，使得篮球场能够并行布置。"两全其美"的结果提高了土地利用率，赢得了业主的满意，也为后续工作开展赢得了支持。

后续工作以污水治理为主，项目的污水处理工艺采用高新专利技术，而审价过低，污水处理根本无法按设计标准实施，造成预算无法审核，合同无法签订。施工单位、设备工艺厂家开始担忧，各方压力同时施加，但我们不愿因预算少而在质量上让步，项目陷入两难，士气一度萎靡。

工程总承包事业部时刻关注项目动态，为项目组成员加油鼓气，在决策时提供宝贵的经验；施概院在没有任何农村污水项目预算经验的情况下，通宵达旦，查阅资料，以最快的速度拿出预算；项目部一边与县农办、县府办、县财政局耐心沟通，一边安抚施工单位、设备工艺厂家，同时，积极联络各镇、街道分管领导一起推进。

在预算未落实、合同未签订的时间里，通过总包方的努力有力保障了项目推进，凭较少的人员和资金投入就使工程完成了60%以上，为顺利完工打下了坚实基础。最终，经过各方共同努力，于9月底确保了工程资金的落实。

综合协调，实现共赢

永嘉县在实施污水治理工程的同时，也在开展通信电缆"上改下"、自来水管网、村庄道路建设。但如果几个项目各自施工，不可避免地存在重复开挖和修复情况，不仅增加投资、延长工期，还给当地居民带来了诸多不便。在了解各方需求后，项目部与永嘉县政府、县农办充分沟通，优化项目施工工序，合理安排并行交叉项目，避免重复开挖、立体交叉，既缩短了总工期，又节约了资源，实现了参建各方的共赢。经过几个月的奋战，桥头镇两个试点村的治污工作在EPC建设模式下有条不紊地推进着，安全、质量、进度控制良好。

我们通过以设计为龙头的EPC总承包管理模式，充分发挥了综合协调优势，不仅在技术上实现项目的最优化，而且大大节约了项目投资。2015年11月，设计院采用EPC模式建设的桥头镇洛溪村被温州市评为第

治污商讨会

一批农村生活污水治理示范村,我们的工作成果获得了政府部门的肯定,当地政府并将另外两个村的污水治理任务交给我们。

后　记

　　站在村头的山顶,眺望美丽安静的村庄和远处的青山,永嘉的点点滴滴在脑海中浮现。回首永嘉治污这段光阴,有辛苦也有欢乐,有汗水也有收获,一年的努力,一年的付出,我们向永嘉县人民交出令人满意的工程,为农村治污事业做出我们应有的贡献,也为我们的永嘉治污之行画上了圆满的句号。

洛溪村完工形象图

逐梦之旅　历久弥香

刘　芳

　　水有柔情千百转,水有力量滴石穿,水有坚韧淘沙净,穿高山、跃峡谷、历经九曲十八弯,只为奔向浩瀚的大海,奔向诗意的远方。

　　钱塘江畔,吴山脚下,似水的浙江省水利水电勘测设计院在这里扎根。半个多世纪里,周围地名更换、建筑更替、人物更迭,她风雨兼程,依然屹立在通江桥畔。在业内排资论辈,也算得上小有名气,知名度正如芝麻开花般节节攀升。

　　60年风风雨雨,60载辉煌岁月,她培育了一代又一代的设计精英,国务院政府特殊津贴享受者、设计大师、资深专家、技术带头人层出不穷。顺着时间的树轮,翻开浙水设计的发展史,一张张亲切而又熟悉的历史画页扑面而来:1956年成立,时名浙江省水利厅勘测设计院,成为浙江省水利勘测设计的领头羊;1960年更名为浙江省水利电力厅勘测设计院,包揽省内水利、电力两大领域主要工程设计;伴随着浙水设计的发展和壮大,1978年分出浙江省电力设计院后更名,至今不变。时代在变,设计院也在变,然而不变的是设计人的严谨、认真。抚摸着一纸一笔纯手工绘就的图纸,凝视着已然矗立的一座座大坝、水闸,感慨良多,感叹往事的艰辛不易,更加佩服老一辈设计人的严谨细致,也期待着自己绘制的图纸成为现实的那一刻。

岁月打磨，历久弥坚，但正因如此，浙水设计才能积淀成一壶醇香好酒：让客户满意，让企业发展，让员工幸福是这壶酒自始至终的味道；治水害，兴水利，保民生是这壶酒的精华，更是浙水设计人的责任！伴着这壶好酒，我们的足迹遍布大江南北，我们的脚步贯穿祖国东西，我们的业务涉猎广泛：测天绘地，丈山量水；勘查地质，消除隐患；除险加固，防洪排涝；流域规划，河湖综治；围垦蓄淡，引水调水；港航通运，供水排水；水土保持，生态移民；水利信息，景观建筑；三维场景，构建现实。

尽管业务范围广泛，但浙水设计人从来都是有条不紊、保质保量地开展工作：撒下"项建"的种子，辅以"用心"地浇灌、"精心"地施肥，长出"可研"的小苗，助以"细心"地松土、"耐心"地修剪，绽放"初设"的芬芳之花，配以"热心"地打理、"悉心"地照料，成为"实施"的参天大树，结合"诚心"地抚育，"专心"地呵护，收获"工程"的累累硕果。浙水设计人为水利事业奉献了一辈子，大多数人从告别多彩的校园开始，将最美好的青春都贡献给了水利事业：在"画图"中褪去青涩，在"汇报"中磨去棱角，在"写报告"中日渐成熟，也在"设计"工作中逐渐苍老。

浙水设计人的奉献不息带来的是恢宏巨制，一个个工程拔地而起，一条条河流重新畅通：汤浦水库的竣工、曹娥江大闸的落成、舟山大陆引水的贯通、云南多底河电站的投产，无一不昭示着浙水设计人脚踏实地的追求，无一不体现着浙水设计人锲而不舍的执着，无一不呈现着浙水设计人勇于担当的进取。而全国文明单位、全国优秀勘察设计院，从文化中透射浙水设计的精神风貌，从企业荣誉中侧面证明了浙水设计的众志成城；环境、质量和职业健康的管理体系，则从责任态度的方面折射出浙水设计的担当,从健康安全的维度体现对员工的关怀。

忆往昔峥嵘岁月,我们亦有不足,新形势下我们固有的设计模式正慢慢变得不好用,我们传统的咨询手段也开始凸显不足。在浙水设计未来的发展道路上,少一些模仿参考,多一些原创开发;少一些谨小慎微,多一些锐意进取;少一些因循守旧,多一些改革创新。希望未来我们可以在压力面前,在业主面前始终坚守设计的原则、质量、标准,精益求精,创造更多的辉煌。

看今朝发展态势,浙水设计人和浙江水利已然成为共同体:同生存、共繁荣是我们的宗旨,同努力、共发展是我们的追求,同携手、共前进是我们的心愿。年长的浙水设计人将循着前人的足迹,开拓崭新的篇章,而年轻的浙水设计人也将借着师父的引导,探索未知的神奇。我们期待浙水设计的明天像中国山水画一样精彩,既有挥毫泼墨的典雅庄重,又有花开富贵的雍容大气,更有小溪潺潺的经久不息,以及巍巍青山的敦厚沉稳!

展未来美好时光,我们任重道远,在市场竞争日渐激烈的情况下,我们拒绝犹豫不决,我们期待砥砺同行,朝着兴水惠民的方向迈进,拥抱新的发展;圆梦未来的路上,我们拒绝故步自封,我们期待别开蹊径,朝着百年基业的目标前进,拥抱日新月异。甲子芳华对于浙水设计,我们相信这只是她的孩提时代,我们期待她成长为一艘巨轮,在时光的海洋中扬帆远航,创造更多的辉煌!

谨以拙联一副献给浙水设计六十华诞:

上联:甲子韶华逝,乘风破浪,浙水芳名遍天下

下联:春秋伟业来,改革创新,设计二字传古今

横批:继往开来

第四篇

点滴用心

求真务实，恪尽职守，既是浙水设计人的职业操守，也已成为融入血液的人生信条。

一个甲子的时代变迁，不忘初心，继续前行，浙水设计人60年如一日，守卫着最初的忠贞，用智慧和汗水涤荡着『责任』的丰碑。披星戴月，风餐露宿，所有的付出都源于高度的责任心和对事业的忠诚。

『点滴用心』，只为『开渠疏引狂澜去，因势利宣浪潮平』。

令人难忘的水利建设岁月

张克健

我是1948年5月经戴泽蘅和冯世京介绍来杭州的钱塘江海塘工程局工作的。关于水利工程建设方面，现就个人所经历的工作追述如下：

我省地貌是西南多山，中部丘陵，东北为平原洼地。每当汛期，洪涝灾害频繁。记得新中国成立当年（1949年）夏季，绍兴县的一条河流截弯取直，可能是省水利部门最早承担的一项工程。省水利局派后来任设计院总工的马席庆和我去测量定位。

1950年夏，诸暨城关附近北庄畈土堤决口，冲断浙赣铁路，我奉派前往协助地方工作。县委书记（后调任林业厅长）调动当地劳改犯进行堵口未成。最后还是在省水利局配合下，由铁路工人堆叠装泥沙的麻袋作堤基堵口成功。但仍有多处田畈因河堤决口造成人员伤亡。

为减轻洪水对诸暨城关镇和浙赣铁路的威胁，1952年省水利局和诸暨县（现为诸暨市）政府决定在城关对岸开辟高湖分洪区。这项工程于1953年开工，先是由前辈卢秀祖负责施工。次年5月由分洪坝改建为分洪闸，则由戴泽蘅总工负责。分洪闸竣工后仅三四天适逢洪暴，开闸分洪，立见显效。这是新中国成立后第一次凸显成效的防洪工程。改革开放后的20世纪80年代,当时的诸暨县提出将分洪区进口迁至城关以下,与分洪区紧相连接,使原进口与分洪区之间的大片行洪通道土地得以充分开发。但这一设想的实施,必须拆除阻水桥滩和城关对岸石驳勘及房屋,拓宽河道,只有这样,才能顺利行洪。这一建议报省后,一度引起强烈争论。而我当时认为这一建议合理,表示完全赞同。最终也是按县政府的方案执行的。

诸暨洪水为患不仅限于浦阳江,多处田畈亦频遭山水淹没。如东白湖、白塔湖二处田畈就是省局派前辈董开章前往处置的,他采用沿半山开渠的方法,引导山水经隧道排出。这条隧道称为东白渠道,使用后收效显著。后来我在朱公湖排除山水工程中,完全效法了董老。为彻底解决诸暨城关水患,1957年政府决定在上游修建安华滞洪水库。它是省水利局设计修建的第一座拦洪水库,因为缺乏经验,大家非常小心,故对质量要求较高,要求在拦河坝夯实中必须控制最优含水量。而该县县长何文隆则认为:"又不是很高的土坝,把土堆上去不就好了吗?"现在回想起来,当时领导是急于求成,而我们并无建库经验,开口就是专业名词,完全是一副书呆子模样。但无论如何,在土坝黏性土夯实中控制了填土水分,对提高土坝质量是十分必要的。待至1958年"大跃进",全省各地普遍兴起建水库热,诸暨县拟在浦阳江支流开化江上修建石壁水库。我曾和当时县水利局长何文光同下工地查勘,那时我们下乡都要自带行李,我依稀记得是自带行李和何文光同卧一床。还有当时的江山县(现为江山市)的峡口水库,由金华水利局设计,拟建高达104米的土坝。实际上当时地方上都没有足够力量来承建此类大型工程,故许多已开始施工的大、中型工程皆中途停工。直至1960年后,才由成立不久的省水电勘测设计院负责,将各地拟建的大型水库进行初步设计论证后,再绘制施工图,然后开建。可以说大型水库设计此时才按正规程序办理了。现在我翻阅《浙江省水利志》,对水库工程只注明"建成时间",而"始建时间"付缺。我想大概是始建时间都是"大跃进"时期的1958年,没有必要再注明了吧!

就我个人来说,值得回顾的有两处水库工程设计工作:

一是奉化的横山水库工程设计。由当时成立不久的省水电勘测设计院派设计组下工地进行设计,设计组长工作极为细致认真,理论基础亦很好,惟进度十分缓慢,论证来,研究去,就是拿不出施工图。而施工单位是省水电工程局,催促施工图纸甚急。我时任水电室主任工程师,驻工地多日。后与工程局老总和秦总研究协商后,乃由我个人签名出图。横山水库坝坡设计甚陡,是当时坝体最瘦削的大坝。此事本已淡忘多年,后在设计院见到存档图纸,回忆往事,欣慰之情油然而生。

另一件就是我终生难忘的水库工程——平阳县桥墩水库。该工程的初步设计原是我在温州水利局主持编写的,水库施工由陈伦孝工程师进行技术指导。陈工苦干精神极佳,夜以继日,留守工地,但他为人忠厚顺从,在技术要求上不敢与地方领导争辩。开始清理坝基时,我亦曾去过工地,但不几日便被调往江山峡口水库工地,协助金华水利局工作。一直到1959年夏,桥墩水库出现险情,乃奉命前往。到工地后,了解到在大坝尚未筑到设计堵口高程情况下,就在汛期将临的4月进行了堵口,据说水利部著名水利专家张含英曾来过工地视察,并建议扒开堵口,防止溃坝。

在设计院,我除担任本职工作外,还经常随同省水利厅副厅长吴又新去工地察看。吴老工作细致，为人谦和，常称："自己没承担过具体的设计和施工，要听取大家的意见。"但在察看结束后，他的发言很有条理，并声称自己的意见向党组汇报经批准后，才能作为省厅的建议。他的工作风格无形中影响了我。

曾经有一段时间，水利工程常常是边设计边施工。江山峡口水库在停止不可能实现的高达104米的土坝后，约在1966年，经当时省领导刘剑批准，改建为混凝土大坝，这也是在工地进行设计的。峡口大坝坝基岩层一经开挖，与空气接触后很快风化松软，最后只能采取将坝基稍加深挖并迅速浇灌混凝土的办法，以强固岩基。

另一项值得回忆的是绍兴马山闸工程设计，它是绍兴平原排涝的重点工程。由于地基是深厚淤泥土层，非常松软，设计中采用桩基处理。因限于当时的施工设备，桩长只能达8.0米。施工过程中，曾采用静荷载试验，经分析认为8.0米已可满足要求。后来发现试验中忽视了边荷载作用，可能造成两端闸墙沉降过大。为减轻边荷，又临时修改设计，降低两端侧墙高度，加高堤外防浪墙。这是一项无奈举措，不无遗憾。后来在苍南朱家站闸设计中，听群众反映，该地建闸在历史上都是失败的，主要原因是地基淤泥深厚。当时我吸取马山闸的经验教训，乃将闸基桩长改为两桩，连接成24.0米的长桩，以防止发生有害的闸基沉降。

还有一项工程就是秦山核电站的防浪堤，因位于澉浦潮起潮落地段，原设计单位拟采用福建的成功经验，用沙桩加沙垫层加速地基土层固结方案处理。鉴于潮起潮落施工质量难以保证，我建议采用镇压层处理，经对沙桩做现场验证后，乃改用镇压层方案。建成后多年来未见任何深陷开裂，后来听戴总说，象山大目涂海堤也仿此更改设计。

写到这里就搁笔吧！毕竟年届90，无论体力和思维能力都渐衰退，就算写字，亦是手不从心，不当之处敬请见谅。

注：

①本文选自浙江省水利学会编印《浙江水利60年回忆录》，2009年9月。收入本书时有所改动。

②张克健系原水电室主任工程师，后曾任浙江省水利科学研究所总工程师、省政协副主席。

一段难忘的回忆

高肇俭口述　任方整理

"长潭水库于1958年经省政府批准兴建,并于当年10月正式开工。长潭水库是我省当时大兴水利首批上马的八大水库之最。长潭水库建设,正遇三年国民经济困难时期,在黄岩县委的直接领导下,发动全县人民,以'砸锅卖铁'的决心,发扬'愚公移山'的精神,自力更生,艰苦奋斗,六易寒暑,于1964年年底完成水库主体工程的建设,1967年7月,水电站一台机组安装完毕,投入运行。"

每当翻开《长潭水库志》,看到这一段话,我就会久久出神。对于一个外人来说,可能这就是一段客观的历史陈述,但对于我来说,却是一段极为难忘的回忆。作为一位老设计人,每当回想起长潭水库的建设岁月,我总是止不住打开情感的阀门,任回忆的洪水泛滥……

1958—1965年,我作为长潭水库的技术负责人,驻守黄岩长达七年之久。

这是一个总库容为9.57亿立方米的大型水库工程,大坝坝型为截水槽黏土斜墙砂砾石混合坝,坝高42.5米,坝顶高程43米,正常高水位36米,正常库容4.57亿立方米;溢洪道的最大泄流量为1700立方米每秒;泄洪隧洞的最大泄量为295立方米/秒；引水隧洞最大输水流量53立方米/秒；电站总干渠输水能力为每秒40立方米～45立方米，灌溉收益120万亩。1958年9月，省水利厅委派我长驻长潭水库任设计组代表，负责施工技术总指导，并兼任工程委员会工程科副科长。面对如此大的一个工程，我深感责任重大。

我们遇到的最大的难题，就是水库的大坝坝基是深达40米的深层砂砾石，怎么办？

一开始，我们设计的基础防渗方法，是在坝的上游浇筑黏土铺盖，这是一种常规方法。但一开挖，我们才发现砂砾石覆盖表层存在多层大卵石强透水层，一般的铺盖防渗方法根本无法解决坝基防水防漏和渗出稳定问题。

经过审慎研究，我们决定采用宽截水槽的设计方案。主截水槽底宽28米，面宽70米，深10米，槽长380米。为了保证主截水槽的施工质量，在主截水槽的上游先加做一道副截水槽，副截水槽底宽8米，面宽50米，深10米，主截水槽与副截水槽用黏土铺盖连接形成综合防渗体。而在施工过程中，左岸局部地段主截水槽最大槽深达13米，仍不能满足弱透水层系数的要求，后来用黏土、水泥浆进行了灌浆补强。

记得那是1959年12月，工地党委指出，主截水槽工程进度的快慢，直接关系到春节前大坝是否能合拢。为了加速施工进度，提出"反右倾、鼓干劲、抢晴天、赶时间"的口号。成立民工突击队，贯彻"六定"（定人、定任务、定时间、定质量、定工具、定报酬）责任制，开展劳动竞赛。

根据水库坝基覆盖层存在多层卵石层的地质条件和主副截水槽处理

工程量大的特点，在施工导流布置上，我们采用先明渠后隧洞的导流方案。1958年冬，我们在右岸山脚开挖，填筑了一道宽30米、长120米的黏土防渗的导流明渠，又在左岸打通了一条长214米的先期导流、后期引水发电的隧洞。

这样大的工程量和这样复杂的地质条件，仅靠黄岩一个县的力量，仅靠数十台抽水机和一千多台拖拉机，一年时间内完成导流工程，一年时间内进行坝基处理、堵口合拢，将大坝筑到拦洪高程，这可能算得上是一个伟大的创举。

下面我想说说我永远忘不了的一幕：当时主截水槽开挖后，地质条件差，开挖底脚还达不到标准，但由于工期紧，又临年关，地方领导和民工都希望早日把截水槽进行回填。当时民工把回填的材料都拉到工地上了，但我坚持"不达标准誓不回填"，情急之下，我不管三七二十一，一下跳到截水槽基坑，并高声喊道："你们现在要填就从我身上填上去，否则我绝不同意回填！"我的这一举动把他们都镇住了。但我依然不放心，怕民工在我不在场时又回填，我就索性拿起被子住到了工地的工棚里，这一住，就是40天，直到主截水槽按技术要求顺利完工。

如今想来，仿佛历历在目啊！

感谢岁月，把我的记忆托起，也让我的青春重现，虽然不会再回长潭了，但我心中的长潭永在，永远高高矗立。

大塘港历险记

金文志

　　大塘港位于浙江省象山县西南部定山区境内,系东海三门湾岳井洋支流,亦为泗洲头蟹钳港至石浦镇的航道。大塘港堵口工程由四个口门堵坝(捣米山、台宁屿、强大湾和岙孟门)、大鹤滩海堤、台宁屿泄水闸和老鼠山泄水闸以及相应配套工程组成。工程建成后大塘港将从与外海沟通的港道转变为内河港道,可蓄水2500万立方米,库内水体经逐年排咸后盛蓄淡水;工程围垦海涂1.3万亩;使大塘港两岸原40公里海塘转变为内河堤防,减轻抗台防潮的压力。它的建成促进了当地农业、渔业发展,并解决石浦镇工业用水和3万居民的生活用水问题,同时改善两岸交通。

　　半个世纪过去了,如今该地区已建成了大塘港现代农业综合区、大塘港生态旅游区、象山影视城,每每看到大塘港的盛景,我不禁遥想起往事,心中久久不能平静……

踏上勘测路

　　1968年2月,根据院生产指挥组安排,水电室组建了大塘港堵口工程设计组,规划室、测量队、地质队、钻探队等都落实了参与人员。人员组成后由我带队赴象山丹城和工程现场,了解当地对项目的想法,商讨合作事项,查勘工程场址,了解历史灾情,收集水文和潮位资料,安排测量和地质勘探任务等,为开展工程初步设计做准备。

大塘港堵口工程是一项深得民心、百姓期盼的工程,也是省重点水利工程,更是省内当年规模最大的堵港工程。因此,省、地、县参加考察的单位和人员都不少,我院除我之外还有陈应荣、陈漓生、翁葆忠、何满生、余祈文、钱启明、黄步宪、吴正良、王志峰等,有浙江省水利科学研究所赵雪华、廖树德等,有钱塘江海潮测验队人员,宁波地区水利局施求藏等,有象山县生产指挥组组长夏盛钮(县人武部长),象山县水利局柯夫、董传根、胡家波、徐跃先、林启庆、张德洲等,还有相关公社领导。记得农历正月廿三,我们一行30余人从石浦渡口租用渔船去工程地点查勘。

对绝大多数人来说,这是一项不曾经历过的技术难度较大的工程,所以一路上大家都很兴奋。但是,第一次乘船在海港里查勘真让人有点不习惯。况且,我们正遇上涨潮,看水面汪洋一片,难以分辨东南西北。站在渔船舱面上,风很大,寒风凛冽使人不能久待;船舱里则是持续不断的柴油机轰鸣声,连面对面说话也听不清。当时,队伍中有很多浙大毕业的同学,大家说些见闻或笑话,打磨这段身体稍感不适的时光。在县水利局同志和船老大的引领下,我们到达台宁屿堵坝工程地出舱并上岛查勘。

意外突如其来

当完成大塘公社台宁岙口门及泄水闸闸址考察时已是中午，我们准备赶往对岸晓塘公社吃午饭，而后去捣米山口门（普陀门）考察。一行人至中岙渡口，摆渡老大为了省事招呼全体人员一同上船，渡船严重超员。我上船较晚，船内又站满了人，我就坐在船头的船舷上。当渡船行至大塘港中心时，发现渡船漏水，船老大叫大家向后挤挤，使船体前后平衡些，船老大或许估摸着很快就可以到对岸了。可谁料，当渡船到岸边还有70余米时，船内的水顷刻间满出舱面，什么都来不及想，船头像鱼一样钻入水中，站在船前部的人全都浮在水面上，会游泳的各自游向岸边。

此时，我听到后面有人喊救命，回头一看，是同事何满生在水中扑腾着。于是，我叫他从后面拉着我的棉衣，我则用蛙式泳姿奋力向前。开始时棉衣还有浮力，但很快便吸饱了海水变得十分沉重。此时正值退潮，港内流速变大，我明明想向前游，却偏偏像在踩水，每前进一步都异常艰难。当触及岸边时，我心中紧绷着的弦终于松了，知道再无生命危险，身体却也再无力离开水面。何满生爬上滩涂，援救人员送过一根毛竹拉我上岸。

由于两岸干部群众及时发现并赶来救援，10余位不会游泳的人员得以脱险。上岸后，大家集中清点人数，发现少了象山县水利局的徐跃先，于是马上开始寻找。救援人员在堤后一座草棚前晒场上生了一堆火，落水冻僵的人围着烤火。天气太冷，前一天又刚下过雪，大家都冻得瑟瑟发抖。热心的村民送来姜茶、黄酒供大家暖身子，送来衣裤让我们换上。下午，我们乘船去石浦镇，县水利局同志继续留在现场组织打捞。

1968年2月25日，一行人回到事故地大塘港中屿村渡口，参加徐跃先同志的追悼会，向徐跃先告别。徐跃先为造福大塘港两岸百姓献出年青的生命（时年32岁），他永远留在小定山，遥望大塘港。

象山县大塘港中屿村渡口合影

参与考察的全体人员与参与救助的干部群众

弯下腰沉下心做好手中事

丁 伟

那是个阳光明媚的早晨,我第一次踏进了浙江省水利水电勘测设计院的大门,映入眼帘的是一幢简易朴实的三层楼房。并不高大,也没有气势,只有楼阶前左右分设的两座石狮显示出老房子的庄重。踏上楼阶,走上发出吱吱嘎嘎响声并磨损得斑驳的红漆木地板。在二楼左转弯的尽头是一个偌大的办公室,随处可见堆放着的资料、报纸、期刊,这便是我的第一个工作岗位所在,总工办情报组——一个承担设计院的科技信息收集、专题情报编研、情报期刊出版发行、援外工程翻译的三人组。

第一个站起来迎接我的是组长陈永年,一位浙大毕业的水工专业老高工,戴着一副近千度的眼镜,充满书卷气,年纪50开外,中等个儿,有些清瘦,高高的发际线造就了宽阔的脑门,其上布满了密集平行的褶皱。看见他,你会禁不住想起当年热门电视剧《编辑部故事》中的主编老陈,大有几分神似。这样的环境、这样的同事,让我深感身处某一编辑部中。

跟着陈工做《动态》,是我进入情报组的主要工作之一。《动态》是一份受水利水电规划总院委托,我院承办的水利行业内部交流刊物,宗旨是为水利水电新技术交流、专业网会活动搭建平台,报道水利水电工程勘测、设计、施工建设的动态,为水利行业设计院交流建立连接的桥梁,它是一份有影响力的行业内部交流刊物,也为设计院在同行单位中赢得了良好声誉。

之前不曾想象《动态》出版、发行能有多大点的事,平时的工作就是拆信封,归集稿件,分类选题,审稿改稿,沟通交流,定稿编辑,版面布置,校对印制这些。但是,一道道工序的严谨把关,充分显示出这份期刊发行的确不容易。然而枯燥乏味是它的真实存在,日复一日的工作,难道还会有人这么执着和不厌烦?带着这种好奇心常常在师父背后观察他,每每看到的是这样一幅画面:佝着背,低着头,眼睛几乎贴在稿纸上,从左到右、从上到下一行行快速移动……他为何乐此不疲,不厌其烦?我正沉浸在自己的思绪当中,他一下子从座位上站起来:"小丁,我又从里面'捉'出两个错误!"从他脸上,我分明看到了孩子般的兴奋。

陈工没有说过什么大道理,这位前辈在用自己兢兢业业、认真负责的态度潜移默化地影响着我们组里的每一个人,带领大家踏踏实实做好情报组的工作。简单到不能简单,烦琐到不能烦琐,他依然有章有法,不急不躁不烦。就这么一次次,那份执着、认真劲感动了我,渐渐地在我身上起了"化学反应",也直到那时我才真正理解了小学时就学到的成语"一丝不苟"。在前辈身上,我看到的、学到的是"弯下腰沉下心做好手中事",一个前辈的工作剪影写意出来的一句话,细细思量却有着深刻的意义。

弯下腰你便有了对工作的一种敬畏之心,它是一种姿态,更是一种工作态度。梁启超先生于70多年前在《敬业与乐业》的演讲中说道:"凡职业没有不是神圣的,所以凡职业没有不是可敬的。"但凡做一件事,便要忠于一件事。水利工程关系国计民生,百姓福祉,水库坍塌、溃坝、坝基漏水时有发生,引发质量事故造成国家财产损失,人民生命安全受到威胁。作为一名水利人,我们拥有的是一份责无旁贷的使命感和责任感。

沉下心便有了对工作的用心。从设计院的一名普通员工到院最高管理层,从技术人员到职能后勤服务人员,设计院赋予每一岗位应有的责任和义务。岗位不同责任不同,所要求的能力也有差别,我们可以选择的唯有踏踏实实做好本职工作。有人说,做事有三种境界:用力做事可以把事做完,用脑做事可以把事做成,用心做事可以把事做好。用心做事,是将情感融入事情之中,带着创造的心去做事;用心做事,是不放过工作中的每一个细节,并能主动地看透细节背后可能潜在的问题;用心做事,会让自己比过去做得更好,比别人做得更好。

做好现在手中的事是人生目标的起点。设计工作的重复烦琐,别人看来平淡无奇,索然无味,但在重复中去寻找规律,寻找新意,那便不再是简单的重复。抛弃眼高手低的做法,调整心浮气躁的情绪,珍惜现在的工作,做好手中事,避免出现任何一个低级错误,设计好每个环节,写好每份报告……这样,你的人生远大目标便会一步步向你靠近。

弯下腰沉下心做好手中事,是第一个工作岗位教给我的。多少年过去,同辈和后来者的成长经历,无一例外地验证了其成功之道。无论身处何位,请热爱你的工作,用心投入,一丝不苟,尽自己的所能力求完美,必定能感受到工作所带来的快乐和收获。让老一辈这种用心做事的优良品质和敬业精神代代传承;让我们携起手来,汇集智慧,凝聚力量,共绘浙水设计的美好蓝图。

风雨横山多华章

丁邦满

　　从出校门到退休，我一直在浙水设计院工作，与浙江的水利事业、与一代代浙水设计人结下了深厚的情缘。

　　横山水库工程是我参与时间最长、印象最深的一项工程。

　　横山水库是奉化江流域水旱灾害治理的大型骨干工程，被誉为我省八大水库之一。该工程于1957年至1958年间动工，后因故停工。1963年，我院完成扩大初步设计，同年续建，1966年9月建成。鉴于当时的建设条件，该水库坝高仅为48.6米，库容5008万立方米。

　　1978年，为提高水库的防洪和蓄水能力，横山水库再一次进行扩建加高。我院于1982年6月完成初设，同年12月经省里批准开始扩建。扩建工程于1986年年底动工，1994年完工。扩建后的大坝加高21.6米，坝高达70.2米，库容增至11180万立方米。大坝加高部分采用钢筋混凝土面板堆石坝，当时国内尚属首例。混凝土防渗墙穿过黏土心墙，最深进入坝基下11米断层闭合处，最大墙深72.26米，也是当时省内最深的混凝土防渗墙。设计中还采用了一些新颖可靠的结构和举措，取得了安全可靠的实际效果，因此该工程设计分别获1998年和1999年水利部优秀工程设计银质奖和全国第八届优秀工程设计铜质奖。

横山水库一期工程的设计由我院李鸿涛工程师负责,由于资金和"三材"(钢材、木材、水泥)紧缺,所以采用黏土心墙砂壳坝。由于横山水库地处奉化山区,附近黏土极少,料场远在数公里外高程300米至400米的山头上。当时几乎没有什么运输采挖设备,全靠锄挖肩挑、手拉车运,靠的是"人海战"。更麻烦的是,黏土需要进行翻晒堆置处理,极为费工耗时。设计组的同仁就千方百计改进方案,后来采用减薄心墙施工,并获得了成功。

我是在20世纪80年代初作为二期扩建加高工程的设计负责人参与该工程的。

二期扩建工程是在原有土石坝基础上进行扩建加高,难度特别大。要在原来的心墙内建一道深70米的混凝土防渗墙,而防渗墙在水压作用下如果变形、损坏,就会造成漏水,带来严重后患。我们起初计算出来的防渗墙顶最大位移达20厘米,若是如此之大,防渗墙将损坏。后经试验研究充分论证分析,提高心墙和砂砾石抗剪强度,最后得出防渗墙顶最大位移只有2厘米,于是问题有望迎刃而解。借助于当时的最新施工设备振动碾,我们将堆石压缩得更为密实,而在技术上得到了南科院的帮助,让我们更满怀信心。最后经过运行检测,混凝土防渗墙顶最大位移不到2厘米,达到了国内先进水平。后来巴西也有类似工程,派员前来取经,我向他们介绍了本工程设计及实际运行情况。

在施建过程中有一件趣事至今难忘。施工单位绍兴基础公司,在混凝土防渗墙造孔时不小心将钻头掉了下去,由于钻头没有遗留钢丝绳,打捞十分困难,历时近一个月仍未捞上来。这时王副局长来电话,希望能"放一马"。考虑到百年大计,应万无一失,这"一马"不能放。最后他们千方百计设计出了一个新的结构装置,终于将钻头取了上来,这项成果后来还获得了一个技术创新奖。

2010年,横山水库再次改造加固,实现功能升级。经过整体扩建、改造加固后,横山水库已成为当地一处亮丽的风景旅游胜地。

站在横山水库的坝上,我仿佛又一次看见当年的无数身影,无数浙水设计人的心血,无数我们留下的烙印⋯⋯

高湖的变迁

李小勇　马以超

诸暨高湖蓄滞洪区是浙江省防洪重点江河——浦阳江流域防洪系统中的一项重要工程。

1954年,高湖蓄滞洪区建成;1954年—1963年,高湖分洪7次,起到了显著的防洪减灾效能。

1996年,高湖分洪闸移位改建完成;1996年—2016年,诸暨迎来"浦阳江时代",高湖闸的移位使城市跨江发展成为可能,诸暨赶上了一轮快速发展的良好时机。

2016年,高湖蓄滞洪区改造工程(高湖城市湖泊)开工建设。未来,湖在城中,成为"海绵城市"和"新兴城市水利"典范,城市东部将迎来新一轮发展机遇,诸暨将迎来"高湖时代"。

上篇　高洪分洪闸的前世今生

（一）建"三十六洞"治"小黄河"

浦阳江在我省素有"小黄河"之称，上游水势湍急，进入诸暨市境内后，因地势较平坦，水和大量泥沙急剧而下，使诸暨市成为洪水重灾区。"三个太阳叫皇天，一夜雷雨路行舟"，据史载，从公元1034年到1949年的915年中，诸暨市共发生大洪水84次，县城进水13次，旱灾33次。

"三十六洞"是老百姓对高湖分洪闸的日常称呼。1950年6月24日，城区北庄畈决堤，城区一片汪洋，当时的诸暨火车站被淹。洪水淹没浙赣铁路，导致其被迫停车7天，事件震动了国内外。按照"上蓄、中分、下泄"的指导方针，诸暨于1954年建成了高湖蓄滞洪区。进水闸36孔，每孔3米。完工不到一周，滚滚浦阳江洪水来袭，老三十六洞开闸分洪，洪水通过4.3公里的行洪道奔入地势低洼的高湖滞洪区域。浦阳江水位下来了……这一年，老三十六洞共4次开闸分洪，保障了浙赣铁路和两岸的安全，包括中下游50万亩农田。之后，1955年、1956年和1962年高湖又有3次分洪。老三十六洞从存在起到移位总共泄洪7次。

从1954年开始，一直到1995年，这样一座水利设施一直位于目前城市中心广场所在地。在很长一段时间内，它保了诸暨平安，却也制约了诸暨城市的发展。

老三十六洞原址

（二）为了城市的变迁

三十六洞的移位，从提出设想到真正实施，这中间经历了近20年。

老三十六洞建成之时，就已经显现出分洪能力不足的问题。分洪闸原本位于城关江东，由于分洪闸及行进道分洪能力偏弱，所以面对上游来势汹汹的洪水，三十六洞有点力不从心。特别是1962年大洪水，三十六洞的问题得到了充分暴露。

另一方面，高湖闸分洪渠离浦阳江不远，大约只有两三百米，本就不宽阔的地域中间还被一条人工渠拦腰截断，零碎不堪的土地给经济开发区的建设造成了阻碍，给浦阳江东岸的城市规划造成了一定限制，也与当时的诸暨城市土地需求情况不相适应。同时，这条河平时是不过水的，长年累月下来就变成了臭水河，环境脏乱差，严重影响城市面貌，亟待治理。

1988年，三十六洞移位改造方案被提起，移位改造既可以提高城市防洪能力，又给城市发展让出空间。我院接手项目并着手策划。正是基于这一背景，高湖滞洪水库分洪闸改建工程应运而生。但是意见难以统一，在激烈的争论中，时间又跨过了5年。最终，省里一锤定音，通过了移位改建的决定。

（三）技术革新的胜利

改建工程包括双江潭分洪闸、东江控制工程、城区浣纱桥——双江潭河道拓浚工程、防洪堤改扩建工程、城区太平桥改建工程、燕山分洪自溃堤工程等。其中双江潭分洪闸共14孔，总净宽84米，设计过流量为1160立方米/秒；东江控制工程总净宽40米；河道拓浚及防洪堤改扩建长度3千米；太平桥长129米，燕山分洪自溃堤长250米。工程决算投资8232万元。

1993年11月，项目组进驻了施工现场，开始设计工作。现场设计时，交通不如现在便捷，大家也没时间中途回杭，当时，连同五十来岁的项目经理缪婉英在内，团队里有三位前辈都顾不上自己的家庭，全身心地投入设计工作之中。期间项目组也会遇到困难，当时的科技水平远不如现在发达，有时就用一部PC－1500掌上微机，连上打印机，简单地编个程序，解决设计中的一些问题。去诸暨时还是秋天，回来时已是寒冬，在一个半月的时间里，我们常驻工地，不分昼夜，给后续建设赢得时间。

工程要求在改造浦阳江上游的同时，不能对下游造成太大的冲击。但摆在面前的事实是浦阳江过了诸暨城后就分东江、西江两支走，两者之间自然地存在分水比例。所以我们要做的就是，在拓宽东江河道的同时，保证东江与西江的分水比例保持不变,从而维持河道特性。如果一旦增加其中一支的比例,就会对该支的下游造成极大影响,增加下游的防洪难度。为了解决该问题,我们与浙江省水利科学研究院联手,通过做模型试验的方式来准确确定闸口的布置与下游整治的开口,同时保证一定的下游分洪比。

(四) 一道亮丽的风景线

高湖闸改建工程的整体策划理念新颖,效果卓越,最大的特点与亮点,是水利设计与城市规划的结合。

改建工程将原先穿过城区的臭水河封住,同时将浦阳江拓宽,改善了原先的城市面貌。改建工程在城区的下游一处开口,平日里水闸关闭,遇到紧急情况时开放闸口,不仅保留了高湖闸改建前的功能,而且将诸暨市防洪标准由原来的五年一遇提高到了五十年一遇。改建工程还浦阳江东岸以完整的土地,使整个城区发展焕然一新,成片规划得以实现。像高湖闸改建工程这样理念与效能并重的项目,在当时确实是让人眼前一亮,至于获得诸多奖项也当属实至名归了。

分洪闸的改建,解决了诸暨市发展的制约因素,增加了城区开发土地2600亩,改善了市区环境,极大地促进了诸暨市的城市建设。通过改建,保障了浙赣铁路、浦阳江下游近百万亩农田和人民生命财产的安全。

改建工程通过建筑外形美化等措施,结合城区江滨道路建设开发,如今成了诸暨市一道亮丽的风景线。

1995年,建成40余年的三十六洞被拆除。1996年,新三十六洞建成,也就是如今位于双江潭的高湖分洪闸。由于工程布局合理、结构新颖美观、造价经济、质量优良及社会经济效益显著,高湖闸移位改建项目先后获得1997年浙江省钱江杯(优质工程)、1997年浙江杯优秀设计铜奖、1998年水利部优秀设计铜奖。

高湖分洪闸(新三十六洞)

下篇　从蓄滞洪区到城市湖泊的新生

(一) 分区蓄洪,几代水利人圆梦

高湖分洪闸移位改建完成后,经历了37次湖畈决堤事件,因高湖地势平坦,分洪淹没的土地范围广,造成了很大的损失。近年来,随着城市建设的推进,这里的湖畈不再是昔日传统意义上农业种植的田畈,遍布了居民住宅、生产企业等,已成为城市的一部分。1次分洪导致的淹没损失巨大(据2007年相关估算,高湖1次分洪淹没损失达4.1亿元),为此,自1962年以来,至今50年未启用,而其中有4次达到了分洪标准也没有启用。

每当浦阳江水位临近警戒线,高湖分洪闸便成为诸暨全市的聚焦点:

开闸泄洪，2.2万亩滞洪区域内的村庄和企业被淹遭殃；不开闸，意味着浦阳江的各个湖畈随时可能决堤。2011年的"6·16"洪水，墨城湖和解放湖两处决堤，损失巨大。高湖滞洪区启用难的问题再次暴露。

2004年，高湖滞洪区分片、分级启用的改造设想方案被提出。2011年"6·16"洪水后，改造高湖蓄滞洪区的设想再次被提起。2012年，前期工作正式启动，我院再次接受委托承担设计工作。2014年，初步设计得到省发改委批复，在现有2.2万亩高湖滞洪区内划出近一半的地域建一个周长16.7公里的湖泊，蓄水区面积近7000亩，单独运用滞洪库容2700万立方米，可满足15年一遇分洪要求。更重要的是，高湖滞洪区改造还被赋予新的内容，除了分级滞洪功能外，还在周边配套建设生态景观等，使滞洪区成为城市景观的一部分。

（二）滞洪功能与城市建设有机结合

高湖蓄滞洪区改造工程主要包含了7大子项：挖湖及隔堤工程、湖周闸站工程、新江整治工程、湖周村庄综合整治工程、湖区景观工程、水质专项工程、信息化建设，总投资约100亿，我院承担了项目总体设计和涉水部分的专项设计。

客观地讲，高湖蓄滞洪区改造项目是我院承担的设计难度最大的工程之一。它的难度不在于具体技术条件的复杂，而是在于其总体策划和综合性的把握、苛刻的实施条件、水利工程与综合工程政策上的博弈。高湖项目投入了设计院的最精锐的设计力量，时任副院长、勘察设计大师陈舟担任项目的主审，时任生态院院长、院首席专家马以超担任设计负责人,项目组整合了生态院、规划院、机电院、施概院、建筑院、诸暨分院等多个部门的技术力量。

高湖蓄滞洪区改造项目提出了一些新的设计理念。高湖是个有蓄滞功能的水库,其实就是一个巨大的"海绵体",可以容纳2700万方的浦阳江洪水。同时高湖又是一个城市湖泊,湖区周边分洪时淹没,但在平时也作为城市滨水绿地和老百姓日常休闲活动的公共空间。高湖的这一创新在国内是首创,为蓄滞洪区的综合开发利用提供了很好的思路与范例。

高湖蓄滞洪区改造项目也采用了诸多新材料、新工艺和新技术。如在挖湖和隔堤填筑中,淤泥固化和资源化利用技术得到应用;为了提高自净能力,湖区大量采用了湿地净化技术,部分湖区还应用了"水下森林"等水生生态修复技术;湖周大量布置了LID设施以削减城市面源影响;为了实现清水入湖,湖周还布置了砾间处理场等预处理设施;为了便于衔接周边交通,部分隔堤应用了拼装防洪墙结构等等。高湖项目是一个河湖综合治理和新技术集成采用的典范。同时,高湖蓄滞洪区改造项目也是多个单位合作的典范,浙水设计院作为总体策划和设计单位,一直引导着高湖项目的方向。

(三)高湖的变迁,水利人的昨天、今天和明天

2016年,高湖蓄滞洪区改造工程即将开工建设,而目前试验段已经在进行中。从老三十六洞到双江潭分洪闸,再到高湖城市湖泊。从1954年高湖始建到今天,高湖的变迁,就是一部现代水利发展的历史。高湖项目也见证了我院两代水利人的努力和心血。

1954年，老三十六洞，"人水争斗"，我们战胜洪水、驯服洪水。

1996年，高湖移位改建，"人水博弈"，我们与水争地、与水对话。

2016年，高湖城市湖泊，"人水和谐"，我们与水共生、和平相处。

未来，高湖一定更加美好！

高湖城市湖泊鸟瞰

深　度

金水源

楠溪江河口大闸枢纽工程位于楠溪江河口,按任务书要求布置的水上勘探孔最大孔深达80米。我公司接到任务书后,因机组都有任务在身,先后委派两个合作单位进行勘探,均因钻探难度大而中途退场,给我们履行项目合同工期造成很大压力。为此,公司领导当机立断,决定中断6号机组柬埔寨工程完成回国的休养期,赵仲良临危受命。

这天是2013年9月28日,赵仲良匆匆赶到公司。向他布置任务的是两位老总,他们向他详细介绍了楠溪江河口大闸枢纽工程河口大闸勘探的进展情况、施工难度以及各种棘手问题,希望赵仲良能够中断休假,去"啃下"这块硬骨头。

说走就走

虽然爽快地接受了任务,但赵仲良心里还是忐忑不安。走出总经理办公室,满脑子都是领导向他介绍的工程情况和制约工程钻探进度的诸多困难:海上钻探风大浪高,严重影响钻机的平稳;钻孔深,目前预估深度为80米,实际可能远远超过这个深度;砂砾石厚度大,全孔取样,容易产生孔内事故;钻探附近没有像样的住宿条件,生活条件艰苦,如住在当地农民的房子,上下班时间来回要花费一个半小时;工期紧张,必须在11月15日之前完成任务;目前无法联系到吨位大的船舶,租到的船只能承载150型钻机,因此,只能用150型钻机去完成300型钻机的任务,机械设备容易出故障等等。面对这些困难,赵仲良深感压力重大。

任务重,时间紧,必须充分把握好每一天,才能赢得工程的顺利进展。

接受任务是9月底,完成任务是11月中旬,总共一个多月时间。恰巧那年9月30日是中秋节,接着就是国庆长假。如果享受中秋、国庆长假,那就意味着要放弃一个多星期的时间。如果放弃这一个多星期的时间,工程是否能如期完成就很难把握。事不宜迟,当机立断,为了赢得时间,赵仲良9月28日接到任务,当天就通知同组人员尽快整理好材料,准备第二天出发。当晚,他自己伏案夜作,采用进度倒排的方式编制了周密的施工计划。

29日傍晚,他们背起行囊,开赴现场。迷迷糊糊在车上打了个盹,经过七八个小时的路途颠簸,于次日凌晨到达工地。这天是9月30日,是中秋节,在众人从异乡赶回家乡与家人团聚之时,他们却离开家人到了异乡。

工地在荒凉的海边,不要说旅馆,就连人烟都没有。在那边,就连安顿住宿也成了难题。如果想住得舒适点,就要住到离工地四五公里的村庄,但为了把珍贵的时间花在工程上,他们选择了离钻探点最近的几间早已废弃的工棚,将其简单收拾,作为临时居所。

他乡接到噩耗

赵仲良有个88岁高龄的丈人,在丈人眼中他是自己最满意的女婿,赵仲良对丈人的关心和照料也是无微不至。就在29日早晨,他们即将开赴工地的那一天,丈人病重住院了,他把丈人安顿好,将丈人的病危通知书转交给家人后,轻轻走到丈人跟前,向丈人告别,但在他心中已有一种不祥的预感。到了工地,他每天都打电话询问丈人的病情,得到的结果都是丈人身体在慢慢好转。10月17日凌晨,他突然接到丈人去世的噩耗,这一消息犹如晴天霹雳,他惊呆了,费了好长时间才回过神来,擦干饱含眼眶的泪水,忍着无比的悲伤,又去工地上班了。上完班,安排好工作,已是下午5点,这时他才匆匆踏上回家奔丧的路。经多次转车,次日凌晨到达杭州。在灵堂前,他对着丈人的遗像,默默无语。当他得知丈人在灵终前一直呼唤他的名字,盼他回家的时候,这个七尺男儿忍不住放声大哭。想不到出差前向丈人的一次告别竟是永别。

把医生的证明撕了

在海上钻探,为确保钻孔的质量,必须在船体稳定的条件下操作,因此只有在平潮期才能钻孔。但由于任务紧迫,即使在涨潮期,工作组也不会白白浪费时间。因为150型钻机长期处于超负荷运行状态,为确保钻机正常运转,工作组就充分利用涨潮期停机待工的间隙,对钻机等设备进行保养、检修。10月13日,是涨潮期,又是下雨天,赵仲良又像往常一样去船上检修钻机，但那天风浪特别大，当他从跳板上上船的一瞬间，由于船不停地摇晃，再加上跳板湿滑，他重重地摔倒在船上。当时他觉得左胸有刺痛感，起身后揉了一下，觉得无大碍，就继续干他的检修和保养。第二天左胸痛感加剧，不得已下班后去医院检查，X光片显示，其左胸两根肋骨骨折，医生给他开具了休养两个月的证明。"休养两个月？工程根本不允许！"这是他闪出的第一个念头。"假如我休息了，公司重新安排机组过来又需要一个重新熟悉工程地质的过程。"这是他闪出的第二个念头。"不休养，继续上班！"他做出了最后的决定，随即把医生的证明撕成碎片，扔进了垃圾桶，默默回到废弃的工棚驻地，做出了一个让人无法想象的举动：把床单撕成布条，用布条把整个胸部包扎起来。第二天，又忍着伤痛上班了。

为深度而战

在海上勘探，采用150型钻机钻孔，并在深厚度砂砾石层使用植物胶取芯，有一系列技术难题，同时又必须保持船体的稳定性；为了尽可能降低钻机负载，需要钻孔保持相当高的垂直度；孔内不能有过多的残留岩心等等。尤其是本工程，原来预计钻孔深度为80米，最后终孔深度达到115米，相差35米，这就给钻孔结构调整徒增了困难。针对这些难题，赵仲良在事前均做了周密的准备：加大锚的数量与重量，以确保船体的稳定性；采用低速、勤提钻等措施降低钻机负荷；在平潮期上班，随时检测钻孔的斜度并及时纠正，以此保证钻孔的垂直度；将植物胶调配至最佳的黏度，既能保证取芯率，又能使钻具阻力最小；钻孔的结构设计预留一个级别，保证孔内出现异常时有下套变径的余地；钻具、钻杆在下钻以前进行严格的检查，防止出现孔内钻杆断裂事故……凡是能想到的，他都做到了。

正因为事先有了一整套预防措施，再加上操作得当，至11月12日，比原定工期提前3天，工作组圆满完成了楠溪江河口大闸枢纽工程勘探任务。

海上砂砾石钻探深度115米，这在我院历史上还未曾有过，这项任务的完成，为我院创造了一项新的钻探纪录。

海上作业

防渗灌浆新技术初试锋芒

钱勇峰

自从2004年大学毕业进入设计院以来,我一直从事灌浆施工工作。在十多年的工作经历中,我最难忘的是防渗灌浆新技术的首次试验,也就是安吉水汤坞山塘灌浆试验工程。

必须运用新技术

安吉县溪龙乡水汤坞山塘于2012年进行综合整治后,仍无法正常蓄水,右坝肩下游存在严重漏水现象,影响山塘安全。

为查明渗漏原因,2014年7月,安吉县水利局邀请我院专家服务团队进行现场查勘,分析渗漏原因,制定防渗措施。

根据现场查勘及水库原始资料分析,渗漏原因主要有两个:一是该山塘大坝坝基残坡积层、冲洪积层太厚,右坝肩岩体节理发育,已建的坝体防渗措施难以彻底解决渗漏问题;二是右坝肩坝体回填碎石土较厚且结构松散,存在渗漏通道。

鉴于该部位复杂的地质条件,常规的套井回填和灌浆处理难以彻底解决问题,专家团队一致认为采用省水利厅科技推广项目"土石坝坝基防渗灌浆新技术"来破解这一难题。

我们对方案并无把握

由于工程工期很紧,业主希望能尽快给出设计方案并进行试验,以便应对夏季的台风、强降雨等恶劣天气。公司一方面积极准备施工设备,尽快落实人员队伍,另一方面要求我抓紧时间做出设计方案。

当领导将该项目负责人的重任交给我的时候,我的内心既兴奋又忐忑:兴奋的原因,一是新技术这么快就有了用武之地,二是领导让我担此重任,是对我工作能力的肯定;但更多的是忐忑,因为这是防渗灌浆新技术的首次试验,如不打好这至关重要的第一仗,将影响该技术的推广,甚至对公司造成不良影响。

接到该工程任务后,首先要制订设计方案。为此,2014年7月23日,我赶赴现场,仔细查勘漏水情况,全面了解地质条件。

走在大坝上,就能听到下游哗哗的流水声,这时心里立刻产生了一个不祥的念头。但还心存侥幸,以为是坝体涵管放水的声音。但当我来到漏水点时,顿时被眼前的情景吓呆了,原来刚才的流水声真是从漏水点发出的。如此大的漏水量,超过我们以往的任何一个工程,我的心跳立马加快,压力骤然降临。从看完现场到返回单位,一路上,哗哗的漏水声始终萦绕在我的脑海里。

面对如此大的漏水,又没有可以借鉴的工程实例,如何在这么短的时间内编制出针对性的设计方案？摆在我面前的是前所未有的挑战。

在接下来的一个星期，我反复研究原始资料，结合现场查勘的复杂地质条件，从近年来的工程中吸取经验，并向更有经验的老同志咨询探讨，最终决定对该山塘大坝右坝段坝体碎石土和坝基采用帷幕灌浆技术进行防渗处理。说实话，对坝体碎石土防渗采用帷幕灌浆尚无先例，方案能否成功，当时我心里是没把握的。

新技术初露锋芒

7月30日，试验设备材料准备完毕，我和试验队伍进驻工地。在短短的三天时间里，在全体项目组人员的共同努力下，准备工作顺利完成。

8月3日开始先导孔试验，实际情况远比想象得复杂。坝体碎石土层厚度大，较松散，块石含量高，且透水率大，常规的水泥灌浆难以保证该地层的施工质量。于是，我们迅速调整灌浆材料，改用水泥砂浆灌注，尽量缩短凝结时间。同时对大流量段次进行多次灌浆，在注入量为零时才进入下一段钻灌，确保每段灌浆质量。

在试验的同时，我们走访附近村民，了解大坝建造的始末，发掘一切有用的信息，分析各种渗漏隐患。通过访谈，我们了解到大坝右侧公路段存在渗漏通道，右岸山坳渗漏可穿过公路渗透到漏水点。于是我们又及时调整设计方案，把试验范围延伸至右岸山体，消灭渗漏通道，为试验成功打下基础。

试验工作按序进行，在完成既定工作量后，我们又揪心地发现：渗水点还存在少量渗水。根据施工情况和灌浆资料分析,认为右坝肩残坡积与回填碎石土交界段为主要通道,而该部位回填碎石土层厚且整体比较松散,需对在完成Ⅲ序灌浆孔后局部仍有漏水的地段,进行补强处理。10月14日在完成了4个补强孔试验后,右坝脚的2处漏水点已基本无渗水,达到了本次试验的目的。

这时,大家心上的一块石头总算落了地,一种胜利的喜悦油然而生。

我们的青葱岁月

周　毅

我知道自己是一个念旧的人，也是一个喜欢讲故事的人，总能搜集记忆的碎片，发掘隐藏在其中的闪光点。今天我有一个故事与大家分享，或许很多人都亲身经历了这个故事，或许早已听我（或我的兄弟）讲过，但对于一次次的分享我却丝毫不觉得厌倦，反而每讲一次都让我心存感念，都会让我们团队的精神之魂重新点燃一次。

那是一个关于新昌县钦寸水库工程的故事。

那是一个寒冷的日子，刚刚过完春节。我们移民院收到了新昌县钦寸水库工程移民安置规划设计任务书：这是一个关系到一万多移民生产生活安置的重大任务，也是一个十万火急、对时间要求近乎苛刻的紧急任务。时间紧、任务重、人力资源严重紧缺——横在我们眼前的三道难题怎么办？

说干就干！我们立刻吹响了集结号，组建了由本人带队的六人项目组。我们甚至动员了当年计划招收的在校研究生，换言之，这是一场不会再有预备队的苦战！

困难总是出乎想象，很快我们就遇见了战役的第一场攻坚战——实物调查。我们首先需要将存档的2003年初步调查所得的纸质材料整理成电子文档并打印装订作为本次调查的底稿。按常规工作量估算,近4000户移民家庭的调查资料的整理工作,至少需要动用30个人、每人每天不间断地工作10个小时以上。而在工程现场,我们加上指挥部调派的人员一共只有12人,现场告急!深夜,我拨通了方沛南院长的电话……

翌日清晨,设计院派专车赶赴新昌,将整整一车的原始资料,带着我们的一份期待赶回杭州。

整整5天,现场一片静默,工作压力让我们无暇他顾。

而此时的杭州,在方院长亲自参与下,部门职工全都投入战斗,一点一点"分食"着地上堆积如山的资料。据不完全统计,除了去现场的6个人,另有17人参与了这项烦冗的工作,这几乎就是我们部门的全部力量。他们放下手头的工作,加班加点,整理完成了近2000户的原始资料,并在约定的时间内送还给了我们。

都没顾得上说声"谢谢",现场调查工作便如期开始了。

每天从早上7点半到晚上9点,我们穿梭在移民户之间,复核人口,丈量房屋。除了"五一"放了一天半的假以外,周末无休,风雨无阻,甚至晚上还需挑灯夜战。直到最后7个影响村的实物调查成果二榜公示结束,这场历时3个月的实物调查工作终于圆满收官。

这是怎样的3个月啊!——因为不同意丈量抢建房屋的面积,凌晨我们被拿着菜刀的移民请出卧室,以命相搏;因为工作强度过高,一向号称"啤酒大王"的刘闻欣,在调查结束的酒桌上两瓶啤酒还没喝完就躺下了,从中午直接昏睡到第二天早上;配合我们调查的业主王江辉同志路遇恶犬，在逃离数百米后因体力不支而倒下，缝针、疫苗成了他的军功章；我们住的宾馆服务员小梁，被我们的工作热情所打动，义务为毛子明等帅哥洗衣服……当然永难忘却的还有满身被咬成各种款式与型号的红包包，还有那一双双吓人的熊猫眼……但是也有一丝遗憾，有的同志在调查结束后最终放弃了这份工作，选择了公务员的道路。

初战告捷，我们丝毫没有松懈的时间，因为随即而来的是决战时刻——安置规划设计。

为了确保工作效率，让我们心无旁骛地投入决战当中，业主一脚油门便把我们送到了瑞和度假村。

初到此方宝地，我们便被惊呆了：没想到在小小新昌县竟然还有这么高档的地方，独栋别墅，私家花园，室内游泳馆，还有一个可以钓鱼的小水库，饿了只需一个电话，服务员就会推着车来给我们送餐，各种服务简直宾至如归。我们只有一个想法，一定要好好工作，服务好业主。

可惜我们还是太天真了！现实让我们濒临崩溃：那个地方距离县城15公里，周边连个小卖部都没有，由于没有车，进城需要辗转折腾近一个小时。天一黑除了我们的小别墅，其他地方一片漆黑，连狗都习惯了早睡，没有了叫声……这不是被"软禁"吗？

但是没过多久我们就缓过神来了，我们想明白了一个道理：当我们从肩负起实现上万移民安居乐业愿景的那一刻起，就理应消受"这份礼遇"，而我们唯一能做的唯有尽快高标准、严要求地完成报告编制，离开这一"别墅豪宅"！

我们永远记得那段朝六晚十、日夜奋战的日子。我们一起为一个个难题的出现而烦恼，一起为一个个难题的解决而欢笑。虽然，各成员之间只隔着一扇门，但是白天除了吃饭时间，我们彼此是几乎不见面的，大家各自面对着电脑和堆积如山的资料，抓耳挠腮、绞尽脑汁地完成着各自的设计任务。然后，便是每天晚餐后的相逢，针对设计中的各种问题我们往往会激烈讨论到深夜，甚至有几次我们一直到东方露出了鱼肚白才回房小憩。当然，我们的别墅里也会高朋满座，书记、县长隔三岔五地过来探望，询问着工作进度，并帮我们协调解决各种问题；各专业主管部门、专业的律师团队也时常来和我们做工作交接；最难忘的是每天必来的"临检"——我们的业主总是每日来鞭策我们前进……我们每天都过得单调而充实，这样的状态一直持续到了12月。

编制完移民安置规划报告后，我们终于"重获自由"。那天，我找业主借了一辆车，载着一起奋战的几位兄弟，绕着新昌转了一圈，还跑到了这个拟建工程的库区，脸上难掩喜悦，心中却难免怅然，竟有几分莫名的不舍。回首将近200个日日夜夜，又岂是一句"再见"就可以放下的？

我们的故事讲完了，我们的下一个故事多么期待你的加入，让我们相遇，或者重逢……我准备好了，你呢？

化危为机赢未来

——陈舟专访

设计院的60年,是乘风破浪的60年,也是攻坚克难的60年。回首历史,我们经历过挫折,经历过危机。但凭着化危为机的勇气与胆略,我们渡过了难关,赢得了未来。我们为此专门采访了陈舟副院长,请他回顾并总结当年盐官下河闸项目是如何化危为机的。

问:请您总体介绍一下盐官下河闸项目。

答:盐官下河闸项目是在当时太湖洪水之后太湖治理的背景下开展的,就是1991年太湖、淮河大洪水之后,国务院召开专题会议,决定要治理太湖。当时有10项骨干工程,其中有一项就是杭嘉湖地区的杭州湾排涝工程(即南排工程),洪涝水要往南排。原来杭嘉湖平原的水是往北到太湖,往东到黄浦江。因为南面是一个海塘,钱塘江的北岸海塘是高地,这里是出不去的。通过我们分析,如果这个地方把水直接排到钱塘江,路线最近,效果最好,会减轻太湖的洪涝负担,对减轻上海的负担也能起到很大作用。南排工程的续建工程原来已经在做了,是以国家立项、国家投资为主的,当时我们采用了世界银行的贷款。重点项目世界银行的贷款额度可以达到投资份额的95％,主要就在盐官。因为其他项目当时已基本建好,盐官项目是最后一个,完全采用世界银行贷款的国际招标。

问:您什么时候接手这一工程?

答:我接手的时间是1991年年底,负责初步设计。这之前是南排一期工程,七几年的时候已经做过盐官泵站,泵已经买来了,4台泵,设计流量36立方米/秒。图纸都设计好了,结果因为"文化大革命"没上马。当时项目负责人是李鸿涛,他把整套的图纸都给我了,所以我们后来设计理念实际还是沿用原来的理念,但采用新的施工方法,只是很遗憾,结果还是没有很好地执行我们的设计。

问:在整个设计施工的过程中,您认为造成此次事故的主要原因是什么?

答:我们也没有经验,实际上最后问题是出在这里。那几台泵已经生锈了,放在盐官旁边一个仓库里,流量我们觉得又不够,单台泵要50立方米/秒流量,它只有36立方米/秒流量。另外那个装置的叶轮是比较死的,运行不灵活。盐官泵站有个特点,它排出去的地方(钱塘江)每天是有潮涨潮落的,技术上叫扬程,每时每刻在变化。机器要适应随时的扬程变化,机动性要好,原来的那些机动性太差,不太适用了。

后来是搞初步设计,那个时候盐官那一块地就是农田,看似什么东西都没有,而我们做下去后发现下面实际上是有东西的。这个地方几十年以前是个庙,叫小普陀,那个时候它边上还有一个。我们做泵站水闸的位置下面正好就是小普陀庙,我们施工的时候挖下去时发现下面有很多木桩，所以我们失事那一段跟这个有关系——正好落到庙基的地方。所以相信迷信的人就说这个地方选错了，人家是小普陀庙。之后他们在我们的泵站西面复建了小普陀庙，香火还比较旺的。

我们进行了测量、勘探，时间比较长，直到1994年。

那个时候还没有计算机，初步设计报告是要手写的，然后用铅字打印，我记得当时打印出来是120页。

记得初设审查会有120多人参加，当时一个项目的初设审查会通常都只有几个人、十几个人，但这一项目特别重要，所以参会人数特别多。代表水利部的有太湖局，也算是国家级的审查。

1995年12月15日举行了开工典礼。图纸都要手绘，规定一个礼拜施工单位要进场，我们搞现场设计。

在那之前，1994、1995年还有国际招标。1993年夏天，我们在盐官举行水泵的国际招标。太湖局有个会议室，安排我介绍我们招标文件的主要内容。后来我们评标，投标的有日本厂家和国内厂家，最后中标的是无锡水泵厂。选中它有一个历史原因就是原来36立方米/秒流量的泵也是该厂生产的，我们那个布置叫斜轴，轴跟地面的夹角是15度，这种泵其他地方没生产过，只有无锡水泵厂有这个生产能力。1993和1994年，也是国内这些建设材料市场最混乱、价格最贵的时候。轴既要会转动，下面又要套牢，因此采用的是高分子复合材料。结果他们找了上海材料研究所研究出来一个配方，但是生产单位是乡镇企业。估计乡镇企业没有按照这个配方来生产。那个轴瓦质量很不好，装上去之后，运行了50个小时就磨掉了。

也是为了省钱,我们要求盐官这个泵站的基坑边墙既可以作为临时的基坑围护结构,又可以作为永久的挡土边墙结构。后面拉锚式的,有两片墙,前面一片墙比较深,后面一片墙比较短,中间是40毫米粗的一根钢棒,把两边拉牢。盐官的土质是很软的,大概上面两三米可以耕作,中间最厚的地方有18米,大部分是12米以上的淤泥质黏土,我记得含水量是42%。我们当时的指标是比较低的,要求最大的承载力是8吨。原来小普陀那个位置前面估计有个放生池,因为我们正好打到放生池那个位置,下面的淤泥就很差。我们要求墙的厚度是80厘米,那段失事之后我们再去掏开来看,发现最薄的地方只有20厘米。地连墙施工应该是在1996年上半年,三四月份开始,大概到七八月份。两岸的长度加起来有300多米,这个量还是不少的。后来就开始挖基坑,挖到1996年10月份。那一年的全省水利工作会议在盐官现场召开,10月6日报到,10月7日开会。10月6日晚上10点多,垮掉了45米,正好全省的水利部门领导都在盐官。结果第二天一早大概五点多工地就给我打电话了,我那天还在家,接到电话后我去叫我们院长,金院长他们都住在我们院对面,然后大家火速赶过去。

问:这次事故最终是如何解决的?

答:接下去就是怎么处理这个事情,当时作为事故,所有的计算数据全部被封存,我不能参加事故调查,不能参加复核计算。我们在三组,由水工一组的人来组织调查,这是内部调查和复核计算。经过调查小组分析之后,计算都没什么问题。处理方案由水利部水规总院的黄总拟定,采用打单孔的灌注桩。一个个桩最后连成一排的墙,形成一个方格结构,再把里面的土掏掉,下面加一个撑板,整个结构刚性较强,以这样的形式来替代原来倒掉的那一块,没倒的部分再行加固。

当时院里所有参加项目的人都很紧张,怎么办?调查组要查程序对不对,设计大纲有没有。他们记不起来了。幸亏这个设计大纲我放在抽屉里,后来交了上去。否则所有责任变成我一个人的了——设计大纲都没有就一个人在设计了。所以这点也可以告诫我们现在年轻的同志,程序还是要到位,否则出了事情是说不清楚的。这就是盐官事故的基本情况。

最后大概是到1998年,我们开始要破钱塘江的海塘了。这个项目在那个时候也从来没有做过,在盐官那一段开的口子是116.75米宽,原来整个钱塘江北岸海塘只开过12米宽的和6米多宽的两个小口子,我们这个又深又宽。我们验收的时候是1999年的6月28、29日,30日正好来了一场特别大的雨,整个杭嘉湖平原、太湖流域都受灾。工程验收之后就马上运行了,效果很好。后经太湖局有关机构测算,那一场雨排涝减灾的效果,相当于我们投资额的2.5倍(我们的投资是1.86亿)。

验收时下大雨,车子也不够,开会在海宁县城,现场在盐官。我坐出租车跟司机聊天,他说"这个工程好,给我们解决大问题了,否则我们这里淹得一塌糊涂了"。所以大家也很高兴,那一天防汛工程已经很紧张了,国家防总已经在浙江,参建的一线人员晚上喝庆功酒。

这个项目搞下来虽然遇到了重重困难,但是我觉得成长得更快了。

问:此次事故对设计院的借鉴意义何在?

答:我们领导专门作了总结,最后说:"小陈不经过这样的项目哪里会有进步啊!"所以不锻炼,不经过这种磨难,技术上要进步是很难的。因为你碰到问题了,就会想方设法地去学习,去解决这个困难。

事故之后有一段时间,我也很苦闷,到底技术这条路能走到什么程度?能不能走得通?搞盐官之前我们把拱坝(高一电)做在断层上面,最后挖了1.8米宽、10米高的洞,把断层挖掉,混凝土填进去,通过这样的做法把它解决了,而其他地方没有这样做过。我一直觉得自己技术上还是可以的,从学校出来就一直在努力做具体的技术工作,而且是所有的问题都解决了。应该说很多问题我们都解决了,但是在盐官这个地方出了这样的差错,当时对我的打击是非常大的,好在最后还是把失误弥补了。

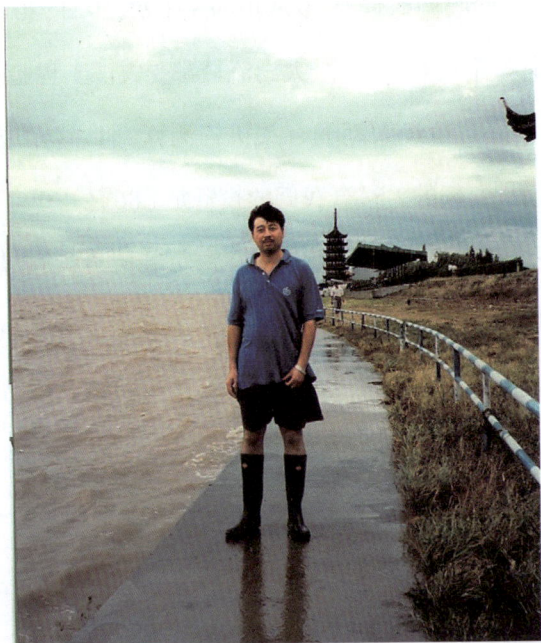

1997年8月19日,盐官站闸现场抗击11号台风

第五篇

滴水涌泉

『不尔民为鱼，大哉禹之绩。』

水利水电勘测设计是顺应大自然和谐发展的事业，无论是未雨绸缪的规划设计，还是『生死时速』的抗洪抗台与灾后重建，浙水设计人都是冲在第一线的勇士。

在汶川地震的废墟里，在云南边陲的荒野中，在青藏苍茫的雪山下，在新疆无边的荒漠上，在台风洪水的暴袭下，少不了浙水设计人坚毅的身影。

悲天悯人，是我们的情怀。

用我美好青春　换你美丽容颜

王　蝶

离开青川的每一个日夜,思念起那片从陌生到熟悉的土地,我总是饱含泪水。那是一段艰辛的岁月,一段无悔的青春,一段将我们每一位援建者的身影镌刻在援建史册上的时光。

伤痕累累的巴蜀之地

2009年7月8日——手捧大学毕业证第26天——我光荣地加入全国数以万计的援川大军中。身为一名年轻的共产党员,为如此光荣的任务尽一份微薄之力是我当时心中唯一愿望。怀着这样的心情,我踏上了我的巴蜀之程。

依然记得,这一天的天气格外好。从飞机上俯瞰祖国大地,山川秀丽,河流俊美。但唯独在飞入四川上空时,阴霾重重。盛夏的巴蜀本该是满山遍野的绿意,然而,随着车辆渐渐驶入青川,我却被眼前的一幕幕震惊。虽然我曾许多次地揣测,揣测自己将会目睹到一番如何满目疮痍的景象,可当高山上崩塌的石块将山体撕裂的场景摆在我眼前时,它暴露出的一道道"伤口"依旧特别让我心惊。还有那远处的山脚下,当地百姓在白色简易板房和蓝色帐篷中匆忙穿梭,从他们的身影里我看到的是慌乱与无力。这让我第一次如此切身地感受到,这个伤痕累累的地方正在向我们伸出求助的双手。

洪水中的大转移

接连几日的瓢泼大雨在7月16日这一天以不可阻挡之势爆发了。上午9时许,竹园镇忽然停电。在一片昏暗中,距离项目部150米远的河堤决口,洪水汹涌地漫入街道,不给人一丝一毫的反应时间。眼见形势愈来

慌乱中捕捉的洪水画面

愈危急,正在值班的我和同事们顾不了许多,只想着必须在最短的时间内将办公设备、工程资料等物品抢救到更高的楼层。

你很难想象,项目部的同事们是怎样手拉手、肩并肩地趟过这漫过腰际并且仍在不断上涨的洪水。其中一人的肩上还背着监理部中唯一的女同志——我。不但如此,当我们在湍急的洪水中间艰难行进时,从决堤处冲垮过来的板房残余物直奔正在行进的人墙。这时倘若我们中的任何一人不小心被击打到,我们一行人便都将被洪水冲倒,甚至再也无法爬起来。于是,大家无一不小心翼翼地用强有力的臂膀互相搀扶,一同后退一大步,让漂流物先漂浮过去,然后再一同继续行进。

就这样一步一步地,我们从河边一直转移到地势较高的山上,一路互相鼓励,互相帮忙。即使天空还下着暴雨,雨势也毫无减弱的意味,即使从山上和上游冲下来的洪水和泥沙依旧那么凶猛,即使我们浑身湿透、精

随处可见的横幅鼓舞援建者的斗志

疲力竭,内心还裹挟着恐惧,我们始终没有乱了阵脚,始终没有被洪水冲垮。

你可能永远不能体会,我们在当地人的砖房里躲雨,吹着冷风,望着屋檐外那似乎毫无停歇迹象甚至愈来愈猖獗的暴雨时的心情。在屋子的女主人热心地为我们熬了热粥充饥,提上煤炉取暖的那一刻,定格了的不仅是与洪水一同淌过的那几小时的时光,还有我二十余载人生中最温暖的记忆。

泄露的毒气,摇晃的大地

洪水给我们带来的惊恐还未褪去,7月21日夜晚又发生了化工厂原料间的有毒氯气泄露。三更半夜响起的刺耳的报警声,让受惊的人们再次绷紧神经。无处可去的我们只能坐在靠近江边的并不平坦的石头上,硬是熬过了那终生难忘的一夜。

一想到洪水,想到毒气,我至今都有些许害怕,或许过惯了安逸日子的我做梦都不会想到,工作后的第一个月甚至更长一段时间都会在青川度过,这个因遭遇灾难而让人感到无比痛心的地方。

11月2日晚,阴冷,风凉。9时许,正与家人通话的我忽然感觉房屋在剧烈晃动,本能地第一时间冲下楼去,屋内的同事们也正在往那较为平坦的空地上转移,大家相互对视的眼神中流露出的是无限的惊恐。

亲身经历地震的感觉,至今都令人难以忘记。接下来连续三个夜晚,地表剧烈的震动带动着门窗的晃动、床铺的摇晃,把已经沉醉在梦乡思念家乡亲人的我们惊醒。此时,睡眼惺忪的人们是很难立即起身躲到安全地带的。没过一会儿,余震平息,地表又恢复安静。

地动山摇陪伴着我们度过了一个又一个夜晚,如果不是因为援建,或许这辈子都不会亲眼看到地震对于人类的伤害;如果不是因为援建,或许这辈子都不会瞬间体会到在大自然强大的力量面前,生命是那么脆弱,那么不堪一击。

不忍诉于家人的病情

青川位于川陕甘三省交界处,交通十分不便,这使得该地几乎没有新鲜的蔬果供应。2010年4月27日,长期食用腌渍、辛辣食品导致身体原本就瘦弱的我严重水土不服,加上日夜奔波于各工地现场,终究在三番五次腹泻后的这一天晕倒,被送入医院的急诊室抢救。

参与援建,却没有想到自己会躺在病床上。然而正是有了同事们整整三天的陪护,才让我在最短的时间里就缓了过来。可是,即便如此,面对电话那头家人的嘘寒问暖,电话这头的我似乎不敢把经历的一切如实地告诉最亲密的人:我担心自己感受过的所有恐惧会沿着那缠绕着的电话线复制在父母的心头,我害怕父母听到我生病的消息而又怀着一种怪自己无法赶来陪伴的自责,我甚至不敢想象他们听到我这里的一切时会有多少的心理承受力。因为,在我脑中反反复复浮现的,依旧是母亲把我送上机场巴士时,眼见我从她的视线中远去直到消失不见的那种不舍。

一天美过一天的青川

2010年6月2日，浙江省支援青川防洪堤34个工程项目整体移交给当地政府。至此，堤防的建成已为当地百姓创造了一条条"行洪安全、生态美观、路堤结合"的安全屏障。泥泞的小路，蜿蜒的河道，到处是水利援建者平凡又伟大的身影。

我们援建的防洪堤工程在经历大小洪水、无数次余震的考验后，巍然屹立在青川的河流两岸，保卫着25万青川百姓的安危。眼见这些，回想起在青川的每一个日夜、每一份艰辛，都抵不过我们每一个亲历者内心油然而生的自豪感。

对于这个年龄的大多数人，或许仍然习惯依偎在父母的身边备受呵护，习惯徜徉在象牙塔中挥霍青春，抑或仍然穿梭在楼宇间享受大城市的光鲜，但是，参与援建的我们共同经历了地震灾区一天美过一天的变化。

我们珍藏着这段经历，我们体会着别样的人生，我们每一颗年轻的心都相信，这是人生中最大的财富。

引得甘泉惠万家

赖 勇

2004年,我院曾开展了千岛湖引水工程项目建议书的初步编制工作,后因故工程前期工作一度暂停。

2011年,受杭州市林业水利局委托,我院重新启动千岛湖引水工程的项目建议书编制工作,新成立的项目组夙兴夜寐,项目建议书精心修改、反复推敲、几易其稿。项目建议书通过审查后,项目组立刻集中办公,技术上攻坚克难,时间上争分夺秒,按业主要求的进度,优质高效地完成了可研报告初稿。可研咨询会后,项目组成员仍顾不上休息,同心协力完成可研送审稿,又马不停蹄地投入了设计投标方案及初设阶段工作中。可喜的是,项目可研及相关专题顺利通过了由浙江省水利厅组织的专家联合评审,取得了阶段性胜利。

如此引人关注

烟波浩渺的千岛湖,岛屿星罗棋布,山水风光旖旎,峰峦成障,流光溢彩,享有"天下第一秀水"的美誉。建德新安江,以"风凉、雾奇、水清"三绝闻名于世。坐拥钱塘江、大运河、西湖、西溪湿地的江南水乡杭州,素有"鱼米之乡"之美誉,在众人眼中杭州似乎并不与缺水沾得上边。然而在光鲜的外表下,它却饱受咸潮的困扰及上游污染的影响。

真是没想到,这一工程会如此引人关注。且不说110公里的洞线、近100亿的投资以及每年9.78亿立方米引水水量的工程规模,仅"千岛湖引水"五个字,就足以吸引目光。

也真是没想到,这一工程会如此贴近寻常百姓的生活。从杭州市区到富阳、桐庐、建德、淳安,不管是受水区、工程区还是水源区,近千万民众的心被牵动着……

超大的规模、复杂的关系、极端的关注,加之对生态影响的担忧,交织在一起,对我们来说,无疑是巨大的压力和挑战。

"我辈辛苦不算啥"

作为一名设计人员,能够参与千岛湖配水这一重大民生工程,为八百万杭州市民谋福利是幸运的。但是有所得就要有所付出,项目组成员的付出不是一般人所能想象的。

作为我省"五水共治"的榜首工程,尽管我院各部门在繁忙的业务中顾全大局、通力配合,派出了精兵强将,然而,由于工程的复杂、质量的要求、进度的紧迫都是前所未有的,相对于工程的客观需求,我院能够投入项目的人力还是太少了。为此,项目组主要成员除了工作日晚上自发加班到10点,周末至少有一天加班外,清明节连续加班三天赶可研初稿,劳动节连续加班三天赶可研送审稿,可研送审稿出手后略微轻松的端午节,也只休息了一天。

高强度的劳动,除了身体的疲惫,更多的是心理上对家人的亏欠。项目组成员很多都是家里的顶梁柱,上有老,下有小,其中的艰辛可以想象。水工主设陈知渊,自2011年起进入项目组,经历两次青山水库集中办公,工作期间儿子出生,不足两岁的儿子现在还留给在山东的丈母娘照看。规模主设杨超,女儿出生的前一天还在单位加班,至今也没顾得上请护理假。施工主设肖钰,父亲在杭州住院手术,却无法抽身照顾,只能打电话让深圳的姐姐过来照顾。千岛湖配水工程项目重启的这三年中,类似的事情不胜枚举:一边是工作的使命,一边是家庭的责任,两者的权衡和兼顾是对智慧和责任的考验,也意味着付出更多辛劳。

项目组一直流行着一句话:"我辈辛苦不算啥,引得甘泉惠万家。"是啊,我院能够承担千岛湖引水这样一个重大项目,是我们打造精品、打响品牌的标志性事件。在当前"五水共治"的大背景下,在空前重视生态水环境的市场环境下,我院迎来了新的发展阶段,我们只能以质量与服务铸就我院的品牌,除此之外,别无选择。

我们的法宝是什么

技术的领先并不等于占有市场,往往还需要优质服务的理念。我们的第一个法宝就是诚信、细致、朴实的服务。

项建审查会后的晚餐时间,大约晚上7时,业主问项目经理:"进度很急,审查意见什么时候能理好?"张院长的回答是:"今晚就能好!"为此,项目组顾不上已经开会一整天的疲惫,又投入纷繁的审查意见整理归纳工作中,一直奋战到深夜。在可研咨询阶段,专家提出了许多宝贵的意见,其中有不少意见按照规范流程并不是可研阶段的工作内容,专家也大多采用"下阶段研究"这样的表述,然而项目组从提高设计质量、减少可研与初设的方案差异以及投资控制的角度出发,毅然加班加点对方案进行优化。正是这一主动的态度,赢得了可研审查时专家的高度赞誉。

将心比心、耐心用心是我们的第二个法宝。

现场查勘工作一般是业主联系当地人带队的,千岛湖配水工程是项目组熟悉沿线情况后带业主查勘现场;社会稳定风险评估业主已委托社科院负责,项目组毫无怨言地在紧张的工作中10多次抽调人员配合工作。包括多次的工程情况说明会、相关部门协调会、群众交流座谈会在内,仅2013年以来,类似的服务工作就有40多次了。不论是面对省领导还是个别持反对意见的代表,项目组每次都认认真真地做好汇报材料,用"心"与项目业主一道促进了项目前期工作的进展,真正想业主之所想,急业主之所急。

创新是我们的第三个、也是最重要的法宝。

面对超常规任务,我们只好创新工作模式:在各专业集中办公的基础上采用异地集中办公的方式,进一步提高设计工作效率。创新,还体现在工作方法上的全新尝试。面对110公里的项目洞线不计埋管、倒虹吸,仅施工支洞就有35个的实际情况,项目组在没有人带路的情况下,通过用电脑上百度地图选点,手机导入离线地图导航的方式,实现了查勘最佳路线安排以及踏勘点的精准定位,为设计工作开展提高了效率。创新更离不开工程技术上的创新。常规的多水源供水工程,当两个水库型水源组合在一起供水时,总是采用串联或并联的方式。串联的方式节省投资,但下游水库水源出问题就会影响整个系统的供水;并联的方式供水保证率较高,但存在两套供水管网导致投资增加的弊端。本工程在供水系统上大胆创新:在下游的闲林水库库内设置配水井,配水井设闸门与闲林水库连通。由此,千岛湖与闲林水库既可串联运行,又可并联运行,在实现工程投资优化的同时,保证了杭州市原水调度的灵活性。

路漫漫其修远兮,吾将上下而求索。杭州市第二水源千岛湖配水工程目前已经开工建设,计划三年半建成。为了尽早实现"引得甘泉惠万家"的目标,项目组依然任重而道远……

点亮救援的光芒

王　俊

2015年11月13日22时50分许,丽水市莲都区雅溪镇里东村发生山体滑坡,30多万立方米土石倾泻而下,瞬间淹没27户农家房屋,39名村民失联。

迅速集结,随时待命

14日下午,滑坡现场形成了堰塞湖,阻碍现场救援全面开展。丽水市水利局相关负责人联系总承包项目部,询问现场是否有闲置设备可借用于现场救援。灾情就是召唤,灾情就是命令!项目经理余志仁立刻决定暂停现场所有施工,会同施工单位负责人清点了现场可用的人力、物力,并向水利局汇报,表示丽水城区出险段应急闭合工程所有施工力量均可参与现场救援。市水利局回应:感谢你们,请做好充分准备,随时准备进场。

傍晚6点,项目部一直没有得到进场指令,天色已暗,工人们也结束了一天的现场施工开始洗漱,准备休息。就在此时,项目部接到市水利局电话,要求将所有排水设施装车准备,随时准备开赴受灾现场。于是半小时内,设备装车和人力集结工作全部完成,随时准备出发。

设备装车现场

6点40分,市水利局来电,现场情况有所好转,可能暂时不需要赴现场参与救援。于是大家聚集在工地门口,焦急地等待确切消息。直至晚上7点,一直未得到市水利局后续指示,项目部负责人余志仁决定带领项目部管理人员到现场了解情况,以做好更充分的准备。

晚上8点,我们通过高速公路抵达救援现场附近。在距离现场不到500米处,由于车无法继续前进,我们下车步行进隧洞。隧洞中,我们目睹疲惫的士兵正在休息;穿过隧洞后,我们试图找到有水流的地方,却发现只能在高速路上隔着钢丝网观察,能见度极低,真正被堵塞的河道离高速

夜间查看灾害现场

公路还有一段距离，我们无法看到。

此时市水利局来电，不需要进入现场救援。回到项目部后，项目经理组织工人们将设备卸下。虽然"白忙活"了一场，但得知现场情况有了好转，大家心里还是踏实了许多。

和衷共济　共筑通道

15日早上7点半，项目经理余志仁接到市水利局局长的电话。河道堵塞对救援的影响逐渐增大，水利局要求项目部负责人与他们一同赶往现场，查看具体情况。出发前，项目经理指示项目部管理人员立即组织将昨天准备好的设备重新装车，整装待发。

和昨晚现场情况不同的是，因救援需要，高速公路已经开了两个缺口，大伙儿直接通过斜坡穿过里东村的公路——丽和线。进入村里，我们看见几座民房被滑坡体半掩，露出一部分木椽和土墙。在房屋交错排列的缝隙里，河水由清变浑，夹杂着被打碎的瓦砾，绕着土方缓慢流下。

挖掘和运输车辆只能单向通行，摆在大家眼前的难题是：如何在控制水流的同时将这条道路"解放"出来，让救援力量由此进入。

经过勘察分析，我们汇总了三条建议。一是疏通包括高速公路底涵洞在内的下游河道，将通过涵洞的水流利用小水渠引至原河道下游，保证下排顺利；二是清理滑坡体周围的杂物，并在现场开挖取得进展后，在滑坡体边修建过流渠道，增加过流流量；三是在上游抽水至高速公路，利用车道作为临时过流人工河道，并将水排至涵洞口，汇入下游。

受灾现场

清理涵洞,搬运沙袋

在以"上游强排,中间疏通,下游引导"为要领的临时疏排方案指导下,项目部调遣排水系统7套、路基钢板14块、凿岩挖机1台、砼涵管62米、运输车辆8台及抢险工人15名,奔赴救援现场,10点半时一切就绪。

按照市水利局的统一部署,总承包项目部将现场人员分为两部分:一部分人配合做好上游抽排水设备的运作,其余人员负责对高速公路底的涵洞进行清理。

涵洞尺寸小,碎石多,为保证挖机安全进入,必须先对它进行人工清

清理中的涵洞

理。项目部管理人员带头换上雨鞋,拿起铁锹,踏入水中,与工人们一起清理涵洞里的石头。经过清理,凿岩挖机顺利进入,整个涵洞通畅许多,流量明显增大。疏通涵洞的同时,高速公路的排水也从涵洞末端的侧上方流下,两处水流在涵洞出口汇于一处,而后流向下游河道。至此,疏排方案最为重要的两部分得以实现,排水效果显著。

下午3点,市水利局长前来查看涵洞清理情况,对项目部的工作效率表示赞许。余志仁随饶鸿来局长到滑坡体附近,指导救援士兵使用机械疏通从堰塞湖至涵洞口的水流。下午4点半,堰塞湖水位已明显下降,公路路面已从退去的水中慢慢显露出来。借着项目部提供的路基钢板,士兵们保护着公路上的过水渠道和排水管,救援车辆陆续运走挖掘出来的土石方,提高了救援效率。此时,项目部人员在高速公路边领了盒饭,殊不知,他们这时候吃的还只是午餐。

疏排前后对比图

晚上天气阴冷,下起雨来。考虑到现场工作已经基本完成,余志仁让大家先回去休息,16日一早再参与救援,自己则和施工分包单位负责人留在现场观察水情。余志仁来到高速公路上的隧道，本想向局长汇报工作，却发现人工过流河道的水已经溢出，局长正一个人搬运沙袋围堵水流，以防止其在公路上肆意蔓延。没有迟疑，余志仁也立马上前帮起忙来。

两个人在隧洞里连续搬了三四十个沙袋后，水流已经被沙袋围成的边墙疏导顺畅。这时候余志仁回过神来才发现，自己没来得及换上雨鞋，脚上的鞋子已经全部湿透。后背还流着汗，双脚完全冰凉。

用沙袋分隔出一条排水道

两次往返，全天坚守

原本我们应从高速公路返回，但为了保证土石方运输路线通畅，交警要求我们不能随运输车掉头返回，于是我们只好继续往前开，直到缙云县才下高速。因而车子驶进丽水市区时，已近16日凌晨。还未到达项目部，就接到饶鸿来局长电话说，气象部门预测后半夜将有强降雨，需要项目部增派工人负责排水设施的运行。然而，此时高速已经全面禁行，饶鸿来表示会安排人员在高速公路路口接应，以保证增派的工人能顺利通行进入第一线。

为了让两个施工分包单位负责人有足够的休息时间，回到项目部后，余志仁带领三人再次到达现场。凌晨2点，因现场救援需要，余志仁又返回项目部，组织在项目部休息的工人整理电缆等设备，再一次驱车前往堰塞湖现场。早上7点，余志仁才被项目部另一批人员换下，在过去的24个小时里，他基本没有休息过。

16日上午，水利部门结合地形和抢险救援方案，抢挖排水渠，利用沙石料和土工布等材料新筑成一条近百米的临时排水渠道，以自流导流形式对河道水流进行疏排，效果明显，为应对未来可能发生的强降雨天气提前做好准备。项目部也根据排水效果向市水利局建议在河道上游做一个小围堰，增加水深，提高水泵的排水效率。

此后，项目部组织管理人员和工人每天24小时都守护在现场，保障排水系统良好运行，为滑坡体开挖救援保驾护航。18日下午，待到堰塞湖险情解除，项目部救援力量才撤出里东村。

台风无情人有情

张红纲

对水利人来说,防汛、抗台是再熟悉不过的事情了。每年一到台风季节,这两个词汇就成为出现在浙水设计人耳朵里最为频繁而抓心的关键词。

"桑美"袭击,苍南一片狼藉

2006年8月10日17时25分,"桑美"台风在浙南的苍南县马站镇登陆。

时值农历七月十七,适逢天文大潮期,"桑美"在此时登陆,就出现了我们常说的风、雨、潮"三碰头"的情况,瞬间,昏天暗地的苍南俨然成了一座人间地狱!风在天地之间呼啸,雨从四面八方打来。"桑美"登陆时,风暴潮的威力还没有完全体现出来,直至晚12点,最大潮涌现,温州鹤顶山风力发电站上更是测得了史上最强台风,风速达到81米/秒!

"桑美"很小的环流意味着巨大的气压梯度,苍南霞关半小时降压25.4百帕。海浪在狂风的推动下也变得疯狂,鳌江水位已达7.8米,超过警戒水位1.8米;南麂岛掀起10米巨浪。几乎所有的防风设施都被狂风暴雨吹得不见踪影,楼房都发生了不同程度的损坏。据统计,临近福建省福鼎市倒塌房屋8万多间,损坏房屋达12万～15万间。

避风塘在"桑美"强大风暴潮的攻击下显得如此不堪一击,渔船上的人们纷纷撤离,避风塘内的渔船像一张纸似的被风撕碎。船一艘接一艘地沉没,许多人甚至还没来得及逃离就随着渔船一起沉没!

狂风不仅仅让避风港里的渔船沉没,还让浙江省沿海地区的电网完全瓦解!华东全网共出现4次500千伏线路跳闸,6次220千伏线路跳闸,32次110千伏线路跳闸,浙江、福建各有一座220千伏变电站全停,温州的苍南、泰顺、平阳三个县出现较大范围停电情况。

"桑美"过后,苍南一片狼藉。据报道,近23%的船只沉没,被连根拔起的树木多得数不胜数。福鼎全市7万多口渔排网箱全部被毁,沿海20公里之内的房屋全被摧毁,无一幸免。

奔赴苍南,在狂风暴雨间

8月12日,也就是台风登陆后第三天,我们作为我院市场部联系温州地区的经营人员从杭州出发赶赴苍南。

途经甬台温高速乐清湾路段时,我们亲眼看见高速公路两侧一片汪洋,田野里农民的工棚只露出棚顶,远处住房基本上都是半间房子泡在水里。

沿途风雨交加,我们经过近7个小时的奔波,终于有惊无险地到达苍南。

到达苍南后,苍南水利局的一位副局长接待了我们。作为从业三十几年的老水利人,他一直感慨"这次台风苍南受灾太严重了,这么多年了还真没有见到过这么大的台风"!当我们得知苍南有个村子近40口人在集中避灾时因房子倒塌只留下了2个孤儿的时候,我们都陷入了沉默。想想我们浙江千里海塘建设在全国处于领先地位,防护标准也是最高的,但在真正的大灾面前,一切都显得如此不堪一击。

听完局长的诉说,我当即表示我们浙水设计人希望能为苍南的灾后重建做点事。经过讨论,初步确定我们的帮扶对象为受灾的学校。

教室里的课桌椅横七竖八

重抵苍南,赴一场大爱之约

两天后我回到设计院,向院领导作了详细的汇报,领导非常重视。很快,经联系,我们确定苍南沿浦中学作为我院支持灾后重建的学校。

在半个月时间里,院办、团委等部门共同发起了"一方有难,八方支援"的倡议,广大员工以自愿捐款方式献上我们的一颗爱心,共筹集捐款5万余元。院里又出5万元,我们将10万元捐赠给沿浦中学,用于灾后重建。

2006年9月5日,我院有关领导一行前往苍南沿浦中学。沿途看到,那些抵抗75米/秒风速的风力发电机组被折断了机翼,很多居民的屋子没有了房顶,路旁的电线杆东倒西歪……

抵达沿浦中学后,出现在我们面前的景象同样让人心酸:弯曲的水泥篮球架、一片狼藉的办公室、被折断机翼的吊扇……甚至,学校一层楼的食堂已经夷为平地。校方对我们的到来致以最热烈的欢迎,并表示是我们的到来才让学校灾后重建能用最快的速度进行。

可我们深知,其实我们所做的太少太少……

台风无情人有情,浙水设计人在大灾面前充分发扬博爱精神,用行动彰显社会责任感,为灾区同胞献上了温情和爱心!

捐款现场

泗门大决战

周荣刚　梅　斌

2013年10月7日至10日,受第23号"菲特"台风影响,浙江余姚遭遇了新中国成立以来最严重的水灾,强降水致使整个余姚沦为一片泽国,严重威胁着老百姓的生命与财产安全。截至2013年10月8日晚7时,余姚21个乡镇、街道均受灾,145个行政村和社区被围,受灾人口832870人,70%以上城区受淹,交通瘫痪。部分变电所、水厂、通信设备障碍,供电供水出现困难。全市直接经济损失达69.91亿元。

临危受命:不可能完成的任务?

灾情发生后,省、市两级政府高度重视,马上决策部署,要求尽快兴建泗门泵站工程,以提高余姚西北区域的防洪排涝能力,减轻余姚城区的防洪压力。2013年12月7日,受余姚市水利局委托,我院承担了陶家路江泗门泵站工程的EPC(设计采购施工)总承包建设任务,临时成立设计项目组,组织精干力量开展设计工作。

泗门泵站工程位于余姚市泗门镇,主要由泗门泵站、上下游引河及二塘横江连接河道组成,泵站设计排涝流量为100立方米/秒,总装机功率500万瓦特,是宁波市2014年度五大应急泵站工程中规模最大、投资最多的项目。工程须在2014年7月底前实现通水,发挥效益,各项工作只能按此关门时间倒排部署,设计工作更一马当先地成为整个工程建设的关键所在。

工作伊始,设计资料严重缺乏,手头仅有工程区万分之一地形图,其他资料一无所有,但设计工作要求2013年12月25日前完成初设报告,2014年1月10日须提供基础处理及底部结构施工图。困难重重,整个设计组顿时感到压力山大,普遍认为这是不可能完成的任务。但是接受任务当晚,唐院长就在动员会上要求各级干部职工把泗门泵站建设当作首要任务来抓,各部门要立即抽调骨干人员组建EPC总承包团队,举全院之力、集全院之智保障本工程优质高效地建设,向余姚人民交出一份满意的答卷。于是我们下定决心:要把不可能变成可能,更要把可能变成现实!

初战告捷:一定要把不可能变成可能!

技术创领未来,责任成就梦想。项目组实行集中办公,全力以赴地专注于泗门泵站设计工作;设计流程上打破常规,由测量与地勘先行,尽快提供成果,内业设计各专业不分先后,齐头并进,这是一步险棋。

12月8日一早,工程设计项目组进驻3号楼集中办公。整个项目组要求必须牺牲个人利益,项目攻关期间早晨按时上班,晚上加班到10点后,保证每天14小时工作时长的同时,取消所有周末及节假日。于是,早晨有一些人7点多就开始干活了,晚上又有些任务特别重或者在设计关键点的同志一直加班到12点,甚至通宵达旦,一宿不回家。大家个个心里都清楚,泗门泵站工程设计只许成功不许失败,不抓紧时间拼命干绝无成功的可能。

与此同时,测量、地勘、岩土等外业工作也在紧锣密鼓地开展,外业工作的同事们不顾雨雪风霜,起早摸黑,坚守岗位,按计划完成任务:12月14日,测绘专业提供工程区满足设计要求的地形测量成果;截至12月23日,地勘专业在短短半个月内,完成钻孔、静力触探孔共进尺近2000米,同时完成有关土样试验工作,及时分批提供试验资料给下游专业。姚平和张瑜鹏两位地质工程师白天在现场监察钻机,晚上回到住地分析资料、画图、写报告,几乎天天在12点以后入眠,这才如期提交了地质成果,为水工设计提供了翔实的基础资料,并顺利通过了之后的专家审查。

最后,设计组根据流程评审意见对报告进行了修改完善,于12月25日如期提交符合质量要求的泗门泵站初设报告,顺利完成初设任务,初战告捷。

乘胜追击:不可能真的成为可能!

完成初步设计报告只是阶段性的成果,根据工程进度安排,接下来马上要进行施工图设计,后续任务只会更紧,要求只会更高。2013年12月31日,在余姚市政府组织的项目政策处理协调会议上,项目所在乡镇提出要我院在元旦当天完成现场征地放样工作。于是会后,总承包项目部立即把该项任务反馈至院里,当晚测绘院完成测量人员及设备的调配工作,并于元旦当日一早进入现场展开工作。没有工人,大家就发扬吃苦耐劳的测绘精神,测绘及总承包项目部人员自己定位、敲木桩、洒石灰粉、插彩旗。经过一整天的奋战,至晚上8点,征地放样各项工作均按要求完成,得到了当地镇村领导的充分认可,为政策处理工作的有力推进打好了基础。

在1月9日晚征地补偿双方达成一致后,总承包项目部立即组织施工单位连夜开展场地平整工作。通过努力,我们在2014年1月10日前提供了工程基坑开挖和基础处理的施工图,1月11日顺利开工建设。1月18日,根据工作安排进行现场试装,为了确定管桩的实际承载能力,设计人员丝毫不敢懈怠,坚守现场观察桩基试验情况。现场空旷,寒风凛冽,冰冷刺骨。工程施工正式开始后,对于设计团队而言,接下来不仅要做好施工图的设计工作,还要做好现场的设计服务及各方面的衔接工作,任务就更重了。

大家都希望一气呵成地把项目干完,然而工程建设总会出现一些岔子。由于与地方上各部门的沟通不彻底,工程建设范围内有条规划的公路通过且不能调整,因此泵站位置必须重新调整。这样一来就给整个工程建设来了个措手不及,进度本就是以天为单位计算的,这样又耽误了十几天。但问题总是要解决,大家咬咬牙,又赶紧投入泵站工程的设计修改工作:该补充工作就补充,要沟通的就抓紧时间沟通。

项目接近年关,家家都在准备过年的事,而我们项目组人员依然为了工作早出晚归,无法顾及家里的事情。就拿项目负责人王军来说,他一直忙到腊月二十九晚上才赶往四川老丈人家过春节,大年三十中午正吃着团圆饭,突然接到余姚市政府电话,受规划过境公路影响,已经基坑开挖施工的泵站站址须整体向右移动20米。一想到对工程可能的工期影响,他饭也没心情吃了,再怎么掩饰也瞒不了家人,家人都以为哪里发生了重大"事故",替他担心。而在杭的主设人员及其他各方则在工程现场对泵站平面布置调整进行现场踏勘,商讨方案,院有关领导和项目人员在现场吃了年夜饭,大家过了个印象深刻的大年三十。通过各方努力,整个工程布置最终得以确定,施工正式转入正轨。

泵站建成:把可能变成现实!

泗门泵站工程建设总体相当顺利,加上各方的精诚配合和团结努力,泗门泵站于7月30日试通水成功,7月31日举行通水仪式。

此后,工程进入建筑、景观及厂房内部装修阶段。为了取得更好的建筑景观效果,设计人员精益求精,多次修改方案。

2014年年底,泗门泵站工程基本完工。

在2015年"灿鸿"台风期间,泗门泵站启动泵组排水,累计排水607万立方米,为减轻余姚市的排涝压力发挥了重大作用。

驻守边陲的 200 天

翁新海

20 多年来,我一直从事地质工作,终日奔波于第一线,祖国的边疆和高原,都留下了我的脚印和汗水。

你若问我:哪段岁月最难忘?

我会告诉你,2007 年 4 月至 2008 年 2 月在云南边陲度过的 200 个日日夜夜,最难忘。

记得那时,为落实我院提出的 "全员经营" 和 "全员服务" 的发展理念,我作为一名地质勘查人员,怀着满腔热情,远赴云南边境偏僻山区,为 4 个水电站的建设进行野外勘探工作。

一听说我要去云南边境,好多人问我:这么多年来,你一直奔波在边远地区,为什么还要到更偏僻的西南边陲去?省内工程也不少,交通便,成本低,奖金高,又可以常常回家,你为什么要自讨苦吃?

我的心里总是这样回答的:如果有困难的地方大家都不愿去,还要我们这些技术骨干干什么?一个没有担当的技术人员能给社会作多大的贡献?既然院领导派我去,就是对我的信任,我就要服从组织决定,努力干好,勇于承担责任,不推三阻四。

决心虽大，但一到云南边陲，我还是傻眼了。

这4个水电站堰址分散，从厂房到堰址垂直高差达1000多米。绵长的道路，上下全靠两条腿，一天往往要走9～10个小时，有时就睡在山顶上，第二天才能回到城里。

上山的路一般都很窄，有的地方根本没有路，有时走在似"鲤鱼背"的山梁上，一不小心，就会掉入深渊；有时过河没有路，得靠溜索过河。

上山的临时道路要修筑，钻机平台要开挖，政策处理和青苗赔偿等具体问题要解决，机器设备要搬上山……这一系列棘手的琐事，林林总总摆在面前。我孤身一人去找局长、镇长、村支书、村主任、村小组长，请求他

溜索过江

们帮助和配合。不会喝酒的我，硬着头皮喝白酒；不会抽烟的我，也硬着头皮抽。事情落实后，又冒着大雨，组织民工以合理价格，把原本要半个月才能搬上山的机械设备，仅用3天就搬上山，而费用不到当地的1/3。同样，又以最快的速度搬下山，保证了工程的进度。

一开始业主习惯于用怀疑的目光看待我们，认为在如此艰苦的条件下，不到半个月，我们肯定都会落荒而逃，知难而退，他们甚至已与其他设计院接洽好了，准备了替补方案。

而等到外业工作一结束，业主的项目经理竖起大拇指说："浙江院真是了不起，肯吃苦，肯动脑，我们服了！"

我们对工作极端负责的精神深深地感动了他们，勘探工期比他们的预期缩短了好几个月，他们主动中断了与后备设计院的联系。

我们付出的所有艰辛，在这一瞬间都得到了最好的报偿，大家都不禁喜极而泣。

接下来的一切，艰辛而美好。山顶条件相当艰苦，我身先士卒，最先上山，住在农户家里。这户农户只有一张床，我就主动把床让给其他同志睡，自己睡在楼板上。楼板上堆满了玉米、土豆等杂物，一到晚上老鼠整夜在旁边来回跑来跑去，吵闹不已，有时甚至会钻进睡袋。

最苦、最难的时候，是由于连续下暴雨，到处产生滑坡，小路被掩埋，我和两位同事就被困在山顶上了，断粮断菜，我们靠吃腐乳和土豆挨过了好几天。山上没有通电，没有手机信号，但这些困难都没吓倒大家，我们把捉老鼠当作一种乐趣，度过了一个个无聊寂寞的夜晚。有时和少数民族老乡们围着篝火聊天，大家欢声笑语，体验少数民族特有的生活方式；

有时就走到旷野上,看着流星,享受着宁静的夜。白天鸡鸣起床,空气清新,含氧量极高,心情格外舒畅。老百姓没东西吃时,我们自己到河边生火,采野菜自己炒,别人要花钱去野营,我们免费就可以享受到。我们走的是"黄金路",喝的是原生态的"矿泉水",无人区往往是自然风光最独特的地方,可以免费旅游,免费探险……虽然环境恶劣,生活艰苦,但看着一个个钻孔的顺利完成,大家欢欣鼓舞,喜笑颜开。

在赶往下一个工地的路上,我们不禁哼起了地质队员之歌:

是那山谷的风,吹动了我们的红旗;

是那狂暴的雨,洗刷了我们的帐篷;

我们有火焰般的热情,战胜疲劳和寒冷;

背起我们的行囊,

踏上层层山峰,

我们满怀无限的希望,

为祖国寻找出丰富的宝藏……

在那片颤抖的土地上

东洲公司

2008年5月12日下午2时半,大地的一个战栗,半个中国地动山摇,四川汶川特大地震,瞬间震痛了大江南北,牵动了亿万中国人的心。

2009年3月,来自浙江各地的七千多名对口援建人员奔赴重灾区青川县,开启了灾后重建之路。浙江东洲建设监理咨询有限公司(下称"东洲公司")作为参建单位之一,选派了20多名精兵强将,在谢放总经理的带领下赶赴前线,组建青川县竹园镇防洪堤工程监理部。在援川的一年多时间里,他们牢记院领导的嘱托,坚守浙水设计人"诚信、精心、创新"的企业精神,不辱使命,在那片颤抖的土地上,谱写了一曲曲动人的乐章。

首战告捷

地震后的青川,余震不断,在颤动的大地上施工作业,对援建人员来说,成了家常便饭,但是,在这块土地上,不只有余震,还有更可怕的洪水。

2009年7月15日凌晨开始,青川全境出现超过400毫米的强降雨,特大暴雨的袭击乃历史罕见。这片还在恢复重建的土地又被撕开了伤口。

东洲公司负责的陈家坝、竹园坝、史家坝、梁沙坝4个监理项目遭受百年一遇洪水灾害,通信、交通全部中断。针对这一紧急情况,东洲公司援川分公司各监理部全面监督所有施工单位启动防汛应急预案,全部行动起来投入抢险救灾。监理人员在做好自身安全措施的前提下,积极协助施工单位人员进行有序紧急撤离。7月16日9:40所有人员撤离到山上农民家里。7月16日下午4时洪水稍退,监理部立即主动配合各施工单位积极开展灾后自救工作,在各指挥部的统一领导下,在短暂的时间内,灾后临时帐篷已搭建完成,棉被、简易生活用具,均已发放到人,已冲毁的各施工作业面已进行清淤整理。灾情紧急,滚滚洪流导致出境公路中断,灾后重建的项目受损十分严重。监理部全体人员和所有援建者一样,以不屈不挠的意志,坚定不移的信念,与灾区人民并肩作战。大家没有想过退缩,他们的口头禅是:我们来这儿援建,代表着浙江人民,既然来了,就要尽最大努力做好工作,多为青川人民办点实事,留下好的口碑。他们是这样说,也是这样做的。监理部人员在艰苦条件下,发挥不惧危险、不怕困难、不顾疲劳、连续作战的精神,取得了首战洪水的胜利。

党员之光

一个党员就是一面旗帜,一个支部就是一个堡垒。从2009年3月援建工作开始后,公司的党员都分别扮演着不同的角色,党支部的战斗堡垒作用和党员的先锋模范作用得到了很好的发挥。公司的党员用自己的实际行动,诠释着党员的含义:公司总经理谢放牢记党员责任,身先士卒,多次奔赴青川工地；副总经理陈黎明一去就待在工地上半个月，顾不上回家；副总经理徐富平百忙中抽身前往青川帮助解决实际问题。新员工党员王蝶，是一个年轻的小女孩，身体瘦弱，在青川的一年多时间中，经受考验和锻炼；新党员黄业方被派遣到青川工地，虚心好学，工作积极主动，哪里有困难哪里就有他的身影，很快就成了监理部的骨干力量……在党员模范言行的引导下，公司里要求入党的人员多了，其中青川监理部就有3名同志要求加入党组织，总监理工程师郭云德就在汗水的洗礼中郑重地向党组织提交了入党申请书，积极要求加入党组织；要求入党的施德华监理工程师，已年过30，他接到公司的通知后，抛下热恋中的未婚妻，直赴青川监理部，把婚期一再推迟；监理员姜进是一名27岁的青年人，毫不犹豫地投入青川援建工作中……

党旗召唤着建设者们，感人的事迹每天都会涌现。

喜获荣誉

付出终得回报，艰辛喜获殊荣。

2010年1月18日，2009年度浙江省援建工作总结表彰大会在四川青川乔庄隆重举行。东洲公司被评为"2009年度浙江省援建工程立功竞赛"先进集体，总监郭云德被评为先进个人，副总监郑权和乔庄河整治工程监理工程师李成被评为建设标兵。

东洲公司援川监理部被杭州市支援青川县灾后恢复重建指挥部授予"抗击'7·16'特大洪灾的先进集体"的光荣称号，总监郭云德同志被评为

"抗击'7·16'特大洪灾的先进个人"。监理部在浙川大道工程建设中,被评为"奋战六十天,打通浙川路"项目攻坚活动先进集体。

东洲公司承担监理任务的梁沙坝、竹园坝、史家坝、乔庄河城区段综合整治项目、桥楼乡集镇防洪堤五个工程获得四川省优质工程质量最高奖——"天府杯"金奖,陈家坝被评为"天府杯"银奖。"五金一银"的佳绩,给我公司在援川监理任务画上了一个圆满的句号。

行进在台风洪水之中

罗志洁

浙江地处长江三角洲南翼,属亚热带季风气候,雨热季节变化同步,气候资源多样,气象灾害繁多,台风每年都会光顾这片10万平方公里的土地,大范围强降雨屡见不鲜,各地受灾损失也随着社会经济水平的增长而日益增加。防汛抗台是汛期水利工作的重中之重,是保护人民生命财产安全的重要手段。因对全省各地水利工程格局、区域水利特点等比较了解,规划院每年都会派出业务骨干参加省防汛抗台工作,在必要之时为决策层提供技术支持。以下是我们参与的几次抗台经历。

2009年8月,省防办

2009年8月,"莫拉克"台风来袭,其云系大,强风时间长,全省大部分地区均出现强降雨,雨量之大为历史少见。从6日8时到10日8时,温州地区雨量356.5毫米,而泰顺县九峰站竟高达1240毫米。因"莫拉克"重创台湾和福建,罹难人数700多,台风委员会在第43届会议上决定把"莫拉克"从热带气旋名称中除名,可见这次台风危害之大。

当时,在院内生产任务极为繁重的情况下,规划院服从大局,紧急调配人员,支持省防指调度。8月6日起,省水利厅防办值班室就充满了规划院同志忙碌的身影。陈志刚、裘骅勇、卢晓燕等几位所长和钟名军、马海波等技术骨干,在6日至12日期间,放下手头的工作,赶往水利厅参与局势分析,商议对策。屋子里布满了各种图纸,屏幕上跳动着各种数字,电话声不时响起,窗外时大时小的雨声让人焦虑,略显嘈杂的值班室里紧张繁忙。

8日的晚上,裘骅勇主动提出通宵值班;9日的晚上,陈志刚通宵值班;10日的晚上,卢晓燕通宵值班。11日,"莫拉克"离开浙江进入江苏境内,但风卷残云,余威犹存,雨洪带来的威胁并未因为台风的离去而消除,全省各地雨水不断,水库在前期起到了重要的削峰作用,仍保持着超高水位运行态势。青山水库地处东苕溪上游,是杭州市最重要的防洪工程之一。东苕溪防洪形势严峻,最终北湖滞洪区爆破分洪,青山水库开闸泄洪。险情过后,大家长舒一口气,总算没有造成重大损失。

2011年6月,钱塘江

2011年6月中下旬,我省出现大范围持续强降雨,钱塘江流域、苕溪流域、浦阳江流域出现多年来少见的洪水。我院领导对此次梅雨洪水高度重视,指示规划院全力参与抗洪抢险工作。6月15日,省防指启动防汛Ⅲ级应急响应,6月16日凌晨,衢江上游和浦阳江发生大降雨,河道洪水水位普遍超过警戒水位,陈志刚及时报告上级部门,经调度组紧急商讨,建议省防指将应急响应提高至 I 级。6月16日一早,李少卿和朱灿也赶至省防指,当日浦阳江流域连续发生险情,部分湖畈连续出险,省防办调度值班室一直处于高度紧张的气氛中。6月18日,仲维政、陈斌和李少卿继续值班,陈志刚则以新安江水库调度专家组成员的身份被派至新安江电厂。经计算分析,预测新安江水库的最高水位将上涨至107.1米附近,为省防指最终决策"在21日前新安江水库不泄洪"提供了重要的技术支持。最终,新安江调度专家组建议21日上午9时左右开闸泄洪。

与此同时,规划院继续派人进驻防办值班室,另外由许培华院长等人赶赴钱塘江流域(新安江、兰江)沿江考察水情和新安江水库泄洪后对下游的影响。裘骅勇副院长则陪同省委常委、副省长陈敏尔等人赶赴杭州市余杭区、嘉兴市秀洲区的洪涝受灾点。此外,洪水造成诸暨市部分堤防决堤,大面积村庄及农田受淹。规划院也派出了张真奇、侯云青等业务骨干奔赴诸暨,调研浦阳江沿线堤防受损情况,为汛后洪水分析收集第一手资料。

此次抗洪抢险工作中,规划院先后派出业务骨干50人次进行技术支援。虽然频繁调动人员影响了原有工作计划和安排,但洪水就是命令,保卫人民群众生命财产安全是规划人义不容辞的责任。

2013年10月,余姚

规划院有个内部规定:每逢汛期所有人员手机必须24小时开机待命,随叫随到。2013年国庆期间,强台风"菲特"气势汹汹直扑浙江,我院郭磊、钟名军等技术人员放弃假期，全程参与了防汛防台值班。此外，规划院积极配合水利厅做好灾后调查工作，由卢晓燕牵头组织相关人员分赴宁波、嘉兴、湖州、台州等地区进行灾后调查。"菲特"台风暴雨肆虐，余姚的降雨量打破1962年以来的极值。适逢天文大潮，姚江水位超新中国成立以来最高纪录，水势之大让余姚成为一片泽国，受地形影响，高水位近一个星期才完全退去。余姚市立即启动灾后重建项目，我们受命编制余姚姚江防洪工程项目建议书。

规划院在接到任务后，立即抽调张杨波、王灵敏、张健赶赴余姚参与项目组攻关。水文和规模是上游专业，我们工作的进展速度直接影响着整个项目的进度，甬江流域水文分区的细化方案复杂至极，可以说水文是整个项目最终是否可靠的关键，水文差一点，计算水位便会差很多，如水位不准，则整个项目成果就不可靠，张杨波同志连夜鏖战及时拿出水文成果。王灵敏虽身为女将，但巾帼不让须眉，几乎日日通宵达旦，计算规划方案。张健在集中办公中途遭家中变故，也仅匆匆回家了一趟便及时赶了回来，对一个刚入职的员工而言，能如此顾全大局，尤为难得。

"菲特"灾后，我院以实际行动积极支持余姚灾后重建工作，赢得了良好的口碑。时间紧、任务重、资料缺，在这种条件下浙水设计人迅速行动，完善各项防范和应对工作，坚守岗位，严阵以待，细致具体，全力以赴，最终向余姚人民交上一份满意的答卷。

2015年9月,平阳

2015年21号台风"杜鹃"于9月29日上午登陆福建莆田。因2015年13号台风"苏迪罗"也于同一位置登陆,其强降雨引发的山洪灾害对温州市平阳县造成严重影响。此次"杜鹃"登陆时恰逢全年最大的天文大潮,容易引起天文大潮、台风雨和风暴潮"三碰头"现象,可能造成严重灾害,省、市、县各级领导都高度重视平阳县的防台工作。

9月28日,规划院派出对温州水情最为熟悉的许继良一行赶赴平阳进行抗台技术指导。他们抵达之后,就立即投入紧张的工作,通过对水文气象数据分析、水利模型计算,结合水库水闸控运计划,提前对防台薄弱环节进行相关分析,以部署相应措施。虽然最终平阳降雨不大,但是防台过程中发生的一件小事,还是从侧面反映出我院人员的技术水平。

平阳防洪堤顶高程在4.6米到5米的范围,老城区地面高程是3.5米左右,新城区地面高程是4.0米~4.2米。受八月中旬天文大潮的影响,27日外江潮位最高达4.24米,江水通过地下管网发生倒灌,部分地区漫20厘米。28日外江潮位最高达4.54米,比27日更高。可是怪就怪在外江水位更高了,内城却没有出现漫水情况。此事虽对防汛工作有利,但仍需搞清楚缘由,故平阳水利局组织来自各单位的专家及相关人员分析讨论。我院分析原因是地下管网堵塞造成没有倒灌,其他专家分析也有可能是降雨过程中内河水位变化之故。最终实地考察结论是27日潮水带来的泥沙堵塞了地下管网,随后潮位降低,城内退水之时城内垃圾杂物随水流流入下水管网造成进一步堵塞,故而尽管28日潮位更高,但没有发生外江倒灌的现象。9月30日,"杜鹃"对浙江的影响也随之减弱,平阳此次防台工作画上了圆满的句号。

结　语

　　"你不是一个人在战斗。"每一位同志都是团队中不可或缺的一分子。每一次防汛抗台工作中灯下夜战的身影,默默平凡的坚守都汇成了一条河,河里流淌着的是水利人的奉献、敬业与英勇,随意舀起一瓢,里面满满的都是大家披肝沥胆、风雨同舟的故事,而故事里的人,感动的不仅是自己,更是时光。

一位水利挂职干部的援建随感

唐巨山

临危受命，心脉相系

2008年5月12日，四川汶川地区突然遭受8.0级特大地震，顷刻间山崩地裂，生灵涂炭。地震发生后，深感悲痛之余我觉得自己还要为灾区做点什么。当得知中组部、省委组织部在全省范围内开展援川挂职干部选拔时，我毅然报名争取机会。没过多久，组织选派我赴青川挂职援建，任青川县委常委、副县长；浙江省对口援建青川县后，任浙江省支援青川县灾后恢复重建指挥部产业发展组组长兼水利项目建设办公室主任。得知有幸被选派到极重灾区青川县参加援建工作的那一刻，我深感使命光荣，任务艰巨，责任重大，只有踏踏实实干好工作，才能不辜负组织对我的信任。我必须立即放下手中的工作，奔赴完全陌生又富有挑战的艰苦环境里去。不断增强的紧迫感让我无暇顾及家人的不舍，简单整理了手头的工作和行装，我就匆匆告别家人出发了。正是从此刻起，我的心便紧紧地和青川的脉搏一起跳动。

难忘八月八

初入青川的那段时间,我还不太适应当地的生活环境,吃饭都是站着的,也吃不惯辣;冲凉没有热水,最麻烦的是上厕所需要排队;住的板房既作卧室又作办公室。恰逢雨季,屋内地面渗水厉害,暴雨淋落在板房屋顶的噼里啪啦声让人彻夜难眠。但是与当地老百姓失去家园、失去亲人的痛苦相比,这些困难显得那么微不足道! 当时我也根本没有心情去想这些,只想着尽快适应,转变角色,投入工作。

2008年8月8日是个特别的日子,全世界的目光都聚焦在首都北京,我和参与青川水利援建规划的同事们在完成一天的工作后,也在简陋的板房中饶有兴致地观看北京奥运会的开幕盛况。然而令我们始料未及的是,看似静逸平复的青川大地突发余震,房屋开始不停地剧烈摇晃,第一次入川的几位同事都惊恐不已。可就是在这个难忘的夜晚,空前的奥运

前进乡某房屋内的巨大石块

盛典和惨痛的灾区困难所形成的碰撞让大家感受到祖国的强盛必须要靠我们每个人奋发图强、努力工作。奥运盛会在那天晚上给予了我们为国骄傲以外特殊的意义。它增强了我们的责任感，激励着我们全身心地投入援建工作。

援建期间，像这样突如其来的余震时有发生，打扰工作，惊扰睡眠。但当余震成了家常便饭时，大家也就习惯了。只是每次回忆起都心存余悸，更是感慨现在拥有的美好生活。

700多个日日夜夜

省援建指挥部成立后，我被编入指挥部产业组和水利办，身兼"浙江人"和"青川人"的双重身份，我一方面需要处理好指挥部产业援建和水利援建的一揽子工作，另一方面又需要协调好县里的大小事务，工作的繁忙程度可想而知。援建期间，我跑遍了全县36个乡镇，哪怕是最偏远的乡镇也去了不止3次。通过一次次的下乡调研，我逐步了解青川。

援建任务既繁重又紧迫，每天工作都是风风火火，像打仗一样。指挥部的同志们身穿迷彩服，团结一心，克难攻坚，时常"五加二"、"白加黑"、"夜总会"；"星期六保证不休息，星期天休息不保证"；"白天抢着干，晚上挑灯干，雨天巧着干，双休加班干，合理安排科学干"，这些话成了我们援建者的工作写照。

白天跑现场、工地，晚上开讨论会、对接、协调会、项目评审会等等，有时要到凌晨两三点才能结束，援建指挥部的办公室、会议室常常是灯火通明。鼓励着我、鞭策着我、伴随着我度过七百多个日日夜夜的只有一个信念：早日建成一个新青川。

水利情结

青川挂职援建期间，除了完成县里和指挥部产业援建工作外，作为浙水设计人的一分子，用自己的专业特长服务好青川的水利援建是我义不容辞的责任。

记得刚到青川的那段日子，援建指挥部所在地经常停水，有时即使能

时任浙江省委书记赵洪祝与援建人员亲切握手

放出水来也是浑浊不堪，全是泥沙，当然居住在偏远地区的灾民们的饮水困难就更是可想而知了。为了让老百姓喝上放心水，援建指挥部统筹规划、精心组织，积极实施了"3311"饮水设施援建工程，即浙江省投入援建资金3亿元，建设青川农村饮水安全工程的设施、监管和保障3大体系，建成1000个集中供水设施，10000个分散式供水设施，以及覆盖全县的检测管理能力、保障工程良性运行的管理体制和运行机制。通过实地勘查，审定方案，最终由我省拿出资金修复了城北堰、丰光堰这些"生命线"工程。饮水和灌溉等水资源工程建设，是关系基本民生和可持续发展的重大问题，是我省在水利援建工作中又一民生举措，惠及当地百姓切身利益，是为了让百姓喝上放心水，过上更安心的日子。

如今的青川，一条条"行洪安全、生态美观、路堤结合"的防洪堤坝阻隔了山洪的侵袭，卫生洁净的自来水流进千家万户，每当看到这些在如此短时间内建成的水利工程时，作为水利援建者，作为浙水人，我的自豪之情油然而生。水利援建成果，不仅得到了上级领导和当地百姓的好评，也荣获了多项四川省"天府杯"奖，应该说，没有辜负浙江人民的嘱托，也向青川人民交出了满意的答卷。2010年6月2日，在青川关庄镇防洪堤旁召开了隆重的防洪堤工程项目整体移交仪式，浙江省委书记、省人大常委会主任赵洪祝，四川省委副书记、省长蒋巨峰等浙川两省领导出席移交仪式，浙江省援建指挥部谈月明指挥长向青川县委副书记、县长陈正永移交《浙江省支援青川县防洪堤工程整体移交项目清册》，标志着青川水利援建任务的圆满完成。

洪水考验

防洪堤作为最重要的水利援建工程之一,担负着保护安置灾民、保护其他援建设施、保护学校师生安全的重任。援建过程中,洪水一直是心头之患。然而 2009 年 7 月 13 日起,青川县持续三日暴雨,河水上涨迅猛,7月 16 日,青竹江流域下游段暴发了 50 年一遇超标准山洪,乔庄河流域也暴发了 20 年一遇山洪。高山低谷区的山洪说来就来,半小时内淹没了正在建设的竹园镇陈家坝防洪堤,杭州市援建指挥部的办公设备未来得及转移,一些施工设备和材料也被冲走。惋惜之后我们清楚地看到,已建成的防洪堤都发挥了较好的防洪效益,在超标准的滚滚洪流中经受住了考验,但这次损失也告诉我们:加快工程建设进度刻不容缓。

"7·16"洪水期间,指挥部安排 24 小时轮流值班,我作为水利人责无旁贷,坚持防汛值班,密切关注各地防汛安全。然而,紧急关头停水停电,通信中断,防汛值班室一下子成了"瞎子"。电话拨不出去,各乡镇指挥部的电话也打不进来。位于偏远山区的大坝乡由于通信中断,最后通过鸡毛信才把人员安全的消息送出来;梁沙坝在洪流中成了孤岛,岛上两名挖掘机工人受困,通过冲锋舟救出,这条消息还是驻当地一名记者返回广元才发布出来的;而当时我与驻梁沙坝的水利办三位同志失去了联系,远在浙江的水利厅领导也焦急万分,一直等到 7 月 16 日傍晚 6 时多,他们终于通过微弱的手机信号告知我他们人身安全,大家悬着的心才放下来。

这场洪水充分暴露出青川通信设施十分脆弱,防汛指挥缺乏有效手段,同时也说明在青川这样一个山区县建设一套水雨情预警系统对提高县域防汛抗洪指挥调度水平是何等重要。在省水利厅的大力支持下，省指挥部做出决策，委托浙江省水文局在青川县建立了一套集数据采集、数据传输、数据分析，并采用海事卫星进行语音通信保障的水雨情预警系统，为防汛指挥提供了先进的信息手段，这套系统也成了浙江援建的一个亮点。

2010年7月23日、8月13日、8月19日，青川县境内普降暴雨，30年一遇特大山洪暴发。河水陡涨，防汛告急，然而援建的34条防洪堤坝已全部建成，筑起了一道道坚不可摧的生命保卫线，全面发挥了防洪作用，经受住了洪水的考验。这也证明我们浙江建设的是放心工程，也是名副其实的民生工程。

青川儿子青川情

援川工作是党和政府、浙江人民托付给我们每一个援建工作者无比光荣而又艰巨的任务，在竭尽全力做好本职工作的同时，我似乎忘记了自己的其他身份——儿子、丈夫、父亲。家中年迈的父母，照看一家老小的妻子，学业繁重的孩子，遥不可及的距离并不能阻断我对他们焦灼的牵挂。每逢佳节倍思亲，端午节、中秋夜都是我们援建者最想家的日子，每当此时，我们总是涌起万千思绪，心中特别感谢亲人们一如既往的默默支持。

回想起这些艰难而美好的点点滴滴，回想起青川人民临别相送的情景，再多的言语都无法表达我的情感——青川，不仅仅是我工作过两年的地方，更是我难以忘怀和割舍的第二故乡。流过男儿泪，洒过无数汗，那里的每一棵树、每一条路、每一项工程都依稀浮现于眼前。

　　我们的援建虽然结束了,浙川两地人民的情谊却源远流长。我这个"青川儿子"也很希望能有机会去看看那里的父老乡亲,去智慧岛边的梁沙堤坝上走走,去听听琅琅书声,去看看那奔腾不息的青竹江……千万个愿望凝结成一个,那就是愿青川的明天越来越好!

为让余姚不受淹

姚江上游治理工程项目组

抗台前线的召唤

发源于四明山区的姚江是宁波的母亲河。姚江流域南抵四明山区，北临杭州湾，地势较高，使得余姚城区所在的姚江干流两岸处于整个流域的"锅底"。每逢汛期，姚江的洪水受甬江潮和奉化江洪水的双重顶托，宣泄不畅，导致姚江流域极易发生内涝。

2013年的"菲特"台风、2015年的"灿鸿"台风一次次拉响了警报，罕见的暴雨、强降水致使整个余姚沦为一片泽国，严重威胁百姓的生命与财产安全。

2015年7月28日，省委书记夏宝龙赴余姚专题调研，要求姚江流域沿线各市县，以对历史和人民高度负责的态度，把姚江流域的防洪排涝作为头等大事，尽最大努力加快推进流域防洪体系建设，还一方百姓安宁。

为让余姚不再受淹，这场姚江治理大战全面展开。

姚江流域上游治理主要包括"姚江流域上游西分工程"、"姚江流域上游西排工程"和"四明湖水库下游河道整治一期工程"等三大工程。根据省政府专题会议纪要精神,要把加快姚江洪涝治理作为一项刻不容缓的任务,作为"五水共治"的重要项目予以推进,加快解决姚江流域洪涝问题,尽早建成并发挥效益。

为落实工作部署,设计院再次发挥在急难险重任务面前善打硬仗、敢啃硬骨头的精神,迅速投入姚江流域的治理工作中。

20位年轻人齐聚

接到任务后,院领导在第一时间做出部署,明确目标任务和工作要求,建立了以院总工牵头、各部门主审总工参加的联合工作机制,协调重大事项,把项目的进度、质量、服务作为重点任务狠抓落实。

院里从各部门抽调技术骨干组成项目组,召开项目动员和开工会。各部门负责人均为第一责任人。新组建的姚江上游治理工程项目组集中了测绘院、规划院、工程院、施概院、机电院、地勘院、建筑院、移民院、环保院等部门的20位年轻技术骨干,平均年龄不到30岁。

根据项目组各专业人员的工作和生活需要,我院成立了后勤保障组,为项目组配备了打印机、网络、查勘车辆等设备,提供水果、食品等后勤补给,全力保障项目组人员全身心投入工程设计工作中。

此外,我们还专门建立了"姚江上游治理工程"微信群,加强各专业间沟通和联系。

在每周一召开的院生产计划例会中,该项目作为重中之重,由院领导亲自主持协调,优先确保最优的人力资源和各项设备投入工程的勘测设计工作中。

年轻如风的身影

测量队伍迅速进场,前后共计6个作业队,均为测绘院最有经验、最能打硬仗的员工。测量队伍白天采集数据,晚上整理和分析。在20天时间内,完成了控制点、平面测量、断面测量等多项艰巨的任务,正式提交了全部测量成果,硬比正常工作进度提前一天完成。

在接到任务后,移民院立即抽调精干力量组成项目组,在地形图未完整提供的情况下,利用测绘院提供的航拍影像图等资料,协助工程院在图片上进行初步红线布置。为确保四明湖下游河道整治一期工程设计进度,移民院组建了2个调查小组,征用了同事们的2辆私家车分别前往余姚、上虞开展实物调查,在规定时间内高质量地完成了相关工作任务。

穿梭于田间阡陌的地勘院四明湖水库勘察组,为如期完成四明湖水库下游河道整治勘察任务勠力攻坚。勘探合计钻孔36只,静探十字板孔11只。为保障任务准时完成,项目组将进场钻机数量由原计划的2台增加到5台,在充分研究当地水陆交通、水源分布等信息后,制订了合理高效的现场钻机调度和任务分配方案。项目组在勘察区进行细致的踏勘,频繁奔波于各钻机之间进行岩心编录,整编勘探资料。结束了白天的野外工作后,地质技术人员每晚需对收集的资料进行整理,并绘制工程地质剖面图供设计使用。项目组还要统计每日的工作量,提出第二天的工作计划,以保障勘察任务按时完成。当一天的工作结束,往往已是次日凌晨一两点。

　　与野外小组并肩作战的,还有测试中心的全体同事。"不管工作日还是节假日,只要四明湖河道整治一期工程的土样送到,第二天务必开土检测。"地勘院明确了每一位同事的目标。

　　在大家的努力下,第一批75件土样检测完成!

　　第二批125件土样检测完成!

　　……

　　测试中心的人员分秒必争,为早一步提交检测成果,大家只在体能达到极限的时候休息10分钟。中午匆匆吃过午饭,便又立刻投入工作。等到一天工作结束,才发现胳膊都已经酸痛难忍。

　　年轻如风的身影,就这样穿梭在姚江两岸,穿梭在余姚人民信任的目光中……

第六篇

润物无声

『老吾老，以及人之老』，幼吾幼，以及人之幼。』浙水设计一直致力于关爱员工，打造共同的精神家园。

60年来，浙水设计坚持以人为本，关爱退休老同志，提携年轻新员工，帮助困难员工家庭。建院初的雄镇楼职工大院、20世纪90年代的395号职工宿舍，留下了无数『外户而不闭』的温馨回忆。

一日浙水设计人，终生浙水设计魂。翻阅此卷，文字间流露的真挚情感将使你我动容。

组织上来人了

祝志荣　张　鹏　陆　勇

"组织上来人了"，这句话常见于革命电影，而在2011年的春天，设计院又践行了这句话的含义。我们开展了以"感恩关爱"为主题的系列活动，组织看望退休老同志，以此对老同志表示感恩与感谢，传递温情与关爱。

历史老人今安在？

潘槐源退休之后把家安在了新昌老县城深深的巷弄里。在潘老简朴的家中，一枚枚奖章，一张张奖状，还有一本本老相册分外醒目："献身水利水保事业""从事测绘事业满30年"……这些奖章、奖状与纪念章，被潘老精心珍藏着。

徐深根也是测绘院的老同志，已退休30多年，在东阳安家。面对家里突然来访的几个"陌生人"，老人起先很疑惑，一和他说是测绘院的人过来看望他，老人的眼睛突然就唰地红了起来，两行浊泪从眼角流出，挂在他那苍老的脸上。

谢家祥，如今已是一位84岁高龄的老人了。退休后，由于膝下无子，他回到了嵊州市普义乡白泥墩村,生活起居一直由其侄子照顾。

还有张家亲老人,这位当年的天津大学高材生,工作不久就落下病疾,在医院一躺就是30年……

悠悠岁月,白驹过隙。几十载的春华秋实,前辈们为设计院做出了巨大贡献。

走遍万千山川,披荆斩棘创浙水。尽管岁月可以让勋章生锈,让奖状褪色,让相片泛黄,但老前辈们却被设计院的历史记载,被后人铭刻。如果说浙江的水利水电事业发展史留下了设计院的一页,那么许许多多这样的老前辈、老同志就是这一页历史的创造者。他们曾是业务的佼佼者、专业的权威、技术的骨干,或是坚守职责的普通一员……当年,他们肩负全院的重托,带着家人的眷恋,在崇山峻岭中栉风沐雨,为浙江的水利水电事业奉献了自己的青春汗水。他们不一定都曾有过轰轰烈烈的壮举,但正是他们的奋斗和努力,为设计院的发展创造了条件、奠定了基础;正是他们的坚守与奉献,才有了设计院今天的辉煌事业。如今,前辈们年事已高,体弱多病,甚至生活遇到窘困之处,新一代的设计院人不能也没有忘记他们。

我们都有一颗感恩的心

2011年的春天,设计院人用一颗颗感恩的心放飞对前辈们的关爱。作为庆祝中国共产党建党90周年系列活动之一的"感恩关爱"老同志系列活动,在设计院拉开大幕。

设计院党委"感恩关爱"的活动倡议一发出，7位院领导个人募集款项1.5万元全部到位；刚刚成立的机电院党支部率先完成部门职工募捐1.31万元；环保院"水土保持监测实用技术方法研究课题组"将1200元课题奖励捐助给本次活动；党群工作部门将部门获得"2010年优良服务先进集体"的奖金拿出来捐助；院党委研究决定从留存在院的党费中专项拨款2万元；团委集体研究决定将留存的6000元团费捐助本次活动……

出差在工地上的职工，请同事代为捐助；派往柬埔寨工作的职工，纷纷跨国捐助；一些退休返聘的同志，也加入捐款行列。思源公司刚参加工作不久的许多年轻职工，虽然手头也不宽裕，仍然慷慨解囊；项目管理公司外聘的员工们，也热情加入"感恩关爱"活动中来……

围垦院组织捐款

募集阶段如此顺利,募集款项如此庞大,出乎大家的意料。截至4月5日,设计院各部门及职工共计捐助57.037万元。这57万多元,在大规模摸底"高龄、低收入、老病号和家庭困难"离退休老同志情况的基础上,通过由各部门、各党总支(支部)组织的"家庭慰问""亲情聚会""感恩之行"等通道送到了设计院370多名离退休老同志手中。设计院上上下下一颗颗滚烫的心汇聚成一股暖流涌向老同志的心田。

老人的心中只有设计院

在此次活动中,老同志们收到的不仅仅是慰问金。比金钱更为可贵的,是被感恩和关怀的情意。一些行动不便的老人坐着轮椅回到了院里;

规划院老同志座谈会

多年来未曾谋面的老伙伴们聚在了一起；在医院里躺了30年的张家亲老人，也第一次回到他"似曾相识的家"。规划院退休的章丙英老人用颤抖的手给设计院写来一封真切感人的感谢信："谢谢你们给了我一次回家的感觉，生活太美了，我要争取多活几天，过好每一天。"

当嵊州普义乡白泥墩村84岁的谢家祥老人收到测绘院支部的年轻人送上的慰问信和慰问金时，他戴上老花镜，拿出放大镜，一遍又一遍地读着《致全院离退休职工的一封信》，然后向年轻人们竖起微微颤抖的大拇指。离别时，老人与支部同志依依不舍，当汽车驶出很远，转到村口时，老人依然站在门口，注视着汽车远去……

最让我们感动的是，感谢之余，老同志们询问最多的依然是设计院现在的发展情况，老同志们记挂最多的依然是设计院现在的发展难题，老同志们叮嘱最多的，也依然是"工作太忙了，一定要注意休息，注意身体啊"的温暖话语。

这是老一代水利人对家的眷恋，这是长辈对晚辈的爱，这更是两代人之间爱的对流。

这是一个彼此关爱的团队，这是相亲相爱的一家！

永远的395号

吴　蕾

395号,对20世纪90年代初到设计院工作的人来说,是一个有着特殊意义的数字,承载了一段青春的记忆。20多年过去了,现在想起,依然如此让我感怀。

那是一个多么温馨的院落

这是一个20世纪80年代常见的单位院落,主要由两栋三层的钢混结构小楼和一栋两层木结构的房子组成,中间是个不大的院子,周围种了不少的树。

三层楼的宿舍,主要住单身职工(未婚的为主,两人一间;也有另一半暂时不在杭州工作的,可以分到一间独住),大门和楼梯设在中间,每层楼梯旁有一个公共的卫生间和冷水浴室(冬天,单位会每周开放一次大浴室供职工使用),长长的走廊南北两侧各有五六个房间,大约十四五个平方米,两张单人床就占去了大部分空间,再加上其他的一些生活设施,挤得满满当当的。木结构的那幢,大多住着双职工家庭,夏天,成了家的同事在院子里支个小桌子，摆上几个凳子，就可以喝喝啤酒，聊天纳凉。我们这些单身的，吃饭基本在食堂解决。也有擅长烹饪的同事在宿舍开伙，走廊里，经常会有高压锅蒸汽的声音，随后整栋楼就飘满香气惹人馋。和做饭家关系比较近的，就脸皮厚厚地，如我，到人家那里去蹭饭吃。

那些年，浪漫的爱情与洋溢的青春

同事结婚，好像也都没有什么很豪华的婚礼。我来设计院参加的第一场婚宴，是1992年一位姓张的同事的喜宴，在东站附近。那时交通不便，觉得东站好远，但还是去了不少兴致高昂的同事，大部分是骑车去的，还有一些是骑三轮车去的，那浩浩荡荡的"车队"，颇为壮观。

记得应该是1993年吧，一位姓胡的同事结婚后，在院子里支起个小桌，请我们几个单身的一起吃了顿饭，他自己下厨炒菜。关于菜么，记忆最深刻的是炒螺蛳，一是因为新郎自己爱吃，二是因为旁边的新娘轻轻地表扬了一句"味道还不错"，那满脸洋溢的幸福，真是让人难忘。"裸婚"，是我们那个时代的标志，没有人觉得有什么不妥，两个人从一无所有，同甘共苦，慢慢积累，到创造出属于自己的新天地，走过长长的一段岁月，有辛苦，更有欢乐。

那会儿没有电脑，没有智能手机，下班后，好动的男生们会到隔壁杭五中（现为建兰中学）的操场一起踢场球，酣畅淋漓；好静的，有回寝室看书的，也有在办公室下几场军棋、象棋的，也是捉对厮杀，酣战不已；我们最多的消遣，是三五成群地聚在宿舍里侃大山，或是打"红五"，或是晚饭

284

后到宿舍对面的江城文化宫看电影,一两块钱一张电影票,最贵的电影,好像也没超过五块钱,那是周末的通宵电影。那时还没有实行双休制,周六晚上,单身的姑娘小伙常常汇聚到宋城饭店顶楼的舞厅,跳上一场交谊舞。那时的舞林高手,在岁月这把"杀猪刀"的雕琢下,身材纷纷开始发福了,不过,现在若再来场跨年龄的交谊舞会,估计现在的小年轻们还未必能比得过他们的英姿,毕竟当年的功底还在!

亲如一家的兄弟姐妹

395号的大门,是对开的两扇铁门,晚上过了10点是要锁门的,所以住在院子里有一种特别的安全感。

1992年元旦前夕,我跟随金清新闸的项目经理袁经理到工地出差,恰逢大雪封路,耽搁了一周才能回来,那时高速公路还没有开通,平时需要走八九个小时,袁经理惦记着夫人一个人辛苦地带着还不满一岁的儿子,所以马不停蹄地往回赶。我们冒着严寒,一早从温岭出发,由于路上有冰冻,回到杭州已经是半夜了。夜深人静的大冬天,叫门没人应,平时文质彬彬的袁经理,居然也能翻铁门而入,再去找钥匙帮我开门。

那时我刚进设计院半年,首次感受到水利人工作的辛苦,但小家服从大家,个人服从工作,竟无半点怨言。

机电院的吴工,对于我们来说,是一位热情能干的兄长,在一楼东北角的宿舍里(当时我们戏称为"吴公馆"),自己动手组装了一套音响设备,1992年9月20日,正好是周日,"西湖之声"诞生,那天他宿舍至少挤满了二十几个人,全天不间断地欣赏着电台里播放的流行歌曲,别提有多过瘾了! 有些同事一边听,一边模仿,伍思凯的《特别的爱给特别的你》,是印象最深的一首。逢年过节,"吴公馆"会更加热闹,大家在一起聚餐,吴工还擅长烹饪,能烧出满满一桌的菜,其他人也会拿来杨梅烧酒,买来水果、零食等,宿舍小,人多坐不下,几个男生就把床板掀掉,腾出空间来,凳子不够,从自己宿舍搬来几张坐。人与人之间的距离很近,相互间的关系很亲,真的就像一个大家庭的兄弟姐妹一样,亲密无间。

最令人不舍的是,1995年,395号拆迁,被开发成住宅区,一个院子的同事就分散住开了。

二十多年过去了,对面生产"孔凤春"化妆品的东南化工厂也已变身为豪华的"丽园",我们这一波长短不一的"青葱",都已被岁月磨炼成了鬓生华发的中年人。当时的彷徨和懵懂,大都随着时间的推移慢慢模糊,但是曾经的激荡岁月,曾经的守望相助,曾经的关切爱护,只会随着时光机的打磨,深深刻进骨子里,在某个阳光明媚的午后,自心底静静升腾、盛开,亲切如初,温暖依旧。

爱,不求回报

陈燕萍　任　方

"家属,过来签个字。"

"检查好了,把你爸扶过去。"

……

这些在医院医生和病人家属间的对话大家一定经常听到。然而,这些"家属"和"儿子"却都是我们设计院的一些员工,那么我们就通过下面的几个小故事来认识这些特殊的"家属们"吧!

不是亲人,胜似亲人

李景全是我院的一位离休干部,他的家庭比较特殊,爱人在她女儿十几岁时就因病去世了,而唯一的女儿是一个身患疾病、行动不便的残疾人,老李自他爱人去世后,就一直一个人照顾女儿。

自2000年始,已是80多岁高龄的老李身体也开始走下坡路,脑子有时也有点糊涂,家里的日常生活就显得杂乱无章,而他身患残疾的女儿也经常会给他制造一些麻烦。面对这样一个离休干部的困难家庭,当时承担离退休管理工作的马兰萍就把这个家作为自己的另一个家来照顾,经常到老李家为他打扫卫生,洗衣做饭,料理日常事务;天气热了,她会早早地为老李家调好空调制冷模式,备好凉席;天气转冷,马兰萍又会为老李一家准备好过冬的衣物。逢年过节,马兰萍会经常抽时间到老李家陪他们聊聊天,而老李显然也把马兰萍当成自家的一个女儿了,一有事,第一个想到的就是打电话给马兰萍……

2004年,李景全的身体越来越差,必须住院治疗,但又放心不下身有残疾的女儿,死活不肯去住院。马兰萍就到他家中,耐心地做老李的思想工作,并答应会好好照顾她的女儿,老李这才答应去住院。在老李住院的日子里,马兰萍更是医院、家里两头跑,成了老李父女沟通的"信息员"。

2005年李景全在医院去世,马兰萍更是忙前忙后,悉心处理老李的后事。

从此不再无依无靠

李景全去世后,留下了女儿李自珍。她患有小儿麻痹症,双腿残疾;16岁时,母亲又去世了。

1979年,根据当时政策,李自珍被招工入院,成为我院一名职工。因受生活环境和成长经历有所缺陷的双重影响,李自珍的脾气有些暴躁。亲戚也都较少与她来往。2005年父亲去世后,48岁的李自珍就失去了最后的家人,成了孤身一人。时任工会干部的吴燕大姐,毫不犹豫地续上了爱的接力棒。

吴燕只比李自珍大六岁,却像照顾自己女儿一样照顾着李自珍,李自珍也一直把吴燕叫作吴阿姨,对吴阿姨的依赖就像孩子对大人一样。

2005年,李自珍走路时不小心摔了一跤,把原本就有点畸形的门牙磕掉了一颗。几个月后,当我们再次见到她时,却变成了一个远比从前漂亮的李自珍。从她口中,我们才知道,吴大姐十多次找医生、跑医院,带她进行治疗、矫正,才让她变成现在的模样。

2008年,李自珍突发肝炎,吴大姐不顾被传染的危险,带着她上医院治疗,住院期间送衣送饭不间断,直至病愈出院。而这时,吴大姐自己也已经退休,然而,对李自珍的照顾则是愈发周到。

近几年,李自珍的身体状况也比较差,家住三楼,基本不太下楼,吴大姐隔三岔五给她送去吃的用的,为她打理家里和个人卫生。每逢节假日,都会陪李自珍一起吃个饭,使孤身一人的她充分感受到了家庭的温暖,而对谁都抱有戒心的李自珍只把吴大姐当作亲人,还把家里的钥匙和存折也交给了吴大姐。如今的吴大姐也已60有余,10多年来一直坚持默默无闻地照顾着非亲非故的李自珍。

2015年底,李自珍的身体状况更不如前,身上的毛病也越来越多,而她本人坚决不肯去医院。根据她的情况,院工会也联系好了合适的疗养院,经吴大姐多次的思想工作,李自珍终于同意过了元旦就住到疗养院去;但不幸的是,李自珍于2015年12月18日突发疾病去世,吴大姐伤心地和院有关人员一起为她办理了后事。

爱的接力没有终点

张家亲是院里的一位退休职工,1961年9月天津大学建筑学专业毕业后分配进设计院。参加工作没几年，因一些事情精神受到刺激，得了精神分裂症，之后一直住在精神病医院。

张家亲终身未娶，在杭州也没有其他亲人，因此照顾好张家亲，就成了院工会和他退休前所在部门——建筑院的一项工作。

张家亲从患病到现在已有近50年，在常人的想象里，像他这样一个孤寡精神病人，想必是一位衣衫褴褛、蓬头垢面的邋遢老人。然而，在医院里的他却是衣冠整洁，面目清秀，要不是卒中后遗症造成的语言和行动障碍，很难想象他是一个长期住院、身边无亲人的精神病患者——这一切，都是因为有像丁进南、杜富立、陈塑萍、陆勇、吴燕、朱晓珍、朱关城、马兰萍、裘国美、张鹏、黄敏锋、卢灵红、郭国红等设计院职工50年来代代传承的爱的接力。在张家亲的多次转院住院中，他们经常把他背上背下，医生也常常把我们的职工误作张家亲的子女。

2008年张家亲得了中风，留下后遗症，完全不能下床行走。时任工会干事的朱晓珍大姐主动承担起照顾张家亲的担子，为他购买各季的衣食等生活用品。张家亲常住的医院离朱大姐家较近，朱大姐时不时前去探望，在为张家亲购买生活用品时，因考虑到张家亲的经济状况，总是精打细算，有时为买一件满意的衣服，总是利用休息时间跑市场讨价还价。

在院里这些职工的关心照顾下，现年81岁的张家亲依然在医院安度晚年。现任工会干事张鹏接过朱晓珍大姐的接力棒，牵头继续为他奔忙着……

爱，不求回报。面对这些病困职工，所有的付出有时甚至连一声"谢谢"都难以得到，然而就是有这样一群默默无闻的奉献者，让这些病困职工深切地感受着来自设计院浓浓的像家一样的温暖。

新娘日记

吴欢欢

　　一些弥足珍贵的情感与回忆,没时间写,也不好意思说,生怕显得矫情。但这次我想细细地写下来,重温那场终生难忘的婚礼中的每一处细微的感动,跟大家分享那一刻的喜悦。

2014年11月28日
心情:期待、激动

　　美好的景象,总会在不经意间绽放;幸福的念头,常在不可思议中跳跃。就在某次前往嘉兴工地的路途中,一个甜蜜兴奋的创意诞生了——"举办移民工程院集体婚礼"。

　　创意一出,婚礼从策划到分工就紧锣密鼓地开始了。我们四对新人瞬间成为部门里的男女主角,同事们或询问我们各家婚礼风俗习惯,或征求我们关于婚礼形式的意见,还有为我们分担设计工作的,简直比婚庆公司更专业、更贴心。

　　不久,婚礼筹备工作组成立了。方院长是工作组的"总管",采购组、

婚礼现场

礼宾组、食宿组、装饰组、影音组、交通组、表演组、财务组的人员也都迅速配备齐全。

　　传统酒店式婚礼？不要！露台婚礼？不要！草坪婚礼？不要！经过紧张挑选、优化与调整后，我们最终选择了"设计院迎亲——西湖游览——钱塘江礼成"的这样一个以"人水和谐"为主题的婚礼方案。

　　设计院——这个大家庭既是我们新娘们的"娘家"，也是"婆家"；西湖——承载了"千年等一回"的爱情故事，见证新人们的幸福美满；钱塘江游轮——汽笛声起，新人们组建的新家庭将迈向新时代。如此巧妙的安排，让我对这场婚礼愈发期待。

筹备工作直到婚礼的前夜都还在持续进行中。游轮那边,胡义浪主席带着装饰组,男女搭配,忙得热火朝天;娘家这边,周毅专总带着一帮兄弟姐妹们,争分夺秒,为我们布置新房。所有人都好像忘记了疲倦,忘记了饥饿,为我们明天这场终生难忘的婚礼忙前忙后。看着大家都那么拼,不知道我今晚会不会感动得睡不着?

2014年11月29日
心情:感动、感恩

终于,这一天来到了。清晨4点,我在闹钟的呼唤下准时起床,迷迷糊糊中听到我的他在卫生间刷牙。"咦,你昨天不是在办公室加班吗,怎么回来啦?""师傅让我回来洗个澡,他在帮我弄最后的报告了,佳华也弄了一夜,涛涛两点多才回去。"嗨,真是新郎的集体加班夜,偷笑中我也赶紧起床洗漱,和他一起赶往娘家,化妆师早已等候在那儿了。

不到6点,主席、"小猴子"就已经到了,这两个不省心的人啊,时时刻刻都操心也不嫌累! 十一楼的娘家和二楼的婆家经过昨晚周总他们四小时的奋战早已装饰妥当,你们还来这么早! 我猜全部门的"熊猫眼"比赛中,你俩已经稳夺第一了!

7点半,妆容部分基本搞定,新郎要来迎亲了。忽然发现自己居然不是很紧张。什么? 我不应该是娇羞的待嫁新娘吗? 为什么反而有种肯定很好玩的雀跃心理? 不行不行,我要让自己冷静下来! 这时,京京妹子过来搜罗了几个问题的答案,比如第一次见面、领证日期等,问题很简单,我都怀疑京京莫非是新郎派来的间谍？

不一会儿工夫，一大波人在门口闹腾起来了。赵姐率领闺蜜小分队义无反顾地扛起了拦门的重任，先派了红包才有资格回答问题。哈哈，小气的新郎官，红包看着不够厚啊！就这样也可以回答问题，我不禁也开始怀疑赵姐间谍的身份。热热闹闹之间，新郎都放进来了，新娘就这么愉快地被领走啦。气氛有点太融洽，总感觉没有折腾新郎官有点遗憾。

8点，新郎将新娘抱到了二楼的婆家，这个过程看似简单，奈何我们的新郎大都缺乏运动，有两位新郎还没有到目的地就将新娘丢下了。爸妈早已在礼宾的指引下和院领导们共坐一桌，欢笑言谈，看到我们过来了，全部迎上来了，脸上挂着灿烂的笑容。

说实话，当时我有点担心我的父亲，自从筹备婚礼以来，他心里就五味杂陈，唯一的女儿要嫁人了，高兴，却也不舍。有句话说女儿是父亲上辈子的情人，我想女儿出嫁对每位父亲来说都是一份难以割舍的牵挂。不过看到父亲脸上的笑容我就释然了，是呀，结婚高高兴兴的，以后我还是您的女儿。据他后来回忆，陈燕萍主席、方院长、周总估计是那天早晨最忙的人了，他们就像一家之长，孩子们办婚礼，忙前忙后，张罗茶水，招呼客人，也不能冷清了八对父母，这前前后后可真让几位领导忙煞了。

8点36分，准时出发游览西湖，能在这样一个特别的日子里和父母亲一起游西湖，那真真是极好的！记得那天西湖笼罩在薄雾中，仿若一位从幻境走出来的仙子，微笑着看向世人，将爱洒向大地。父母也被这仙境迷倒了，一路上感叹着西湖的美，体会到了我们工会的匠心独运。最开心的是我们在雷峰塔附近向路人撒喜糖，其他游船上的游客看见了，大声地叫我们将喜糖抛向湖中的游船,这可把几位新娘难住了,这喜糖如何抛得远去呢? 最后他们将船划到岸边,吃上了四位新娘分发的喜糖,真是兴致十足。

　游览完西湖,我们就一路奔向钱塘江上的"西湖之声"号游轮。这艘平常看起来普通的游轮,今天完全被笼罩在浪漫的氛围里。淡紫色纱幔缠上了游艇的"小蛮腰",分外妖娆;五彩气球点缀着每个角落,随风轻飘;红色喜字贴上了窗户,喜庆万分。花门、纱幔、气球、照片、幕板、地毯……每一只气球都是他们自己吹的,每一条纱幔都是自己缠的,每一张照片都是自己挂的,每一块地毯都是自己剪的,太多太多,每一个细节都在他们脑中过了千万次,每一个布置都在他们口中讨论了千万次,最后出来的效果我只能用一句话形容:"确定是你们自己布置的,没请婚庆公司的枪手来帮忙?"我们部门同事的审美水平真不是吹的。

　10点36分,我们在船上开始了庄严的仪式,四对新人依次走过幸福之门,在鲜花彩带中接受大家的祝福,陈院长送来了情真意切的贺词,方院长给了我们每对新人独一无二的证婚,新郎周宇辉的父亲作为家长代表给了我们语重心长的教诲,我作为新人代表发言,机会难得,有很多很多话想说,然而真的是太紧张了,乱七八糟说了一通后,最后早已忘记刚才说了什么。

　不得不佩服我们的主持人智哥和晓莹姐,他们俩不愧是金童玉女组合,端庄中不失风趣,隆重中透着喜悦,让人既想笑却又不由得泪湿眼眶,在他俩把控的节奏下,整个婚礼温馨又浪漫,气氛逐渐推向高潮。我个人最喜欢倒香槟环节,"砰"的一声,小木塞带着我们的喜悦一飞冲天,瓶身流出代表着幸福的美酒,我们相交一饮而尽,还有比这更愉悦的事情吗?

最后,我们共同放飞海豚造型的气球,让它承载着我们的爱、亲朋好友的祝福,传递到世界的每一个角落。

接下来就是轻松的娱乐环节。以智哥为代表的娱乐小分队创办了一场规格水准堪比小型演唱会的演出,不管是原帅同学潇洒自如的台风,还是梦莎婉转动听的声音;不管是方院高标准的学院唱腔,还是晓莹姐清亮干净的嗓音;不管是智哥收放自如的声线,还是新郎们"娇羞"的表白歌,每个人都听着、笑着,眼角的"鱼尾纹"应该改名叫"幸福纹"啦。

12点,我们的"西湖之声"伴随着响亮的鸣笛,在钱塘江扬帆远航,我们就在这乘风破浪中开始了美好新生活!

看一个新娘絮叨了这么久,是不是觉得没有感动而是很啰唆? 哈哈,"文艺范"不够,"女汉子力"满满,更有满满的幸福感!

团队多米诺，我们来挑战

陈延瑛

　　2014年夏，作为部门教育培训负责人，我组织策划了"生态水利院员工心理调适减压及团队综合素质提升拓展暨2015年度新员工团队融入训练营"活动，培训中的"团队多米诺运动"项目让大部分参与活动的兄弟姐妹们收获了很多感悟与感动。

　　我们看到过多米诺骨牌一个接一个倒下的过程，在那之前，团队中没有人知道在前期准备过程要付出多少共同努力。当时对于我们团队而言，多米诺是个陌生的活动，没有人曾以团队合作的方式进行过，大家对这一项活动内容充满了好奇，活动的挑战也是前所未有。

　　活动之初，培训师先向大家介绍了多米诺骨牌的由来。它起源于中国宋朝，有着上千年的历史。漫长的发展过程，赋予它独特的教育功能。码牌时，骨牌会因意外一次次倒下，参与者时刻面临和经受着失败的打击。遇到挫折不气馁，不退缩，要树立信心，鼓起勇气，重新再来。这种活动具有触一发而动全局的独特魅力，而倒牌瞬间是最动人心弦的时刻，所有的努力都在那一刻得到见证。

　　团队挑战的内容是4个小组用骨牌共同排列出我院的LOGO"ZDWP"

图形,限时4小时。4支队伍被很快分好,并选出了队长、设计师、工程师、搬运工和保镖。每个人都有分工:队长负责统筹全局;设计师根据图纸计算所需的骨牌颜色及数量,并设计骨牌的排列方式;搬运工按照设计师的需求运送所需的骨牌;工程师按照设计师的意图开始搭建骨牌;保安负责在场边保护施工现场不被破坏。

规则为我所用

挑战正式开始。队员们初步认识规则,熟悉程度有限,各组的设计师似乎僵持在图形的排列设计上,其他角色似乎也处于游离状态。好在这样的局面并未持续很久,队长和设计师队伍中的精英很快找到了正确的方式并开始给其他人分配任务。

俗话说"磨刀不误砍柴工",在克服了刚开始的慌乱后,各队似乎熟悉了规则并建立起有效的运作体系,各队的骨牌阵列很快就初见雏形。

一切看起来似乎都很顺利,大家开始变得乐观起来,而闲下来的一部分人忘了自己的职责和应该遵守的纪律,在工作区来回走动或聚拢在工程师周围看他们摆牌。随着时间推进,骨牌阵列规模慢慢壮大,持续工作的工程师们体力、精力消耗加大,并且受到团队队员的"干扰",失误开始产生。后勤人员的配合也不断出现状况,时不时有整列骨牌被碰倒使"心血"付之东流,前功尽弃。有些倒塌甚至影响到了其他团队的阵列,引发了大家相互的指责和抱怨。

现在想来,当团队陷入困局时,需要依靠少数精英做好顶层策划和安排,打破僵局使项目得以开展;但更重要的是绝不能因为看似简单或进展顺利而盲目乐观,这种乐观或者说松懈往往是导致执行力下降甚至前功尽弃的罪魁祸首。在团队的合作中,为了共同的目标,我们必须始终统一步调,克服外部干扰和内部协作中的失误,自始至终遵循有序的组织分工和标准的运作体系。这种极为精密的运作系统和规则,即为"戒"!

团队协作吃下"定力"丸

码牌过程中经历反反复复的倒塌与重建,焦躁和悲观的情绪难免在团队中蔓延,甚至不少人感觉这次的任务将无法完成。此时四位队长也意识到了各自的职责所在,经过短暂的商讨后,他们及时调整策略,明白当前首要任务是减少对场内工程师的干扰。

队长给各自队员们打气加油,队员们从一次次倒塌中摸索总结出一套适合自己队伍的码牌经验,使队伍中各岗位人员重新开始有序的分工协作,减少失误。有了团队的支持和激励,工程师们向自己的体力、耐力和意志积极挑战,大家腿麻了,手酸了,马上有队友及时补位,坚持下去,始终没有人退出。这种全身心的付出也许只有融入其中才能品出其味。

在团队合作中,我们要努力克服各种源自自身的消极负面的情绪,利用团队的优势重复往返。日积月累的枯燥工作可能会带来充满压力的心理,需要自我调节来分解压力,方能培养出个人处乱而不惊、从容应对的"定力"。

牌倒下的那一刻,成功了!

经过四个多小时的奋战,四支队伍通力协作终于圆满完成了我院"ZDWP"LOGO 的搭建任务。马以超院长用了极具创意的点火方式推动了引导牌,当成列的骨牌开始如流水倾泻般倒塌的那一刹那,整个团队爆发出巨大的欢呼和赞叹。之前几个小时的辛苦及当时的饥肠辘辘早已被抛诸脑后,大家沉浸在收获的喜悦中。

这样的喜悦,是团队在经历了"戒"和"定"的洗礼后,获得的最大收获。尤其是调动集体智慧,彼此了解,彼此信任,不被困难所吓退,不为投机取巧、急功近利所引诱。这种智慧才是一种大智慧,是经"戒"、"定"后所产生的"慧",既是结果,又是过程;团队中的个人也能从繁乱、浮躁的现实世界逐渐转为安静、心静,获得精神的生长。

团队活动现场

我与浙水共成长

60年，多少人从初出茅庐到成为中流砥柱；60年，多少人在设计院落地生根，结婚生子，收获人生的喜与乐；60年，多少人默默无私付出，通宵达旦工作，拥抱职业所赋予的幸福。

对所有浙水设计人而言，这里承载着太多动人的回忆……

珍藏在内心

我在设计院工作已有27个年头了。细细品味这27年，虽称不上精彩人生，却也值得回忆和纪念。如果要我把这27年的工作经历做个比喻，我觉得它就像是一杯清茶，虽有苦涩却回味甘甜，平淡无奇却充满清香。值此浙水设计成立60周年之际，回顾自己在设计院成长的点点滴滴，一切恍如昨天，真实而亲切。

20世纪60年代末出生的我，沐浴着改革开放的春风，享受着教育制度改革的成果，1989年浙江财经学院一毕业，就顺利被分配到了设计院财务器材科（现已改为财务资产部），那年我22岁。

27年来,我与设计院一起走过,目睹了设计院发生的翻天覆地变化。到今天,设计院的发展已经翻开了崭新的一页。

27年来,我从一个黄毛丫头成长为了一名业务骨干,站在时间的彼岸凝望,成长途中那么多的枝枝蔓蔓,设计院教会我太多。我在这里恋爱、结婚、生子、成家立业,更是在这里学会为人、学会处事,期间的许多人和事至今仍深深地影响着我,感动着我,令我受益终身。那些人,那些事,都是美好的沉淀,沉稳而静好。设计院于我不再仅是谋生的工作单位,更是师长,是朋友,是我生命的一部分,同时也是由许许多多这样的我组成的。领导亲力亲为,对下属关心体贴;不同部门为同一目标,互相协作;枯燥的工作环境中大家任劳任怨地奔波忙碌;老员工耐心传授,在前进的方向上给予指引;同事间彼此鼓励,紧张工作中点缀小小幽默……这些小小片段展现出的细微情感都珍藏在我内心中最柔软的角落,流淌在我的血液里,如常春藤般随着时间的流逝而不断蔓延。

(袁　敏)

见　习

1988年9月7日,刚从学校毕业来到设计院工作满打满算不到一个月时间,我与张明胜两人就接到院里指示,卷起铺盖、背着行囊,怀着满腔热情和对水电站的好奇,奔赴文成县高岭头水电站工地,开始了见习锻炼。

高岭头水电站位于文成县石垟乡,离县城有50公里的路程,地处深山。水电站为一座高水头引水式电站,拦河大坝为我省第一座抛物线形砼拱坝,最大坝高63.2米,总库容1778万立方米,电站装机容量16兆瓦。

那时,我们在工地的编制虽然纳入指挥部统一管理,但当时的条件不允许我们有更高的待遇,一日三餐都在工地上,到指挥部的食堂里排队就餐,全是简简单单的饭食;住处则一直同施工单位——丽水工程处的工友们紧挨在一起,一样是油毛毡毛竹棚架构而成的简易工棚,不隔音、不隔热、不避寒,冬天的夜晚真是寒气逼人,人蜷在棉被里依旧冻得瑟瑟发抖,难以入睡……

虽然条件有限,可我们在见习期的一年里,除春节放假回老家待上一周外,平时从未因个人原因离开过工地,一直扎根于高岭头,在相对与世隔绝的艰苦环境里,与指挥部、施工单位的同行们一起,共吃苦、共战斗、共欢乐,在工地上度过了自己一段美好的青春年华,同时也在那里结下了深厚的兄弟情谊,烙下了一生一世也抹不去的记忆。在那些珍贵的记忆里,与我院设代组一起下工地的往事尤其令人难忘。

那个时期,我院高岭头水电站设代组的成员主要包括一批干劲十足的年轻工程师:水工专业的陈舟、施工专业的彭银生、地质的章松伟和卢浩明等,还有一批任劳任怨,为水利事业默默奉献、不辞辛苦的老高工、老专家们:彭宗庆、赵庆书、陆伟木等。设代人员每次来工地一待就是一周,工地上的事务处理完后,又匆匆赶回设计院,下次工地上有事再来,就这样不停地来回奔波着。

在工地的每一天,设代组成员无论年龄大小、职务高低,总是先碰头讨论项目在实施过程中反映出的问题,以及现场需关注的重点,随后到实地进行现场查看。

每次查看首先要去的就是大坝施工现场了，设代组打头，我们紧随其后，先沿着下基坑的施工道路走到河床底，再顺着拱槽开挖面往上爬。前辈们边看边商量，根据现场开挖面揭示的基岩状况进行现场鉴定，并对下一步开挖施工措施提出建议，同时结合项目重点、难点适时给我们做出指导，使我们对面前这座拱坝的设计和施工过程、重点项目的了解不断地加深。行进过程中，每当遇到陡壁或湿滑之处，大家就会相互手拉着手，提醒各自注意脚下，彼此扶助一步步往坝顶爬，等所有人都上到坝顶，再原路走回指挥部。每次往大坝施工现场跑上一遍，基本需花费大半个上午。另一条查看线路是去发电引水系统压力管线，从指挥部出发，先乘工具车在山间绕行约半小时，至发电引水系统上平洞出口附近下车，随后走访调压井，接着就沿水平距离近5千米、垂直落差500米的压力管道开挖槽一路前行。沿途坡度将近10%的下行纵坡使人腿部一直保持着紧张状态，经常脚底打滑，一不小心就会摔跤，我们一行人就用双手抓住旁边的灌木丛，适当借力，从不断的趔趄下滑中逐渐摸索出一套身体角度和腿部发力虚实结合的平衡技巧，由起初的小心翼翼却又跌跌撞撞到后来能顺势下行略微节省体力，时不时还要停下来观察一下开挖槽面及镇支墩基础面的基本情况，直至成功走完全程抵达发电厂址，再走到西坑乘工具车回到指挥部。这样一路查看过来又需耗费大半天时间……只要设代组在，我们每天都要重复这样的行程。

像这样每天在工地现场上跑，说不累是不可能的，即使睡了一晚上，那种疲乏感早上起来依然存在，但我们中没有一个人会因为腿疼脚肿各种乏力就打算歇歇,前一天一旦决定好次日查看的路线,第二天就会甩开所有的疲惫,再次以认真的工作态度投入每一段行程。正是在这样反反复复的现场查看以及不断的坚持中,才使我院设计人员对工程现场情况有了最直接而充分的了解,从而在施工早期就及时发现了坝基F3大断层的存在,并进行了有效的处理。

要说工地上的日子也不都是那么紧张严肃的,年轻人在的地方总是会有活力释放的一刻。夏天到了,五点钟下班时太阳还红彤彤地高挂在天上,大伙在食堂里很快吃完了晚饭,工地上又没有电视,一大批年轻人除了偶尔看看录像、打打扑克,几乎没什么娱乐活动。我们设计院的一帮人就开始寻思以什么方式激发起大伙的热情,增加点儿生活的乐趣。指挥部前面的操场原先是一片泥巴地,主要用于停车,我们想来想去,也就是利用这块空地建一个篮球场比较合适。这个想法一提出,没想到得到了指挥部郑建文指挥的极大赞同,答应为我们解决建球场的经费。这下我们可来劲了,马上开始联络参建各方、筹划具体事宜——指挥部出钱,丽水工程处出力,方案及施工图自然由我们设计方负责,结果三方一拍即合。说干就干! 设计图纸很快就出来了,我们还负责备料与计量,严把数量、质量关;丽水工程处领导也十分重视,亲自组织年轻职工利用下班时间人工拌制砼,花了三个晚上突击完成了球场的浇捣作业。

从此,每天晚饭后,篮球场便成了整个工地的中心地带,丽水工程处的小伙子们早早就三五成群地聚拢到球场,开始钻研球技了。大伙在场上尽情展现着各自的风采,场下则欢声笑语,为各人的精彩拍手鼓劲。指挥部与丽水工程处经常进行篮球友谊赛,我院陈舟的勾手投篮,章松伟、卢浩明的精准起跳,张明胜的抢夺篮板球及挤人、撞人功夫,使在场的人都叹为观止……通过篮球友谊赛,我们设计院在丽水工程处结交了一批新朋友,同时也增进了指挥部与丽水工程处之间的友谊,从某种角度讲,为促进工程的建设进度奠定了扎实的感情基础。如今回忆起来,那些生活片段真称得上我们在工地上的欢乐时光!

在工地锻炼的一年里,我经历了工程从坝基开挖、拱坝砼浇筑,到发电引水系统上平洞及压力钢管槽开挖、镇支墩基座浇筑的进程,亲眼见证了我院施工专业设计的第一座人工砂石料系统——绵羊场人工砂石料系统的大胆尝试和成功实践,目睹了场内外施工道路网,指挥部、施工单位的办公、生活设施,以及砂石混凝土加工厂、钢木加工厂、汽修加工厂的陆续建设,整个电站枢纽工地的建设每天都在蓬勃开展,不断朝着令人欣喜的方向前进。这些丰富的现场体验使我最直观地接触到了许多专业知识,印象鲜明。同样,我也曾经历过一人面对几十名情绪激动的村民涌进指挥部(因当地一位村民施工运渣时不幸车祸身亡)的危险场面,事后经过深思,我们不但要主动积极面对工地的突发事件,还要学会设身处地进行换位思考,才能稳妥地找到解决问题的办法,这些经历促使我更快地成长。

在那段日子里,设计院来工地的人员无论是技术员、工程师还是高工,都是我的指导启蒙老师,他们行事的风格给我最大的感受就是一个"实"字。我时时看到的是前辈们求真务实的态度,勤勉踏实的工作作风,没有太多的豪言壮语,也不需要任何煽动或蛊惑的口号,就是那么质朴而真诚,说话实实在在,做事踏踏实实,尽心尽力地完成好每一项工作任务,在普通的岗位上发挥出各自的作用。这一个个真实而又鲜明的典范,使我在从业之初领悟到：从事水利工作，需要的是责任感与敬业精神，在工作和生活中，要学会低调做人，扎实做事，处处留心，绝不放过任何学习的机会，向同事学、向书本学、向实践学，这样才能不断强大自身的理论水平和业务能力，才能追寻到属于自己的人生价值。

　　一年多的高岭头水电站工程见习，说不苦，有些自欺；但苦有所得，感悟很深，受益匪浅，无怨无悔。当我看到我院在当时困难的客观条件下，通过大胆的科技创新，使绵羊场人工砂石料系统投入了正常运行的时候；当我站在大坝建基面的基岩上，看着眼前的坝体带着漂亮的弧线一轮轮增高的时候；当我在厂址前抬头仰望，5千米长的压力管道像一条青灰的巨龙伏卧在苍翠的山脊的时候……心中都会涌动出无限的满足和自豪！回首当初，高岭头就是我个人事业的起点，有了这样的经历垫底，在日后

1988年高岭头水电站踏勘

的设计生涯里,无论遇到什么样的困难和境遇,我都不会觉得无法招架或难以承受。无论是在雪域高原的青藏之巅,还是雄奇巍峨的北疆山脉,在南国的秀水青山,抑或崇山峻岭中的西南工地,辛苦在水利人的工作中似乎注定就是一种寻常状态,但我们总会在艰苦的环境里保持一份乐观的心态,永远迈着坚实的脚步大胆向前——这就是我们浙水人的精神传承!

我们前进的步伐在不断加快,浙水人的足迹踏遍了祖国的万水千山,到处都活跃着我们浙水人勇于牺牲和奉献的身影,相信每个人都会在这样的苦与乐中,找到自己的人生坐标。

（胡能永）

岁月悠长话当年

1991年4月,正是杭州莺飞草长,花团锦簇的时节,我从武汉来到浙江省水利水电勘测设计院。那时新人没有固定的师父,很多人都带过我,钮泽宸是专业组组长,在他退休前,基本上我的每个项目他都是参与者,也是他带着我开始了设计工作。

1992年,我开始独立编写第一个环评报告——江山碗窑水库环境影响报告,这是一个国家重点项目,江山港上的第一座大型水库,钮工带着我开始收资、查勘工作。很荣幸的是,陪着我现场查勘的不仅有钮工,还有汪恒强、林有祯、余堃。在这样一帮"大咖"的带领下,我们走访了农业、林业、文保、地矿、环保、卫生防疫、城建等几乎每个县级部门及集水区的各个村镇,查勘古窑址,查访血吸虫病人,抄录各类统计资料、水文系列资料、水质资料(那时没有复印),带着满满的资料成果回来时已经是十多天后了,报告写得非常顺手。大约10月份左右,报告就安排审查了,我准备了五大张(0号纸)的毛笔大字报向专家汇报成果,得到了热情的好评和鼓励,算是开了一个好头吧,当然也有批评——"声音太小了,专家听不清楚,以后要理直气壮点!"碗窑环评的成功给我以极大的鼓舞和信心,为以后的工作积累了经验。

跟着老一辈的专家学习,印象最深刻的是他们严谨、认真、求实的工作作风和对小辈如春风化雨般的关爱。曾经为了灵山江规划环评,这些老同志带着我一趟趟跑现场找污染源,吃了"闭门羹"就过段时间再去,直到有人接待为止。就这样调查了遂昌造纸厂、遂昌金矿、龙游黄铁矿等重点污染源和潜在的金属矿点,深深被造纸厂下游河道中高高堆起的污染泡沫和灵山港黄铁矿下游焦黄的河滩、鱼虾绝迹的河水所震撼;为了甬江流域规划环评,许文斌(时任规划室水利组组长)、林有祯副总工等带着我走遍甬江三江两岸,车能到的地方就车行,车不能到的就走路,在宁波市区段就借了自行车且行且看,收集了大量的第一手资料;1995年,在对河口水库除险加固工程环评时,汪总、钮工带着我和陈晨宇在水库管理局抄上游气象站从建站起30多年的气象资料,以便分析工程建设前后水库地气候变化情况,整整抄了四五天,还到水库集水区萤石矿区调查氟骨病的发病情况,为大坝加固加高后地方病的发展趋势收集素材;甚至有一次我收到一封我写给对河口水库管理局余局长的一封要求提供资料的退信,里面有徐成章(时任院党办主任)帮助修改的几处不太严谨的措辞表述,而我当时还不认识徐主任，经纽工介绍后才恍然大悟。这些细微之处体现出的呵护与关爱至今令我十分感动。正是这种工作作风造就了设计院环评等专题报告资料翔实、论证严谨、注重细节的特色，得到了相关部门和专家的一致认可。随着工作方式和工作条件的改进，设计院的工作效率提高了、技术水平提升了，但这种严谨、认真、求实的作风却是设计院宝贵的精神财富，不能丢。

转眼间20多年过去了，设计院门前的那条小巷子早就旧貌换新颜，曾经的师长有的已经斯人远去，简陋的办公条件已经被现代化的设施设备取代，但当年的传统和精神却融入"诚信、精心、创新"的企业精神中代代流传。

（徐小燕）

"蘑菇式"成长

18年，可以让一个孩童成为青年，突然惊觉，我在浙水设计已整整18年了。时间好快，似乎一切都从头开始闪现。那种初入浙水设计的小心翼翼、各种忐忑、局促不安，早已烟消云散。我做过了各种类型的施工组织设计、玉环漩门二期蓄淡围垦工程的水工设代、舟山大陆引水一期工程的施工图设计、舟山大陆引水二期工程的项目经理、借调到曹娥江大闸水利枢纽工程前期办代表业主负责项目的国家发改委的立项报批工作、院的市场经营和生产计划管理、生产部门的管理等工作。在浙水设计的这些日子里,我和同事们一起编织了一幅幅五彩斑斓的画面。

入院至今,我对第一次入职培训依然记忆犹新,特别是当时的部门领导带给我们的"蘑菇"理论,我一直铭记在心。一朵蘑菇是怎么成长起来的呢?它是在阴暗的角落里,不用专人照料、不用依靠阳光的照顾,只要给它空间,只要它能有足够的动力,就可以茁壮成长。只有长到足够高的时候才会开始被人关注,此时它自己也能够接受阳光了。这个理论诠释了多数人的工作经历:一个刚参加工作的人总是先做一些不起眼的事情,而且难以被重视。当他默默无闻地努力,就逐渐被关注;如果工作不出色,就会逐渐被遗忘。这种"蘑菇经历"不一定是什么坏事,因为它是人才"蜕壳羽化"前的一种磨炼,可以让人消除一些不切实际的幻想,从而更加接近现实,能够更加理性地思考和处理问题,对人的意志和耐力的培养具有促进作用。

也曾在入院之初羡慕优秀员工的成绩和能力,但我知道要学会努力和付出才会有收获;也曾和同事一起"五加二,白加黑",甚至通宵达旦,第二天稍作休息,我们依旧继续战斗,快乐地工作。在这里,我们学会的不仅是能力,还有责任心,以及奋发向前的为人之道。

成长吧,浙水设计的蘑菇们!不管是暂时的蘑菇,还是见到阳光后依然迷茫的蘑菇,不管是成长的喜悦和被关注,还是蜕变的阵痛和被迫成长,不管是这一步步的积累,还是高台阶的跨越,继续寻找阳光,做一名优秀的水电建设先锋吧!

(彭庆卫)

智者乐水

浙水设计精彩60年

ZDWP

310

风景此处独好

1999年7月，我从学校毕业来到设计院参加工作，亲历了设计院16年的长足发展，也切身经历了部门由环保水保室发展到环保设计分院，再到环保院，人员由当初的10个人到现在的34人，并持续发展壮大的整个过程。

1999年至2003年，设计院快速起步。业务以开发建设项目水土保持方案编制为主，发展很快。2003年至2005年，强势推进。在前几年奠定的扎实基础上，业务主动送上门的多，类型仍以水土保持方案编制、环境影响评价为主，范围扩大。2006年至2013年，稳步发展。水土保持、环境保护业务面逐步拓宽，但有资质的单位名录逐步扩大，市场竞争日趋激烈，我院总体上业务稳定，但已呈减量的趋势。2014年至今，转型升级。特别是2014年至2015年，部门在水土保持工程设计、水土保持监测、水域纳污能力研究、规划环评、遥感技术应用等方面取得了不错的成绩，为转型升级战略开了好头，后势依然稳健、强劲。

16年的时间，不算太短，但现在回想起来，许多场景仍历历在目，宛如昨日。初入院，同事们给予的关爱和帮助；提交报告的忙碌拼搏，加班加点、通宵熬夜也是常有的情况；团队经常集体出动，集中力量打"歼灭战"，当时是很苦，但之后会感觉到甘甜，尤其是得到业主肯定之时，所有的苦和累都被那一刻的成就所取代。还有部门团队的朝气蓬勃、积极进取，在工作上的攻坚克难、团结互助，生活上的嘘寒问暖、关心鼓励，党员的先进性标识，职工小家的创办，男女篮球队获院篮球赛亚军的优良战绩，厅达标运动会的积极参与，部门获得的诸多荣誉……

16年的历程,不算太长,但绝不能称为短暂,16年的磨砺,曾经年轻懵懂的我如今也已人到中年。环保院经历了16年的发展,设计院也将迎来成立60周年,回忆往昔的点滴,有些可能也是感情上的一种慰藉,但更多的是为了更好地传承优良传统,继往开来,持续发展。

(牛俊文)

蒲公英

蒲公英为人称颂,并非因为它的名贵或美丽,而是因为它的顽强和朴实。其貌不扬的外表,却有在田野间、石缝中、峭壁上顽强生长的不屈意志和生命奇迹。即使被人连根拔起,它也会为了自己高远的理想而继续前进,在世界的某个地方再次形成一片美丽的花海。

设计院有个传统,每当某个项目紧张,需要各个专业高效协作、全力以赴的时候,我们便会找个地方集中办公。其间,不能回家,每天工作时间超过12个小时。虽然工作很辛苦,但说实话,我很喜欢这种精诚合作、一起努力的感觉,这让我感受到了团队的力量,合作的力量。

2009年9月,《钱塘江流域综合规划修编》项目期间,我院一行二十余人,赴浙江同济科技职业学院进行为期一月有余的集中办公。

当时陈昌军、郭磊、马俊三位同事初为人父,心中难免挂念家里的爱人和襁褓中的婴儿,特别是郭磊在集中办公期间儿子生病了,尽管心急如焚,作为父亲的他在回去探望确认儿子病情好转后立马回到了工作岗位。原本打算国庆回家看望儿子的张真奇也因为国庆假期的临时调整取消了行程。进度就是命令,尽管已经规定每日晚间下班时间为10点半,但为了确保或加快某些生产环节的进度,项目组常常需要工作到深夜甚至凌晨;华灯初上,晨曦初露,办公室的台灯下总有忙碌的身影;十月中旬,天气转凉,当时随队带到办公地点的衣物只有短袖等夏装,由于体质下降,很多同志患上了感冒,但仍然一边吃药一边工作。

我所讲述的只是一件小事,每一个城市,每一个单位都有一些这样拼搏奋斗的人,有如街道的路边、花丛间总会偶尔看见的蒲公英的身影。它们无论在何种环境中,总能倔强地生长。我身边每个同事都有过这样通宵达旦、忘我工作的经历;每个人都有这种舍小家、为大家的奉献精神;每一个人都在自己的工作岗位上兢兢业业、勤勤恳恳地工作10年、20年、30年。一株不起眼的蒲公英就会变成一片漫天花海,荒原就会变成沃土,而这种精神就变成了一种文化,一种我们独有的文化:同事之间团结互助的文化;如家人般凝聚的文化;心怀天下,造福一方的文化;为水利事业任劳任怨、刻苦工作的文化;严谨求实、思变创新的文化!

(王　超)

感恩三溪口

三溪口水电站的现场设代工作有两个点:一个是工地现场,另外一个是项目部。由于我们和三溪口业主工程部一起办公,我在三溪口的时间大多都和他们一起度过。在工地上的日子,是很有规律的:每天(工地上没有节假日)早上7:10起床,7:40和业主去工地,10:30返回到项目部;下午2:00去工地,4:30返回到项目部。通过每天上、下午到现场的巡视,我对整个工程实施情况进行了实时跟踪。同时,在巡视中,遇到不懂或者和设计不同的地方,我向业主方总工、监理方总监进行请教。

工地上年轻的人少,年长的人多;皮肤白皙的人少,黝黑的人多。和那些知天命的人聊起来,发现他们都是一本本书。书的封面不同,里面也书写着不同的人生。18250天,当真的经历过,都会对这大半辈子的人生有所感悟。工地上这样的前辈很多,三溪口的徐总和葛洲坝的朱总就是其中的两位。

三溪口的徐总是一个很乐意分享的人,我遇到的问题,他都会为我认真耐心地解答,同时他也会主动把自己遇到的一些感悟和经验讲给我听。从混凝土面板施工时遇到的振捣密实问题,到管形锥出现的裂缝问题,徐总都用自己所储备的知识,给出了合理的解决方案。

葛洲坝的朱总,从年轻的时候就开始在葛洲坝做施工,大半辈子都在这里奋斗,现在成为这个项目施工方面的总工。他每天都在工地上,而且每天的大部分时光都在施工现场。50年的日晒风霜,晒得他皮肤黝黑,充满了岁月沧桑。每年大部分都在工地上,一年算起来也只有50天的休假时间,而且大部分项目都离家很远,他在全国到处跑,也算是四海为家吧。

工地就是一种生活,工地就是一种态度。没有到过那方土地,就不会感到那方土地的温暖;没有望过那片蓝天,就不会感到那片蓝天的蔚蓝;没有品过那方江水,就不会感到那方江水的清甜。任岁月流转,变化的是青春，不变的是在那方土地上积存的画面和提炼出来的灵感。三溪口对我来说是成长的地方。这些课程不是每天按部就班的学习，而是通过自己双眼去发掘东西，然后从这些东西里面提炼出自己所需要学习的内容。

（吴留伟）

怡然花开

带着对人生的美好憧憬，惴着对事业的热切期盼，我投入了设计院温暖的怀抱。

初到项目部，大家对我热情友爱，待我亲如姐妹兄弟一般，在生活上关心照顾我，工作上支持帮助我。工作伊始，我对白茅湖排灌站项目还不甚了解，工作也无从做起，同事们就给我介绍项目部的情况，给我讲解项目工程事宜。

工地的工作生活专注而快乐，我们远离城市的喧嚣，不忘初心，抛却繁闹与浮华，专心地面对项目工程，专注地进行设计施工；工地的生活和工作充满了正能量，相聚在这个大家庭里，大家都团结一致、凝心聚力，心连心、手挽手，一起为了我们共同的奋斗目标——圆满完成白茅湖排灌站的建设工作而努力。工地的工作生活热烈而又充满激情，从没有任何一个劳动场面能给我如此宏伟壮观的印象。打桩机的轰轰声，钢板碰撞时的哐哐声，紧锣密鼓、热火朝天的施工现场，夜以继日、以工地为家的施工人员,无不体现那充满激情、无私奉献而又紧张忙碌的工地生活。在白天的施工之后,夜幕降临,万籁俱寂,灯火闪动点缀着满天的繁星点点,我们的设计人员在灯下一丝不苟地画图、研究图纸,不知倦怠地计算规划,整理修改。施工的岁月,恰如一曲交响乐,时而激昂豪迈、时而低沉有力,这日、这夜、这黎明、这正午,无一不映照着我们浙水设计人的奋斗与付出。

几个月的工作实践,使我在学习中思考,在进步中成长,使我不断在面对问题的过程中有所感悟与收获。细细品味其间的酸甜苦辣,每一种滋味都是那么的醇香深厚,每一样感受将都成为我人生中难以忘怀的深刻记忆。因为我已踏上征途,雏鹰将在这里展翅,我知道我所要面对的将是一曲热与火的旋律,是一种战天斗地、治水兴源的壮志豪情,更是一种纵青春逝去我心无悔的执着与坚定。她开启了我的职业生涯,我融入了她的深情怀抱,我将在这里实现我的价值,展示我的风采,践行我的理想,承担我的使命与职责。面向未来,我充满希望和信心。我愿与项目部的同事们一起同迈进、共发展、精益求精、携手前行,心生浙水,怡然花开!我愿与大家一起同甘共苦,一起积极奋进、锐意开拓,一起分享成功的喜悦,一起为了浙水的兴盛发展而努力奋斗、进取拼搏!

（赵天颖）

"师父，请喝茶"

人力资源部组稿

　　"一日为师，终身为父"，能在初入职场之时有一位人生导师是每一位年轻人的期待，我院一直秉承"导师带徒"的传统，导师手把手教导徒弟，徒弟心连心与师傅对话，结成了一个学习共同体与发展共同体。

　　我院为表彰在"导师带徒"中悉心传授技能、注重言传身教的导师和积极主动、虚心求学、成长较快的新人，评选出了"2012—2014年度优秀师徒"。下面我们讲述的是他们之间的故事……

知其然，也要知其所以然

王军&任刚

　　2013年，任刚跨出大学校门，即入院任职，成为王军的徒弟。

　　任刚接到师父派出的第一个任务，是苕溪清水入湖工程西苕溪安吉段的初步设计工作。安吉段属于山区性河道，水位变化大，地形地貌复杂，工程难度较大。为了让徒弟打好工作的"地基"，师父要求其先从配筋图画起，配筋图不但要求熟悉闸室结构，同时要求掌握钢筋计算的基本方法。

一遇到问题,任刚总是及时向师父请教,师父不厌其烦将其多年的工作经验倾囊相授,徒弟边学习边思考边总结。

师父不但把自己的书一摞摞地借给徒弟看,要求徒弟多读报告书籍和规范,还经常找之谈心,了解徒弟最近的生活状况,师父无微不至的关怀让远离家人的徒弟感受到了如父般的温暖。

2014年年初,师父安排任刚担任临海市大田港闸除险加固工程的施工图设计任务。这次徒弟独自挑起大梁,参与水闸设计,这也是师父给徒弟安排的第一个重点项目。

任刚既欣喜又沉重,他暗下决心,一定不辜负师父的信任。设计伊始举步维艰,师父一遍遍地修正徒弟的设计思路与设计方案,这一阶段虽然漫长而曲折,但在师父的帮助下徒弟慢慢地将一个个难点攻克,最终完成了设计工作并掌握了大量水闸设计的要点,自己的专业能力也得到了快速提升。

师父总是对任刚说:作为一名设计人员,不光要知其然,还要知其所以然,项目之间融会贯通,触类旁通,才能有质的提高。

凡事都是循序渐进的过程

毛子明、凌晨&吴欢欢

相信很多人在设计院的各种活动中看见过吴欢欢可爱的身影,她不仅多才多艺,工作上也同样出色。2013年进院后,部门为她安排了双基础技能导师。

拜师后,师父就根据吴欢欢的个人特性为其制订了三年职业生涯规划。

吴欢欢接手的第一个项目是钱江源水库建设征地移民章节,但管理学出身的她竟然连回水计算也算不对,一下子感到非常沮丧。

师父耐心地告诉她没有人能够一开始就把什么都做得很完美,凡事都有一个循序渐进的过程。师父的信任,让她一扫心霾,决心找准定位,扬长避短,从职场"学生"做起,充分发挥自己的长处。

为了让吴欢欢尽早独当一面,师父开始要求吴欢欢不仅仅是写完章节了事,而是督促她积极地与其他专业的同事打交道,了解项目的整体情况,也开始学习专题的编写,对移民设计的过程全面学习掌握。

接下来,吴欢欢就开始独立承担第一个安置规划专题——扩大杭嘉湖南排工程(德清部分)移民安置专题规划。为了这个项目,她几乎连续加班了一个月,每天在办公室研究各种技术问题,两位师父更是给予了最大的技术支撑。

一个项目下来,虽然也栽过跟头、吃过苦头,但通过这个项目的锤炼,她对移民安置规划设计建立了新的认识,进入了职场新阶段。

仅以2014年为例,吴欢欢在师父的引领下先后承担多个项目的移民设计,而且不忘理论研究,与师父一起承担了省移民办"浙江省水库移民安置模式适应性分析"的专项课题研究,并发表论文两篇。

低调做人，多多学习

张真奇&张健

"德若水之源，才若水之波"，这是徒弟张健在师父张真奇那儿上的第一课。2013年，张健从河海大学毕业，通过"导师带徒"平台，同年7月成为张真奇高工的徒弟。

成为师徒后，师父对张健说了这样一番话："我认为不管一个人有多聪明，学历有多高，首先必须学会做人。特别是在一个新的环境里，要想得到单位领导和同事的认可和帮助，谦虚、诚恳的做人态度是很重要的。作为一名刚踏上工作岗位的学生，低调做人是必须要坚持的原则。经验证明锋芒毕露的人不会有太大成就，除非你足够有实力，否则还是低调一些，多多学习。"

师父为徒弟张健制订了详细切实的"导师带徒计划"，徒弟通过与工程项目相结合，理论联系实际，逐步掌握了水文的基本技能，渐渐具备了作为主设独立完成水文专业设计的能力。

师父还鼓励张健不要把眼光局限在水文，应该更加全面，只有规模专业、水环境、水景观、泥沙这些都接触过了，才会对水利行业有更深的理解。实践一次次证明，徒弟通过多种多样项目的历练，视野变得更为开阔，对行业的理解深度也进入一个新的层面。

师父指导张健要把做项目的焦点放在方法和思路上，不能为完成任务而完成任务。比如做椒江流域综合规划这个项目，在提供技术联系单后,不应自顾埋头做无用功,首先需要对联系单的内容进行思考分析,然后请专总或校核人员对联系单提出的工作内容进行指导,这样一来可以了解其他专业的需求,检验联系单是否合理,理解项目意图;二来可以让自己下一步工作得到指导,避免走弯路而影响了项目进度。

业精于勤荒于嬉

陈武&陈华杰

陈武在担任导师工作之后,为徒弟陈华杰制订了翔实的培养目标和实施计划,由浅入深,从理论到实践,争取能够让陈华杰尽快熟悉工作内容,提高专业技术水平。

2014年元宵节出发,对斯里兰卡 Yan Oya 灌溉工程展开工程地质勘查,是师徒生涯中难忘的一次经历。在这个工程中,不仅面临着语言障碍,还需要应对道路崎岖、交通不便的困难,同时,高温对师徒二人也是一项严峻考验。

在斯里兰卡的日子里,当地村民都能发现身边多了一对来自中国的师徒,头顶烈日,行走在旷野上,沿着大象的足迹穿梭于密林间;呼吸着夹有黑熊粪便味的空气,品尝着随身携带的干粮与水;穿过田野,越过山林,汗水一遍遍地浸湿衣襟,在烈日下又被一次次地蒸干,只留下一道道白色的盐痕……

在这个项目中,徒弟陈华杰也第一次真正接触到水利工程的天然建筑材料的调查工作。师父不辞辛苦,往往需要步行10余公里才能往返各个料场,沿途详尽地介绍了调查不同建筑材料所用的不同方法及要求。历时两个半月,他们最终妥善完成了此次斯里兰卡Yan Oya灌溉工程的地质勘查工作。

"业精于勤荒于嬉"是师父陈武常说的一句话。师父孜孜不倦的教诲和自身脚踏实地的实践,让陈华杰终于体验到工程地质是一门内容庞杂的学科,只有具备更为全面的知识体系,经过更加深入的实践操作,才能做到游刃有余。

任务有轻重缓急

潘利国&车璐

车璐,2012年7月毕业于清华大学,同年进入机电院水机所工作,入院后师从潘利国。

在车璐的心里,师父的严格要求以及他的"潘氏工作法",为她的职业生涯打下了坚实的基础。

入职之初,师父为了更快地让车璐进入角色,为其制订了详细的工作计划,并在每周末抽出3~4个小时的时间为徒弟讲解设计手册和相关规程规范。

车璐接手石硖水库工程后,对系统原理图、管路布置图、基础图等毫无概念,不知如何下手。经过师父的详细讲解,她逐步领会了其中的原理,再结合石硖水库本身的工程特点,逐渐开始了施工图的绘制之路。

经过如此理论结合实际的锻炼,徒弟对水机专业的工作有了初步的认识,掌握了基本的图纸绘制方法,慢慢步入正轨。

为了让车璐解决无法保证工作进度的困难,师父教导她,科学的计划是设计进度的保障,需要根据不同的项目进度,制订每月工作计划,分清任务的轻重缓急,合理分配时间。另外,为了确保计划不落空,他还教车璐要留出一定的机动时间,来处理某些临时任务。

通过师父的悉心指导,车璐的这三年,不论是专业技能、工作方法还是工作态度,都取得了显著的进步。遇到繁重的生产任务时不再手忙脚乱,面对突发的工作情况时也不再顾此失彼,已然成长为部门的青年技术骨干。

团队的力量是无穷的

夏兆光&王龙

王龙,2013年7月毕业于大连理工大学,进院后成为夏兆光的结对徒弟。

2013年11月,师父交给了王龙一项工作——海宁市鹃湖应急备用水源工程秀才桥闸站的配筋图。

王龙在第一次画配筋图中表现出色,按照师父给的两个相似参照模板,并没有选择简单的照抄,而是仔细地研究为什么要这么配,复杂的结构还运用ANSYS进行了有限元分析,得出了合理的配筋方式,与此同时还发现了两处参考模板中的小错误。

王龙较强的学习研究和总结能力,师父看在眼里,喜在心中。他总是告诫王龙,个人的力量是有限的,而团队的力量是无穷的。这两年业主对设计的时间要求非常紧,一个人完成不了时,就需要发挥团队的力量。

2014年4月份,瑞安市飞云江治理一期工程初步设计进入最后冲刺阶段,从水工主设人到项目经理,再到专业总工,都在一起通宵加班,有了问题立刻解决,画完的图纸马上校审,效率得到大幅度提升。这次经历让王龙深深体会到了师父教导的语重心长。

亦师亦父的师徒关系,更是让远离家乡的王龙感受到了家的温暖,师父邀请中秋节回不了家的王龙去家中做客,并一直叮嘱他要多锻炼身体,合理安排时间。

后 记

父母赋予我们生命,教我们学说话、走路、做人,是我们人生中第一位启蒙老师,而师父是我们职业生涯发展的第一位老师,教我们专业知识、工作方法、工作习惯。

"路漫漫其修远兮,吾将上下而求索",成功后的每一次回头,都不要忘了这些在成长路上陪伴过我们的人,他们是最值得尊敬而铭记的人!

某 某

李程碑

本想写设计院60年的风风雨雨,但想到自己年方而立,入院不过五年,写出来的历史不免浅薄,于是作罢;也曾想写某位劳模的光辉事迹,发现其实对其不甚了解,亦只能作罢;也曾考虑将笔端投于自己,但记录的过程难免偏颇,有失客观,又只好作罢。细想之下,不如写一个熟知熟识的人,选一个客观全面的角度,描述一个真实的他。

◆　题记

我是个生性平和、有点内向的人,平素与人为善,与世无争,所以朋友不少,闲暇时也总会聚在一起嘻嘻哈哈,相互取笑。看似热闹,但吐露真情与之交心的却并不多,而他算是一个。

说来奇怪,初见此人,还略有些隔阂。倒不是因为他黝黑的面容,臃肿的体态,以及带点土气的穿着,毕竟朋友相处不是恋爱进行时,对颜值没有那么苛刻的标准,更何况自己与之相比也高明不到哪里。倒是他咋呼的外在,张扬的性格,让我总觉得与他不是一路人。

他比我晚入院两年,在他面前我算半个前辈。记得最初的半年里,不期而遇之际,他总会叫我一声"师兄",客套中带着刻意的谦卑。他的身后总会有一群与他同届的女生,一起聊着他们的话题,他俨然"妇女主任"一般。我总是应付式地寒暄一句,然后就找个理由遁了。现在细想,其实那时的他必定拥有非凡的魔力才会成为新人堆里的领头羊。后来在业务上偶有交集,若遇急相托,他总会耐心完成,不一定细致,但从没有应付的痕迹,方才觉得这是个有心的新人。

2014年伊始,我院承接省水保规划调查项目,部门委其重任,让他负责调查现场调度工作。春去暑至,山来水往,大半年时间,大半个浙江,他分明从当初的"妇女主任"一跃成为"大内总管":几百张图,几十号人,十几个县市,几辆车,在山南水北的野外,倒也安排得井然有序;预订旅馆、解决纷争、照顾同事,琐事难事倒也处理得干干脆脆。我对他不禁有些刮目相看,这个入院不过一年半载的同事还真有几分让人自叹不如的能力。调查归来,他也多了个可爱的外号,部门里不管长幼,无论男女,都唤他"胖哥",沿用至今。

正所谓体型越大,责任越大,为了对得起"胖哥"的称号,他将旺盛的热情献给了部门的公共事业。团委的任务,工会的节目,总有他参与的身影;活动的组织,部门的慰问,都有他筹划的功劳;生日的蛋糕,节日的礼物,离不开他精心地挑选。作为报答,他总会收到一声声亲切的"胖哥"。每每如此,他总会乐呵呵地答应。

似乎为了美化他的形象,他数次将减肥大计提上议程,但总有些不是理由的理由,不可推辞的推辞,将这伟大的计划一延再延。也不知受了哪位健身小妹的诱惑,他将自己推进了健身房。从来没想到不善运动的他,会在动感单车上骑行至力竭而继续坚持;也不曾想到嗜肉如命的他,会听从教练的吩咐戒断晚餐,果断拒绝我数次"恶意"的美食邀请。数月间,体重降了近20斤,虽然仍徘徊在微胖的领域里,但终于也能大胆地穿出韩版束身服饰。这一次,我对他骨子里的坚韧不免有了一个新的认识。

男人间的赤诚很难,因为都有彼此的原则和强装颜面的固守;男人间的交心也很简单,一场酒,化开彼此的疙瘩,从此坦诚相待,便也成了最铁的兄弟。

某次机缘巧合之下,某个月明星稀的夜晚,某顿推杯换盏的夜宵,我第一次见到了这个内蒙古大汉粗犷外表下小气的一面,也看到了他心细的一角。他记得当初唤我师兄时我冷漠的回应,我解释了彼时的尴尬;他指出了我工作和生活中的欠缺与不足,我表示了认同与接受;他也肯定了我的为人与内心,我感动于他的理解。两个怀着醉意的人,对彼此有了清醒的认识。感恩内心深处相同的认知,也尊重彼此不同的见解,朋友成知己。

写下这些文字,并不是为了歌颂谁,只是为了展示一个普通的设计院青年员工。他没有劳模的光环,甚至连评工程师都不足年限。但,这是一个我了解的人,我相信的人,也只有这样的人才会成为我笔触下能真实描绘出的鲜活的人,而设计院也正是由这一个个鲜活的个体组成的一个整体。正是因为有了一代代的他们,才铸就了设计院的甲子芳华。

一封情书——我和她在一起的日子

孟祥光

初见篇

第一次见她的时候是一个深夜,天空飘着细雨,我匆匆从河南赶过来,来不及放下行李,顶着空空的肚子,可总感觉要见她一面才能放得下心里的期盼,即便见过她的照片,即便听到别人说过她的故事,即便想象过见到她时激动的心情,却都不如亲眼见到她让我兴奋,想着只有见到她才能心安。

终于站在了她的面前!

她的房间还灯火通明,站在她的楼下,我有点不知所措,甚至惴惴不安,心想是否以后真的会和她在一起过这样的生活:陪她通宵达旦,陪她经历风雨,陪她相守一生……

是啊,只是初次见面,我竟然不知道什么时候已经把她放在了一个如此重要的位置。转身回头,任细雨擦过脸庞,步伐依然坚定,仿佛做了一个重要的决定,心里默默说了声:初次见面,以后还请多多关照,我会一直陪着你的。

相识篇

　　我与她在一起,不过短短一年的时间,但也不知道从什么时候起,我已离不开她了。她给予我成长的机会,给予我时时刻刻的挑战,和她在一起的日子,每一分每一秒都在充实着自己,不断地学到新的东西。从迎着清晨的第一缕阳光,看到她门前的大水滴开始,我知道新的一天开始了。

　　她有个很奇怪的外号,叫"杀鸡院",有人说是因为"业主虐我千百遍,我待业主如初恋",每次听到业主的一声声修改和催图,不免一阵阵哀号;也有人说,是因为她房间的灯在 12 点之前从来没有熄灭过,甚至通宵达旦,夜战到天明。她还顺应时代的潮流,给自己起了一个英文名字——"ZDWP"。她还有个独特的印记,一片由红色"闪电"和蓝色"浪花"组成的叶子,她说喜欢这种蕴含先锋与科技感的图形。

　　她喜欢挑战,设计一幅幅蓝图,用高坝横锁大江,把洪水训成绵羊;她让一座座丰碑拔地而起,兴利除害,希望人水和谐;她一直在开拓创新,不断突破自己,完善自己,在自己的行业里力争上游;她广开言路,集思广益,乐于听取别人对她的建议,并进行改正;她在工作上总是那么严谨认真,不允许自己有一丝丝偏差。

　　她并不是一个工作狂,她的业余生活很丰富。她给了我乒乓球赛、篮球赛、拔河赛上的欢呼;她给了我每月登上吴山俯瞰西湖美景的快乐;她给了我在工作之外的关怀,享受着时不时的下午茶;她给了我生日的祝福与问候;她给了我一群兴趣相投的朋友……

　　和她在一起我最喜欢做的事情是站在八楼的楼顶看每天从吴山落下

的夕阳，散发着夺目的光华；看吴山上城隍阁亮灯时刹那的美丽；看来到杭州的第一场雪干净透彻；看夜幕下中河高架上车水马龙的世界；看对面歌德大酒店永远闪烁的蓝色光芒。慢慢发现，原来我和她已经发生了这么多故事，而每一个都化作了鲜活的记忆。我结识了她，在我生命的一个转折点。曾经我也抱怨过为什么她的晚饭这么难吃；也吐槽过为什么她总在上下午休息的时间唱些我听不懂的歌（《浙水设计之歌》旋律优美，但歌词较深奥）。但是当某天发现，原来这些话只能是自己说，却不允许别人"染指"的时候，才知道原来她已经是我要一直守护的对象了。

未来篇

　　和她短短一年，故事也才刚刚开始，想看着她陪着她成长，即便她60岁了，却还是那么年轻有活力，充满朝气；即便她已声名显著，而我却只是一个普通的设计者，她却不嫌弃我，还包容着我，教会我如何成长。她60岁了，想着我要做什么来表达我对她的祝福，我曾经半开玩笑地说我站在那里，如此的坚定，就证明了我自己的立场，我会一如既往地支持她；她60岁了，依然点滴用心、时刻尽职；她60岁了，依然厚积薄发、敢为人先；她60岁了，依然秉持诚信、精心、创新的精神；她60岁了，一直在为我付出，而我却不懂如何甜言蜜语地去说些祝福的话，真希望她不会怪我的不善言辞，我只想用行动来回报她对我的付出。

　　唯一一次，希望故事没有结局……

匠 心
——献给那些岁月那些人
韩新捷

山峦起,白练悬。

登临绝壁,俯冲陡崖。

坦途我不走,崎岖任穿插。

山麓冲沟深涧,田边野菜黄花。

孤坟淫雨常为伴,荒村野店喜人家。

山高路远虽苦,男儿志在天涯。

无意追日月,安澜守万家。

初衷不改,胸怀天下。

兴水利,促繁华。

60年风雨兼程,设计院披星戴月,攻坚克难,始换得百顷沃土,千里通波,万家灯火通明;一甲子春华秋实,水利人砥砺耕耘,填海开山,终鉴证三辈相携,两地奔波,一颗匠心独运。

60年很短,从在水利领域崭露头角,到蜚声海外,成为业界翘楚,浙水设计蒸蒸日上,展露出了蓬勃的生命力。60年很长,从开创者到接班人,几代水利人苦心孤诣,用一生最美好的时光去滋润万物生长,去唤醒无穷电能,而转眼间自己韶华白首,鞠躬尽瘁。

杭嘉湖南排、赵山渡引水、牛头山水库、曹娥江大闸……列举一路走来的成就,我们如数家珍,豪情万丈。然而,透过漫漫60年的时光走廊,我们仿佛可以看到,前辈们佝偻着身躯,在路的另一头披荆斩棘。

出发,在黎明之前

发展,总会经历从无到有的阵痛。当浙水设计的历史翻开第一页时,地质经验几乎空白,勘察力量更是极度匮乏。越是关键的时刻,越需要勇者挺身而出。于是,四名地质人组成的团队应运而生,冲破初生的迷雾,肩负起了繁重的勘察工作。他们在一片黑暗里上下求索,用自己的血汗与青春,为那段初生的空白填下浓重的注解。

为了尽快掌握职业技能,第一批地质队员决心向兄弟单位华东院取经。那一年,新安江水库的工地上来了一批特殊的技术员,他们背着地质包,带着干粮,寸步不离地跟在华东院工程师身后,踏遍了每一条山路,跨过了每一道沟壑。编录、作图、水文地质试验,他们如海绵吸水一般,不知疲倦地学习新知识,操演新技能,为了成果的准确,唯恐疏忽了任何一个细节。直到培训期满的那一天,他们的眉宇间透露出一丝自信和跃跃欲试的兴奋,握紧的拳头仿佛在向奔腾的江河宣告:我们蓄势待发!

在那个起步的时代,工程建设还缺乏相关的规程规范,浙江省内的区域地质资料更是严重不足。为了保证产品质量,老一辈地质人白天顶着烈日反复试验，一丝不苟地记录数据；夜晚则焚膏继晷，如饥似渴地查阅资料。他们时而对着苏联的规范字斟句酌，时而又一拍脑瓜，"异想天开"般地提出新的尝试。宁静的午夜，常常因为他们激烈的争论变得喧闹起来，而反复推敲后得出的心血，为我们后人搭建起了经验的宝库。

征途，道路阻且长

所谓勇敢，有人认为是无所畏惧的勇气。然而人性本非钢铁铸就，我们完全可以理解在遇到巨大挑战时，前辈们也许曾经迷茫，甚至惶惑。但即使心存畏惧，却依然迎难而上，这才是勇者最真实的写照，他们用自己的姿态吟诵出一曲平凡而又伟大的赞歌。

从项目建议书到可行性研究，从初步设计到施工图，地质工程师们似乎把每一个工程当成了自己的孩子。作为技术人员，他们需要在出现状况时第一时间到场；作为负责人，他们又容不得现场工作有一丝马虎。他们在工程勘查中历经艰难险阻，犹如父母为了孩子茁壮成长而任劳任怨，默默付出。

在北疆的深山里，他们敢与天争。九月的柯赛依，白桦林依旧翠绿，而距上游三十多公里的山峰，已覆盖了皑皑白雪，它们像一只只盘踞的饿虎，随时准备猛扑，将人间最后一丝生机撕碎吞净。为了在万物肃杀前撤出绝境，钻机机组人员和地质工程师顶着清晨凛冽的寒风，提早发动了机器，希望能早一刻完成作业。可惜老天似乎并不为之动容，一阵狂风携着灰白色的云团，翻过远处的山峰和树林，顺着峡谷，狂啸怒吼。寒风摇撼着树枝,枯草落叶漫天飞扬,苍穹之下混沌一片,就连路边取暖的篝火也被踩蹭得奄奄一息。风雪吹得人睁不开眼睛,钻机操作倍加艰辛。然而在如此恶劣的环境中,钢铁一样的意志没有丝毫退缩。他们明白,一旦暂停作业,机器和水管就会立刻冻结,情况势必更加危急。就这样,他们继续和时间赛跑,和风雪抗争,像挺立的白桦树一样,坚守着自己的使命。

在柬埔寨的雨林中,他们勇克病魔。菩萨省3号坝与5号坝发展项目野外勘测时,野外勘测小组(包括地质、钻探、测量人员)遇山开路,逢水架桥,克服了缺水少电等重重困境,却不得不面对一个更大的考验——疟疾!没有亲身经历过的人,很难想象这由小小的蚊子传播的疾病,对于人类的身体和意志是多大的摧残。一旦被携带有疟原体的蚊子叮咬,人体血液里就会产生大量疟原虫,接着出现乏力、发热、怕冷等不适症状,并且反复发作,不易治愈,严重时甚至会危及生命。起先,组员们专注于工作,并没有对身体的变化警惕,以为只是因为过度劳累,老毛病犯了。然而,等到组员们接二连三地病倒时,病情已经比较危急了。但是,对于疾病的恐惧并没有动摇队员们的意志,他们一面认真开展预防工作,杜绝疾病加剧;一面细心照顾病员,直到他们重回岗位。尽管承担了更加繁重的任务,但大家没有抱怨、没有气馁,依旧并肩作战,认真完成了使命。

在每一次的勘查过程中,他们视质量如生命。在旁观者的眼里,老一辈的地质工程师也许是刻板的、执拗的,甚至是不通情理的:进行一组大型砂砾石剪切试验,他们一天24小时三班倒,坚守在仪器旁,废寝忘食;为了了解地下水位变化,他们一整天、一周、甚至大半个月连续观测,如痴如醉;汽车开不到放样点,他们就搬着、推着、扛着钻机部件前进,只为准确了解地质信息；基坑开挖验收不合格，地质技术人员更曾拒绝签字，跳进基坑里，用自己的身体阻挡施工……这份源自认真极处的执着，处处闪烁着匠人们一丝不苟的态度，也凝聚成了我们后人精益求精的传承。

柔情，远望可当归

"行行重行行，与君生别离。"古诗中的告别，总少不了那份不舍和凄凉。安慰好舐犊情深的双亲，轻抚牙牙学语的孩儿，地质人一拿起背包，就背负了无尽的思念和牵挂。

水利工程的建设多在人迹罕至的山林里，在那些年代，没有便捷的交通，没有网络，没有手机，当前辈们背着行囊进驻工程现场，就仿佛走入了另一个独立的世界。白天，他们翻山越岭，为了工程的顺利进行而忙碌。晚上，当一切工作整理完毕，不管夜有多深，也总会乐此不疲地想象家里的近况：冷空气来了家人有没有多添衣裳，下次回家该添置些什么家电了，孩子在学校的表现好不好……地质人的思念，少了古人的那份诗意，却多了一份朴实和温暖。

尾　声

没有鲜花，没有丰碑，前辈们是游走在大地上的异乡人。在阡陌纵横间，他们踽踽独行；在万家灯火中，他们孤灯入眠。他们粗糙的手中握紧了罗盘和地质锤，为我们雕琢出地质人对"工匠精神"的理解。如今，他们有的已经离去,有的已经垂垂老矣,也有的仍然在岗位上发挥着自己的能量,但不管身在何方,他们把匠人精益求精的精神留在了浙水设计的文化里。60年过去了,新一代的匠人们还在将故事延续,我们将用一生去努力践行前辈们的"工匠精神"。